Jules Verne

Der Leuchtturm am Ende der Welt

fabula Verlag Hamburg

Verne, Jules: Der Leuchtturm am Ende der Welt. Neuauflage. 2015
ISBN: 9783958552449

Umschlaggestaltung: fabula Verlag Hamburg

Bibliografische Information der Deutschen Nationalbibliothek: Die Deutsche Nationalbibliothek verzeichnet diese Publikation in der Deutschen Nationalbibliografie; detaillierte bibliografische Daten sind im Internet über https://dnb.de abrufbar.

Der fabula Verlag Hamburg ist ein Imprint der Bedey & Thoms Media GmbH, Hermannstal 119k, 22119 Hamburg

---

fabula Verlag Hamburg, 2015
https://fabula-verlag-hamburg.de/
Gedruckt in Deutschland

Jules Verne

Der Leuchtturm am Ende der Welt

fabula

Inhalt

Die zwei andern suchten ihre Wohnstätte noch nicht auf...

Erstes Kapitel.
Am ersten Tage des Betriebes.

Die Sonne versank allmählich hinter den Anhöhen, die die Aussicht im Westen begrenzten.

Das Wetter war schön. An der andern Seite spiegelten vereinzelte Wölkchen über dem Meere, das im Osten und Nordosten zusammenfloß, die letzten Strahlen wieder, die aber auch bald in den Schatten der unter der hohen Breite von fünfundfünfzig Graden der südlichen Erdhälfte ziemlich langen Dämmerung verlöschen sollten.

In dem Augenblicke, wo von der Sonnenscheibe nur noch die obere Hälfte sichtbar war, donnerte ein Kanonenschuß an Bord des Avisos ›Santa-Fé‹ und, im Winde sich entfaltend, wurde die Flagge der Argentinischen Republik an der Gaffel des Briggsegels gehißt.

Genau zu derselben Zeit blitzte dem Schiffe gegenüber ein glänzender Lichtschein auf, der von dem obersten Teile eines in Flintenschußweite vom Ufer der Elgorbai befindlichen Leuchtturmes hinausstrahlte, der Bai, worin die ›Santa-Fé‹ verankert lag. Zwei Wächter und eine Gruppe Arbeitsleute am Ufer, sowie die auf dem Vorderteile des Fahrzeuges versammelte Mannschaft begrüßten mit lautem Zuruf das erste an dieser weltentlegenen Küste entzündete Leuchtfeuer.

Zwei weitere und von dem scharfen Echo der Umgebung noch mehrfach wiederholte Kanonenschüsse antworteten darauf; dann wurde, entsprechend den für Kriegsschiffe geltenden Vorschriften, die Flagge wieder eingeholt, und nun wurde es still auf der Stateninsel hier an der Stelle, wo die Gewässer des Atlantischen und des Stillen Ozeans einander begegnen. (Diese Stateninsel ist also nicht mit dem Staten Island im Hafenbereich von New York zu verwechseln.)

Zu derselben Zeit blitzte dem Schiffe gegenüber ein glänzender Lichtschein auf.

Die Arbeiter begaben sich sofort an Bord der ›Santa-Fé‹ und am Lande blieben nur drei Wächter zurück, von denen sich einer schon auf dem Turme auf seinem Posten befand.

Die zwei andern suchten ihre Wohnstätte noch nicht sogleich auf, sondern gingen plaudernd längs des Ufers hin.

»Na, Vasquez, begann der Jüngere von beiden, morgen geht der Aviso nun wieder in See....

– Jawohl, Felipe, antwortete Vasquez, und ich hoffe, er wird keine schlechte Heimfahrt haben.

– O, es ist eine etwas weite Strecke, Vasquez!

– Ach was, der Rückweg ist nicht länger, als es der Herweg war.

– Das möcht' ich doch ein bißchen bezweifeln, erwiderte Felipe lachend.

– Zuweilen, Kamerad, fuhr Vasquez fort, braucht man sogar mehr Zeit zu der Ausreise als zu der Rückfahrt, wenigstens wenn man für die zweite einigermaßen günstigen Wind hat. Übrigens sind fünfzehnhundert Meilen (etwa 2800 km) doch keine so große Sache, wenn ein Schiff eine gute Maschine hat und reichlich Segel führt.

– Ja freilich, Vasquez, und dazu kennt der Kommandant Lafayate den Weg ganz genau.

– Nun, der ist ja ganz gerade, alter Junge. Auf der Fahrt hierher ist er nach Süden gesteuert, auf der Heimreise wird er einen Kurs nach Norden einhalten, und wenn der Wind auch weiter vom Lande her stehen bleibt, dann hat der Kapitän den Schutz der Küste und er segelt wie auf einem Flusse hin.

– Nun ja, meinte Felipe, doch auf einem Flusse, der nur ein einziges Ufer hat.

– Das ist gleichgültig, wenn's nur das ‚gute' ist, und das ist's allemal, so lange man Landwind hat.

– Ganz recht, gab Felipe zu; der Wind hat aber seine Launen, und wenn er nun ins Gegenteil umschlägt....

– Dann hat man eben Pech, Felipe, ich hoffe aber, das werde der ›Santa-Fé‹ erspart bleiben. In vierzehn Tagen kann sie die fünfzehnhundert Meilen recht gut zurückgelegt haben und schon auf der Reede von Buenos-Aires vor Anker liegen. Freilich, wenn's dem Winde einfiele, von Osten her zu blasen....

– Dann fände das Schiff weder am Lande noch nach der Seeseite zu einen Schutzhafen.

– Ganz recht, Kamerad. Feuerland oder Patagonien, nirgends ein sicherer Platz! Da heißt's: hinaus aufs hohe Meer, um nicht gegen die Küste geworfen zu werden.

– Meiner Meinung nach scheint das gute Wetter aber von Dauer zu sein, Vasquez!

– Das glaub' ich auch, Felipe. Wir stehen ja erst am Anfang der schönen Jahreszeit. Drei Monate vor sich zu haben, das ist schon etwas.

– Und die Arbeiten, flocht Felipe ein, sind auch zur richtigen Zeit beendet worden.

– Das weiß ich, Kamerad, das weiß ich, mit Anfang Dezember, und das heißt für Seeleute drüben im Norden soviel wie Anfang Juni. Zu der Zeit kommt ja selten so ein Hundewetter, das ein Schiff hin und her zu schleudern ebensowenig Umstände macht, wie es dir die Mütze vom Kopfe reißt. Liegt die ›Santa-Fé‹ aber einmal im Hafen, dann mag es blasen und wehen und drauf losstürmen, wie's dem Teufel Spaß macht! Für unsre Insel samt ihrem Leuchtturm ist auch nicht zu fürchten, daß sie dabei unterginge.

– Gewiß nicht, Vasquez. Wenn er dann da unten alles über die hiesigen Verhältnisse pflichtschuldigst berichtet hat und der Aviso mit der Ablösung zurückkehrt....

– Erst nach drei Monaten, Felipe.

– Nun ja.... dann wird er die Insel noch an der alten Stelle finden.

– Und uns darauf, Felipe, antwortete Vasquez, der sich die Hände rieb, nachdem er einen kräftigen Zug aus seiner Pfeife getan hatte, so daß er von einer dichten Wolke umhüllt war. Vergiß nicht, Kamerad, wir befinden uns hier nicht an

Bord eines Schiffes, das der Sturm jetzt hierhin und dann dorthin verschlägt, oder wenn es ein Schiff wäre, so liegt es doch fest vertäut am Ende von Amerika, und es wird auch nicht vor Anker treiben. Die hiesige Gegend ist ja verrufen, und ich gebe zu, auch mit Recht. Die Meere um Kap Horn, nun ja, die stehen verdientermaßen in schlechtem Ansehen. Daß man die Schiffbrüche an diesen Küsten gar nicht mehr richtig zählt, und daß Seeräuber sich gar kein besseres Feld für ihre verbrecherische Tätigkeit wählen können, das will ich auch ohne Widerrede zugeben. Alles das wird sich aber ändern, Felipe! Hier haben wir nun die Stateninsel mit ihrem Leuchtturme, und dessen Licht wird kein Orkan, und wenn er aus allen Strichen der Windrose pfiffe, zu verlöschen imstande sein. Die Schiffe draußen werden es zeitig genug sehen, ihren Kurs danach bestimmen zu können. Sie werden sich nach dem Feuer richten und selbst in finstrer Nacht nicht mehr Gefahr laufen, an die Uferfelsen des Kaps Sankt Johann, der Landzunge von San-Diegos oder der Fallowspitze anzulaufen. An uns ist es, das Leuchtfeuer zu unterhalten, und was an uns liegt, das wird geschehen!«

Man hätte Vasquez so sprechen hören müssen, mit der Lebhaftigkeit, die auch einen Eindruck auf seinen Kameraden nicht verfehlte. Felipe blickte wohl nicht so leichten Herzens den langen Wochen entgegen, die er auf dieser einsamen Insel zubringen sollte, und auf der er bis zu dem Tage, wo die ersten drei Wächter abgelöst werden würden, außer aller Verbindung mit andern Menschen blieb.

Vasquez schloß seine Rede noch mit den Worten:

»Siehst du, Kamerad, seit vierzig Jahren bin ich als Schiffsjunge, Leichtmatrose, Vollmatrose und Bootsmann ein bißchen auf allen Meeren der Alten und der Neuen Welt umhergefahren. Jetzt, wo nun das Alter herangekommen ist, wo man daran denkt, sich zur Ruhe zu setzen, jetzt kann ich mir gar nichts Besseres vorstellen, als Wärter auf einem Leuchtturm und obendrein auf einem wie dem unsrigen, zu sein … auf dem Leuchtturm am Ende der Welt!«

In der Tat rechtfertigte er diesen Namen wegen der Lage am Ende dieser Insel, die sich hier, so weit von allen bewohnten und bewohnbaren Gebieten der Erde, aus dem stets unruhigen Meere erhob.

»Wie war's doch, Felipe, nahm Vasquez noch einmal das Wort, indem er seine ausgerauchte Pfeife ausschüttelte, um welche Zeit wirst du Moriz ablösen?

– Um zehn Uhr.

– Schön; da werd' ich also um zwei Uhr nachts an deine Stelle treten und bis zum Tagesanbruch wachen.

– Wie da sagst, Vasquez. Für jetzt haben wir aber alle beide nichts Gescheiteres zu tun, als schlafen zu gehen.

– Ja ja, zu Bett, Felipe, zu Bett!«

Vasquez und Felipe wandten sich hiermit der kleinen Einfriedigung zu, in deren Mitte der Leuchtturm aufragte, und sofort betraten sie ihre Wohnung, deren Tür sich hinter ihnen schloß.

Die Nacht war still. Sobald sie zu Ende ging, löschte Vasquez die seit zwölf Stunden brennenden Flammen.

Die Gezeiten, die im Großen Ozean, vorzüglich längs der Küsten Amerikas und Asiens, nur ziemlich schwach auftreten, sind im Gegenteil im Atlantischen Ozean sehr stark und machen sich an den weltfernen Küsten von Magellansland sehr heftig fühlbar.

Da die Ebbe heute morgen um sechs Uhr eintrat, hätte der Aviso, um sie zu benutzen, mit Tagesanbruch auslaufen müssen. Dazu waren aber noch nicht alle Vorbereitungen beendigt, und der Kommandant rechnete nur darauf, die Bucht von Elgor mit Eintritt der zweiten Ebbe dieses Tages zu verlassen.

Die ›Santa-Fé‹, ein Schiff der argentinischen Kriegsflotte, maß nur zwölfhundert Tonnen, hatte eine Maschine von hundertsechzig Pferdekräften und wurde von einem Kapitän und einem zweiten Offizier geführt, die mit den Bootsleuten eine Besatzung von fünfzig Mann unter sich hatten. Das Fahrzeug war eigentlich zur Überwachung der Küsten von der Mündung des Rio la Plata bis zur Le Maire-Enge am Atlantischen Ozean bestimmt. Jener Zeit hatte die Schiffsbaukunst noch keine schnellaufenden Fahrzeuge geliefert, wie die heutigen Kreuzer, die Torpedoboote und andre. Mit Hilfe ihrer Schraube konnte die ›Santa-Fé‹ in der Stunde etwa neun Seemeilen zurücklegen, das genügte aber für die Handhabung der Polizei an den Küsten Patagoniens und der Tierra del Fuego (des Feuerlandes), die ja nur von Fischerfahrzeugen aufgesucht wurden.

Dieses Jahr hatte der Aviso aber die Aufgabe, die Arbeiten beim Bau des Leuchtturms zu beaufsichtigen, den die argentinische Regierung gegenüber der Le Maire-Enge errichten ließ. Das Personal und alles zum Bau notwendige Material war an Bord des Schiffes hierher befördert worden, wo die Arbeiten nach den Plänen eines geschickten Ingenieurs von Buenos-Aires eben nach Wunsch zu Ende geführt worden waren.

Jetzt hatte die ›Santa-Fé‹ mehrere Wochen im Hintergrunde der Elgorbucht verankert gelegen. Nach Ausladung des für vier Monate nötigen Proviantes und nachdem er sich überzeugt hatte, daß es den Wärtern des neuen Leuchtturmes bis zum Eintreffen der Ablösungsmannschaft an nichts fehlen würde, wollte der Kommandant Lafayate nun die nach der Stateninsel entsandten Arbeiter wieder mit nach Hause befördern. Hätten nicht einige ganz unvorhergesehene Hindernisse die Vollendung des Baues etwas verzögert, so wäre die ›Santa-Fé‹ sicherlich schon seit einiger Zeit in ihrem Heimathafen zurück gewesen.

In der ganzen Zeit seines hiesigen Aufenthalts hatte der Kommandant übrigens im Hintergrunde der gegen Nord-,

Süd- und Westwinde gut geschützten Bucht nichts zu fürchten. Nur sehr rauhes Wetter von der offenen See her hätte ihn belästigen können. Der Frühling hatte sich jedoch sehr milde gezeigt, und jetzt, zu Anfang des Sommers, konnte man mit Recht erwarten, daß in den magellanischen Gewässern nur vorübergehende Störungen der Atmosphäre eintreten würden.

Gegen sieben Uhr war es, als der Kapitän Lafayate und sein zweiter Offizier aus ihren unter dem Hinterdeck des Avisos und ganz nahe bei dem Deckhäuschen gelegenen Kabinen traten. Die Matrosen waren noch mit dem Abwaschen des Decks beschäftigt, und das Wasser aus den letzten von den Leuten geleerten Kübeln lief eben durch die Speigatten ab. Gleichzeitig traf der erste Bootsmann schon die ersten Anordnungen, daß alles fix und fertig wäre, wenn die Stunde der Abfahrt herankam. Sollte diese auch erst am Nachmittage erfolgen, so wurden doch bereits die Segelhüllen abgenommen, die Luftzuführungsrohre gesäubert und der kupferne Teil des Kompaßhäuschens und der vergitterten Oberlichter geputzt. Das große Boot brachte man auf seinen Ausholer, und nur das kleine blieb zum Borddienst noch im Wasser.

Als die Sonne aufging, stieg die Landesflagge nach der Gaffel des Briggsegels empor.

Dreiviertel Stunden später schlug es an der Glocke des Vorderteiles vier Glas, und die dadurch zur Wache gerufenen Matrosen traten ihren Posten an.

Nach einem gemeinsamen Frühstück begaben sich die beiden Offiziere nach dem Deck, besichtigten den vom frühzeitigen Landwinde schon ziemlich rein gefegten Himmel und gaben dem Bootsmann Befehl, sie nach dem Ufer übersetzen zu lassen.

An diesem Morgen wollte der Kommandant ein letztes Mal den Leuchtturm und dessen Nebengebäude, das Wohnhaus der Wärter und die Schuppen inspizieren, worin das Heizmaterial und die Mundvorräte aufgestapelt waren, und sich endlich überzeugen, daß alle Apparate tadellos funktionieren.

Er betrat also in Begleitung des Offiziers das Land und begab sich nach der Einfriedigung des Leuchtturms.

Auf dem Wege beschäftigten sich beider Gedanken mit den drei Männern, die nun allein in der traurigen Einöde der Stateninsel zurückbleiben sollten.

»Das ist freilich eine harte Aufgabe, sagte der Kapitän. Immerhin ist dabei nicht zu vergessen, daß die armen Burschen, meist alte Seebären, von jeher ein beschwerliches Leben geführt haben. Für sie ist der Leuchtturmdienst eigentlich ein Ruheposten.

– Ja gewiß, stimmte ihm Riegal zu. Es ist aber doch ein ander Ding, Leuchtturmwärter in einer belebten Gegend und mit leichter Verbindung mit dem Lande zu sein, als hier auf einer öden Insel, die die Schiffe nur peilen, und auch das so weit von ihr entfernt wie möglich …

– Das ist freilich wahr, Riegal. In drei Monaten trifft hier ja eine Ablösung ein, und Vasquez, Felipe und Moriz versehen den ersten Dienst in der mildern Jahreszeit.

– Jawohl, Herr Kapitän; von dem schrecklichen Winter am Kap Horn werden die Drei noch nichts zu leiden haben.

– Ja, der ist hier schrecklich, bestätigte der Kapitän. Seit einer Rekognoszierungsfahrt, die wir vor einigen Jahren in der Meerenge und längs der Küsten von Feuerland und Desolationsland, nach dem Kap der Jungfrauen und dem Kap Pilar, ausgeführt hatten, da hab' ich's kennen gelernt, was tolle Stürme sind! Unsre Wächter aber haben ja eine feste Wohnstätte, die auch kein Orkan zerstören kann. An Lebensmitteln und Kohlen wird's ihnen nicht fehlen, sollte sich ihre Dienstzeit auch um zwei Monate verlängern. Wir lassen sie hier in gutem Gesundheitszustande zurück und werden sie ebenso wiederfinden. Bläst hier die Luft auch scharf, so ist sie doch rein, wo sich der Atlantische und der Große Ozean begegnen. Übrigens vergessen Sie nicht das eine, Riegal: als das oberste Seeamt Wärter für den Leuchtturm am Ende der Welt verlangte, da hatte es nur die Qual der Wahl.«

Die beiden Offiziere waren inzwischen an die Einfriedigung herangekommen, wo Vasquez und seine Kameraden sie erwarteten. Die Tür sprang auf und sie standen kurze Zeit still, nachdem sie den vorschriftsmäßigen Gruß der drei Männer erwidert hatten.

Ehe der Kapitän Lafayate ein Wort an sie richtete, musterte er die Wärter von den mit schweren Wasserstiefeln bekleideten Füßen an bis zum Kopfe, der von der Kapuze des Wachstuchrockes bedeckt war.

»In der Nacht ist alles gut gegangen? fragte er darauf, an den Oberwärter gewendet.

– Ganz gut, Herr Kommandant, antwortete Vasquez.

– Ihr habt kein Schiff draußen auf dem Meere gesichtet?

– Keines, und da der Himmel ganz dunstfrei war, hätten wir ein Licht noch auf drei bis vier Meilen bemerken können.

– Die Lampen sind immer in Ordnung gewesen?

– Ohne Unterbrechung, Herr Kommandant, bis zum Aufgang der Sonne.

– Oben im Wachzimmer habt ihr auch nicht von der Kälte zu leiden gehabt?

– Nein, Herr Kommandant, das ist überall gut geschlossen, und durch die Doppelfenster kann auch kein Wind eindringen.

– Wir wollen erst einmal eure Wohnung besichtigen und dann den Turm ersteigen.

– Zu Befehl, Herr Kommandant«, antwortete Vasquez.

Dicht neben dem Fuße des Turmes stand das Wohnhaus der Wärter. Es hatte dicke Mauern, die auch dem Ungestüm der Windstöße des magellanischen Gebietes trotzen mußten. Die beiden Offiziere besuchten darin sämtliche, sehr zweckmäßig ausgestattete Räume. Hier drin war nichts zu fürchten, weder vom Regen oder der Kälte, noch von den Schneestürmen, die unter dieser fast antarktischen Breite oft mit entsetzlicher Gewalt auftreten.

Die einzelnen Räume trennte ein schmaler Gang, an dessen Ende sich die Tür befand, durch die man nach dem Innern des Turmes gelangte.

»Wir wollen hinausgehen, sagte der Kapitän Lafayate.

– Zu Befehl, erwiderte Vasquez.

– Es genügt, wenn Sie allein uns begleiten.«

Vasquez gab seinen Kameraden ein Zeichen, im Gange zurückzubleiben. Darauf öffnete er die Tür zur Treppe und die beiden Offiziere folgten ihm nach.

Die schmale Wendeltreppe mit ihren in die Wand eingefügten steinernen Stufen war gar nicht dunkel. Zehn schießschartenähnliche Öffnungen beleuchteten sie von Stockwerk zu Stockwerk.

Als sie das Wachzimmer erreicht hatten, über dem nun unmittelbar die Laterne und die Leuchtapparate lagen, setzten sich die beiden Offiziere auf eine in der Mauer befestigte Rundbank. Durch die vier Fenster dieses Zimmers konnte man den Horizont nach allen Richtungen bequem überblicken.

Obwohl nur ein mäßiger Wind wehte, blies er hier oben doch recht tüchtig, doch ohne den scharfen Schrei der Möwen oder das Gekreisch der Fregattvögel und Albatrosse zu übertönen, die mit mächtigem Flügelschlag vorüberzogen.

Um einen noch freiern Ausblick über die Insel und das sie umgebende Meer zu gewinnen, erstiegen Kapitän Lafayate und sein zweiter Offizier noch die Leiter, die nach der die Laterne des Leuchtturmes umschließenden Galerie führte.

Der ganze Teil der Insel, der sich nach Westen hin vor ihren Augen ausdehnte, war ebenso öde und verlassen wie das Meer, von dem sie von Nordwesten bis Süden ein großes Stück überblicken konnten, dessen Fläche nur im Nordosten durch die Anhöhen am Kap Johann unterbrochen war. Am

Fuße des Turmes lag die Elgorbucht vor ihnen, am Ufer jetzt belebt von zahlreichen Matrosen der ›Santa-Fé‹. Auf dem hohen Meere kein Segel, keine Rauchsäule… nichts als der unbegrenzte, schimmernde Ozean.

Nach einviertelstündigem Verweilen auf der Galerie des Leuchtturmes stiegen die beiden Offiziere, denen Vasquez folgte, wieder hinunter und begaben sich sofort zurück an Bord.

Der ganze Teil der Insel, der sich vor ihren Augen ausdehnte…

Nach einem zweiten Frühstück ließ sich der Kapitän Lafayate mit seinem zweiten Offizier noch einmal ans Land setzen. Sie wollten die letzten Stunden vor der Abfahrt noch zu einem Spaziergang längs der Nordküste der Elgorbucht benutzen.

Schon mehrere Male war der Kapitän am Tage, doch ohne Lotsen – einen solchen gab es auf der Stateninsel natürlich nicht – hiereingelaufen und hatte seinen gewohnten Ankerplatz in einem kleinen Landeinschnitt am Fuße des Leuchtturms aufgesucht. Aus Vorsicht unterließ er es jedoch niemals, einen neuen Teil des noch wenig oder schlecht bekannten Terrains genauer zu besichtigen.

Die beiden Offiziere wanderten also am Strande hin.

Nach Überschreitung der kurzen Landenge, die das Kap Sankt-Johann mit dem Ende der Insel verbindet, besichtigten sie das Hafenbecken gleichen Namens, das an der andern Seite des Kaps eine Art Pendant zur Elgorbucht darstellt.

»Dieser Hafen von Sankt-Johann, bemerkte der Kommandant, ist immerhin sehr wertvoll. Er hat auch für die tiefstgehenden Schiffe stets genug Wasser; zu beklagen ist dabei nur, daß er eine so schwierige Einfahrt hat. Ein wenn auch noch so bescheidenes Leuchtfeuer, das in gewissem Verhältnisse zu dem Leuchtturm von Elgor stände, würde es allen Fahrzeugen ermöglichen, darin bequem Zuflucht zu finden.

– Obendrein ist das der letzte Hafen, den man beim Austritt aus der Magellanstraße findet«, setzte der Leutnant hinzu.

Um vier Uhr waren die beiden Offiziere zurück und gingen an Bord, nachdem sie sich von Vasquez, Felipe und Moriz, die nun am Strande auf die Abfahrt des Avisos warteten, freundlich verabschiedet hatten.

Um fünf Uhr fing die Dampfspannung im Kessel des Schiffes an zu steigen; aus dem Schornstein wirbelten dichte Rauchmassen empor. Die Gezeiten mußten bald zum Stillstand kommen, und die ›Santa-Fé‹ sollte die Anker lichten, sobald die Ebbe bemerkbar wurde.

Dreiviertel sechs gab der Kommandant Befehl, die Maschine Probe laufen zu lassen. Sofort zischte der überschüssige Dampf aus dem Abblaserohr hervor.

Auf dem Vorderteile überwachte der zweite Offizier die nötigen Vorbereitungen; bald war der Anker mittels des Spills aus dem Grunde gebrochen, dann wurde er vollends emporgehoben und auf den Kran ausgepentert.

Begrüßt von den Abschiedsrufen der drei Wärter, setzte sich die ›Santa-Fé‹ langsam in Bewegung. Und was auch Vasquez darüber denken mochte… wenn er und seine Kameraden das Schiff nicht ohne eine innere Erregung davonfahren sahen, die Offiziere und die Mannschaft der ›Santa-Fé‹ fühlten es noch tiefer, die drei Männer auf dieser Insel am Ende Amerikas zurückzulassen.

Nur mit mäßiger Schnelligkeit glitt das Schiff längs des nordwestlichen Ufers der Elgorbucht hin; erst gegen acht Uhr kam es aufs offne Meer hinaus. Nach Umschiffung des Kaps Sankt-Johann verließ es unter Volldampf die Meerenge im Westen, und als es völlig dunkel war, schimmerte das Feuer des Leuchtturms am Ende der Welt nur noch wie ein Stern am fernen Horizonte.

Zweites Kapitel.
Die Stateninsel.

Die Stateninsel – auch Statenland genannt – liegt am äußersten südöstlichen Ende des Neuen Kontinents. Sie bildet das letzte und östlichste Stück Land der magellanischen Inselgruppe, die von den Erschütterungen der plutonischen Epoche in der Nähe des fünfundfünfzigsten Breitengrades, kaum sieben Grade vom antarktischen Polarkreise, launenhaft verstreut wurde. Gebadet von dem Wasser der beiden Ozeane, wird sie zuweilen von den Schiffen aufgesucht, die aus dem einen nach dem andern steuern, ob diese nun, nach Umseglung des Kaps Horn, von Nordosten oder von Südwesten hierherkommen.

Die im 17. Jahrhundert von dem holländischen Seefahrer Le Maire entdeckte gleichnamige Meerenge trennt die Stateninsel von dem fünfundzwanzig bis dreißig Kilometer entfernten Feuerlande. Diese Wasserstraße bietet den Schiffen einen kürzern und mehr gesicherten Weg, da sie damit dem mächtigen Wogenschwalle aus dem Wege gehen, der immer an die Küste der Stateninsel donnert. Diese begrenzt sie im Westen etwa in der Länge von zehn Seemeilen (ungefähr 19 Kilometer) vom Kap Sankt-Anton bis zum Kap Kempe und Dampf- oder Segelschiffe sind hier weniger gefährdet, als wenn sie im Norden der Insel vorüberführen.

Die Stateninsel mißt fünfunddreißig Seemeilen (etwa 65 Kilometer) von Westen nach Osten, vom Kap Sankt-Barthelemy bis zum Kap Sankt-Johann, und in der Breite elf Seemeilen (201/2 Kilometer) zwischen den Kaps Colnett und Webster.

Die Küste der Insel ist ungemein zerrissen. Sie besteht aus einer Reihe von Golfen, Baien und Buchten, zu denen der Zugang nicht selten durch eine Kette von Eilanden und Klippen erschwert, manchmal gesperrt ist. Wie viele Schiffbrüche haben sich auch schon ereignet an diesen unwirtlichen Küstenstrecken, die hier von fast lotrechten Steilufern begleitet, dort von ungeheuern Felsen umschlossen sind, an denen das Meer selbst bei ruhigem Wetter mit unbeschreiblicher Gewalt anbrandet.

Die Insel war unbewohnt, doch vielleicht nicht ganz unbewohnbar, wenigstens in der schönen Jahreszeit, d. h. in den vier Monaten November, Dezember, Januar und Februar, die in dieser hohen Breite der südlichen Hemisphäre den Sommer bilden. Tierherden hätten gewiß hinreichende Nahrung gefunden auf den weiten Ebenen des Innern, vorzüglich in der Gegend östlich vom Parry-Hafen zwischen der Conwayspitze und dem Kap Webster. Sobald die dicke Schneedecke von den Strahlen der antarktischen Sonne geschmolzen ist, sprießen Gras und Kräuter üppig grün aus dem Boden, der bis zum Winter seine heilsame Feuchtigkeit bewahrt. Wiederkäuer, die in den magellanischen Gebieten akklimatisiert sind, würden hier jedenfalls gut gedeihen. Mit dem Eintritt des Frostes wäre es freilich nötig, die Tiere nach etwas mildern Gegenden zu schaffen, die sich in Patagonien, ja vereinzelt auch schon im Feuerlande finden.

Übrigens leben hier in wildem Zustande einige Trupps Guanakos, eine Lamaart von sehr zäher, widerstandsfähiger Natur, deren Fleisch, gebraten oder geröstet, recht gut mundet. Wenn diese Tiere in der langen Winterszeit nicht Hungers sterben, liegt das daran, daß sie unter dem Schnee das Moos und die Wurzeln zu finden wissen, womit ihr Magen sich in dieser Fastenzeit begnügen muß.

In der Mitte der Insel dehnen sich da und dort ziemlich große Ebenen aus, einige Gehölze spreizen ihr dürftiges Geäst aus und tragen leicht abfallendes, mehr gelbliches als grünes Laub. Meist enthalten sie antarktische Buchen, deren

Stämme zuweilen sechzig Fuß Höhe erreichen und deren Äste wagerecht hinausstehen, ferner Sauerdorngebüsche, die jeder Wetterunbill trotzen, und Winterrinden, die ähnliche Eigenschaften haben wie der echte Zimt.

Das Meer brandete selbst bei ruhigem Wetter mit unbeschreiblicher Gewalt.

Die erwähnten Ebenen und Gehölze nehmen freilich nur den vierten Teil der Oberfläche der Stateninsel ein. Das Übrige besteht aus felsigen Hochebenen, vorherrschend aus Quarz, aus tiefen Schlünden, langen Reihen erratischer Blöcke, die sich infolge lange zurückliegender vulkanischer Umwälzungen abgelöst hatten. Heutzutage würde man in diesem Teil der Tierra del Fuego oder des Feuerlandes vergeblich nach Kratern erloschener Vulkane suchen. Nach dem Mittelpunkt der Insel hin nehmen die ausgedehnten Ebenen das Aussehen von Steppen an, wenn eine Bodenerhebung die sie bedeckende tiefe Schneeschicht unterbricht. Je weiter man dann nach Westen kommt, desto vielgestaltiger zeigt sich das Relief der Insel, desto höher und steiler erheben sich die felsigen Uferwände. Hier streben zahlreiche Gipfel empor, Spitzberge, die bis dreitausend Fuß über die Meeresfläche hinausreichen und von denen der Blick das ganze Gebiet der Insel umfassen könnte. Es sind das die letzten Glieder der wunderbaren Andenkette, die vom Norden bis zum Süden das Rückgrat des Neuen Kontinents bildet.

Natürlich beschränkt sich unter so ungünstigen klimatischen Verhältnissen mit ihren rauhen Winden und verheerenden Stürmen die Pflanzenwelt der Insel auf sehr wenige Arten, die wiederum kaum wo anders als in der Nachbarschaft der Magellanstraße oder auf der hundert Seemeilen von der Küste des Feuerlandes entfernten Inselgruppe der Maluinen gedeihen. Es sind Pantoffelblumen, Bohnenbäume, Pimpinellen, Traspen, Ehrenpreis und eine Stipaart (Pfriemengras), bei denen allen sich der Farbstoff nur sehr wenig entwickelt. Unter dem Laubdach der Bäume und zwischen den Grashalmen der Wiesen leuchten die Blütenköpfe der blassen Blumen hervor, die sich fast schon wieder schließen, wenn sie sich kaum entfaltet haben. Am Fuße der Uferfelsen und an ihren mit ein wenig Humus bedeckten Abhängen könnte der Naturforscher noch einige Moose finden, und unter dem Schutze der Bäume einzelne eßbare Wurzeln, z. B. die einer Azalee, deren sich die Pescherähs an Stelle des Brotes bedienen, die aber nur wenig nahrhaft sind.

Einen richtigen Wasserlauf würde man auf der Stateninsel vergeblich suchen. Aus dem steinigen Erdboden brechen keine, einen Fluß bildende Bäche hervor. Dagegen häuft sich der Schnee darauf zu einer mächtigen Schicht an, die acht Monate im Jahre unverändert erhalten bleibt, und in der warmen – richtiger in der weniger kalten – Jahreszeit schmilzt sie langsam unter den schrägen Strahlen der Sonne und verleiht dem Boden eine andauernde Feuchtigkeit. Dann bilden sich da und dort kleine Lachen oder Teiche, deren Wasser sich bis zum Wiedereintritt des Frostes hält. So kam es, daß zu der Zeit, wo unsre Erzählung beginnt, Wassersträhne von den Anhöhen in der Nähe des Leuchtturmes herunterrieselten, die sich nach wiederholtem Aufschlagen in dem kleinen Landeinschnitt der Elgorbucht verloren oder dem Hafen Sankt-Johann zuflossen.

Ist nun die Fauna und Flora der Insel nur sehr dürftig entwickelt, so wimmelt es an ihrem Ufer geradezu von Fischen. Trotz der ernsten Gefahren, die ihren Fahrzeugen beim Passieren der Le Mairestraße drohen, kommen doch die Feuerländer öfters hierher, wo sie ergiebige Fischzüge machen. Fische gibt es hier mancherlei: Schellfische, Dorsche, Stinte, Schmerlen, Boniten, Goldbrachsen, Meergrundeln und Meeräschen. Auch die Hochseefischerei könnte wohl zahlreiche Fahrzeuge hierherlocken, denn Celaceer, Wal- und Pottfische, Seehunde und Walrosse, tummeln sich, wenigstens in der schönern Jahreszeit, gerne in den hiesigen Gewässern. Diesen Seebewohnern ist mit solcher Rücksichtslosigkeit nachgestellt worden, daß sie sich jetzt in die antarktischen Meere geflüchtet haben, wo die Schiffahrt ebenso gefährlich wie beschwerlich ist.

Es erscheint nur natürlich, daß sich am ganzen Umfange

der Insel, wo flacher Strand, Einbuchtungen und Felsenbänke einander folgen, Schneckenarten und Muscheltiere, zweischalige und andre, in erstaunlicher Menge vorfinden; vorzüglich gibt es darunter Miesmuscheln, Austern, Schüsselschnecken, Fissarellen und Trompeterschnecken, die zu vielen Tausenden an den Klippen und Uferfelsen nisten.

Was die Vogelwelt betrifft, ist diese ungemein zahlreich vertreten, unter andern durch schwanenweiße Albatrosse, Becaninos, Regentaucher, Strandläufer, Meerlerchen, sowie durch gewöhnliche und durch die lärmenden Raubmöven.

Aus dieser Beschreibung der Stateninsel darf man aber keineswegs den Schluß ziehen, daß das Stückchen Land die Begehrlichkeit Chiles oder der Argentinischen Republik erweckt hätte. Im ganzen ist sie doch weiter nichts, als ein fast unbewohnbarer Felsblock. Wem gehörte sie nun zu Beginn unsrer Erzählung? ... Das kann man nur dahin beantworten, daß sie einen Bestandteil des Magellanischen Archipels bildete, der damals zwischen den beiden Republiken am Südende des amerikanischen Festlandes noch nicht geteilt war.[1] In der schönen Jahreszeit kommen die Fuegier oder Pescherähs zuweilen hierher, wenn sie wegen schweren Wetters Schutz suchen müssen. Von den Handelsschiffen ziehen es die meisten vor, in die Magellanstraße einzulaufen, die auf den Seekarten mit peinlichster Genauigkeit eingezeichnet ist und der sie ohne Gefahr folgen können, ob sie nun von Westen oder von Osten kommen, um – dank den Fortschritten der Dampfschiffahrt – schnell von dem einen Ozean nach dem andern zu gelangen. Nur die Fahrzeuge, die das Kap Horn entweder umschifft haben oder es umschiffen wollen, kommen in Sicht der Stateninsel.

Es verdient gewiß Anerkennung, daß die Republik Argen-

---

[1] Später, mit der Teilung des Magellanlandes im Jahre 1881, kam sie an die Republik Argentina.

tina die glückliche Initiative ergriffen hatte, jenen Leuchtturm am Ende der Welt zu errichten, und dafür sind ihr alle Nationen Dank schuldig. Vorher glänzte kein Feuer in den Gewässern von Magellansland. vom westlichen Eingange der Magellanstraße, vom Kap der Jungfrauen am Atlantischen Ozean, bis zu ihrem Ausgange beim Kap Pilar am Stillen Ozeane. Der Leuchtturm der Stateninsel mußte der Schiffahrt in diesen gefährlichen Meeresteilen unschätzbare Dienste leisten. Es gibt nicht einmal ein Leuchtfeuer am Kap Horn, und ein solches hätte doch viele schwere Unfälle verhüten können, indem es den aus dem Großen (Stillen) Ozean heransegelnden Schiffen größere Sicherheit zum Einlaufen in die Le Mairestraße geboten hätte.

Die argentinische Regierung hatte sich also zur Erbauung des neuen Leuchtturmes im Hintergrunde der Elgorbucht entschlossen, und nach einjähriger, glücklich vollendeter Arbeit war dieser am 9. Dezember 1859 in Betrieb genommen worden.

Hundertfünfzig Meter landeinwärts von dem kleinen Einschnitt, der das innere Ende der Bucht bildete, lag eine Bodenerhebung von vier- bis fünfhundert Quadratmetern Oberfläche und etwa dreißig bis vierzig Metern Höhe. Eine Mauer aus trocknem Gestein umschloß diesen Raum, diese Felsenterrasse, die dem Leuchtturm als Untergrund dienen sollte.

Der Turm erhob sich in der Mitte der Nebenbauten, eines Wohnhauses und der Schuppen oder Niederlagen.

Die Nebengebäude enthielten: 1. das Schlafzimmer der Wärter mit Betten, Schränken, Tischen und Stühlen, sowie mit einem Ofen, dessen Rohr den Rauch über das Dach hinausführte, 2. ein gemeinschaftliches Zimmer, ebenfalls ausgestattet mit einer soliden Heizvorrichtung, in der Hauptsache zum Eßzimmer bestimmt, mit einem Tisch in der Mitte, an der Decke hängenden Lampen und eingemauerten Schränken mit verschiednen Instrumenten, wie Fernrohren,

Barometer und Thermometer, und dazu mit Lampen, die bestimmt waren, die der Laterne bei deren zufälligem Unbrauchbarwerden zu ersetzen. Endlich befand sich an der Seitenmauer noch eine Pendeluhr mit Gewichten. 3. Die Magazine mit dem Proviant, der für ein Jahr berechnet war, obwohl eine neue Sendung von solchem mit jeder Ablösung, also immer nach drei Monaten, erfolgen sollte.

Die Vorräte bestanden aus den verschiedensten Konserven, aus Salzfleisch, Corned-beef, Speck, Dörrgemüsen. Schiffszwieback, Tee, Kaffee, Zucker, nebst mehreren Tönnchen Whisky und Branntwein, und den für den Hausgebrauch unentbehrlichsten Arzneimitteln.

4. Den Ölvorrat für die Lampen der Leuchtturmlaterne. Das Magazin mit einer hinreichenden Menge Heizmaterial für die Bedürfnisse der Wärter und ausreichend für einen ganzen antarktischen Winter.

Das war also der Gesamtbestand der Baulichkeiten, die sich, kreisförmig angeordnet, auf dem Hofraum erhoben.

Der Turm war außerordentlich fest und nur aus Baumaterial von der Insel selbst errichtet. Die sehr harten und durch eiserne Anker verbundenen Steine waren sehr sorgfältig bearbeitet und einer dem andern mit einer Art Schwalbenschwanz eingefügt; so bildeten sie eine Wand, die auch heftigen Stürmen, ja den schrecklichsten Orkanen widerstehen mußte, die hier an der weltfernen Grenzscheide der beiden größten Ozeane der Erde oft mit unbeschreiblicher Gewalt auftreten. Wie Vasquez gesagt hatte: Diesem Turme wird kein Unwetter etwas anhaben können. Er würde als Feuerwarte hinausleuchten, bedient von ihm und seinen Kameraden, und sie würden dafür gut Sorge tragen, trotz aller magellanischen Stürme und Wetter.

Der Turm maß in der Höhe zweiunddreißig Meter und rechnete man dazu noch die Erhebung des Baugrundes, so befand sich das Feuer zweihundertdreiundzwanzig Fuß über der Meeresfläche. Es hätte danach vom Meere aus schon aus der Entfernung von fünfzehn Meilen, der Strecke, bis zu deren Ende der Sehkreis von einer solchen Höhe aus reicht, bemerkbar sein müssen. Tatsächlich betrug seine Leuchtweite aber nur zehn Seemeilen.

Jener Zeit war noch keine Rede von Leuchttürmen mit karburiertem Wasserstoffgas oder mit elektrischem Lichte. Übrigens erschien es für diese entlegne Insel, bei ihrer beschwerlichen Verbindung selbst mit den nächstgelegnen Ländern, doppelt angezeigt, sich an das einfachste Beleuchtungssystem zu halten, das die wenigsten Reparaturen zu verlangen versprach. Man hatte sich hier deshalb für einfache Öllampen entschieden, diese aber mit allen Verbesserungen ausgestattet, die Wissenschaft und Technik damals an die Hand gaben.

Im ganzen erschien die Sichtbarkeit auf zehn Seemeilen auch völlig genügend. Den von Nordosten, Osten oder Südwesten kommenden Schiffen blieb dabei allemal noch hinreichende Seeräumte übrig, den richtigen Kurs nach der Le Mairestraße einzuschlagen oder den Weg im Süden um die Insel einzuhalten. Alle Gefahren blieben ausgeschlossen, wenn die auf Veranlassung des Ober-Seeamtes veröffentlichten Vorschriften genau befolgt wurden, dahingehend, daß man im letzten Falle den Leuchtturm im Nordnordwesten, in den beiden ersten Fällen im Südsüdwesten liegen ließ. An der Sankt-Johannspitze und am Kap Several oder Fallows hatte man so vorüberzusegeln, daß man dieses an Backbord, jenes an Steuerbord behielt, und so mußte beizeiten gesteuert werden, um sich von Wind und Strömung nicht nach der Küste verschlagen zu lassen. In den sehr seltenen Fällen, wo ein Schiff sich genötigt sah, in die Elgorbucht einzulaufen, mußte es den Weg in diese leicht genug finden, wenn es sich nur von dem Leuchtturme leiten ließ. Bei ihrer Rückkehr konnte die ›Santa-Fé‹ also ohne Schwierigkeiten, selbst in der Nacht, in dem kleinen Landeinschnitte vor Anker gehen. Da die Bucht bis zum äußersten Punkte des Kaps Sankt-Johann etwa drei Seemeilen lang war, die Sichtbarkeitsgrenze des Feuers aber in zehn Meilen Entfernung lag, hatte der Aviso immer noch sieben Meilen vor sich, ehe er die Küste der Insel erreichte.

Früher waren die Leuchttürme mit parabolischen Spiegeln ausgerüstet, die den schweren Nachteil hatten, mindestens die Hälfte des erzeugten Lichtes zu verschlucken. Der Fortschritt sprach aber auch hier sein Machtwort, wie bei allen andern Dingen. Man benutzte von da an dioptrische Spiegel, die das Licht der Lampen nur wenig schwächen.

Natürlich hatte der Leuchtturm am Ende der Welt ein sogenanntes festes (d. h. nicht irgendwie veränderliches) Feuer. Es war ja nicht zu befürchten, daß der Kapitän eines Schiffes es mit einem andern verwechseln könnte, weil es in dieser Gegend, auch wie erwähnt am Kap Horn, kein solches gab. Man hatte also nicht nötig, das Feuer zu »differenzieren« (von andern unterscheidbar zu machen), weder durch Verstärkung und Abschwächung seiner Leuchtkraft, noch durch deren Unterbrechung, so daß es nur zeitweilig oder nur blitzartig aufleuchtete, und das ersparte die Benützung eines oft sehr empfindlichen Mechanismus, der auf der nur von drei Wärtern bewohnten Insel schwerlich zu reparieren gewesen wäre.

Die Laterne war also mit Lampen für doppelte Luftzuführung und mit kreisförmigen, einander mit geringem Zwischenraume umschließenden Dochten ausgestattet. Die Flamme, die, obwohl sie nicht sehr groß war, doch einen ungemein hellen Schein verbreitete, konnte überdies fast genau in den Brennpunkt der Linsen gebracht werden. Das Öl floß ihr in reichlicher Menge und in ähnlicher Weise wie in den Carcel- oder den genannten Moderateurlampen zu. Was den dioptrischen Apparat im Innern der Laterne betraf, so bestand dieser aus staffelförmig angeordneten, im Durchschnitt dreiseitigen Linsenkreisen mit einer größeren Linse von gewöhnlicher Form in der Mitte, die also von einer Reihe mäßig dicker Ringe umgeben war, welche mit ihr zusammen denselben Brennpunkt hatten. Auf diese Weise wurde das zylindrische Bündel einander paralleler Strahlen, das die Linsen erzeugten, unter den besten Bedingungen der Sichtbarkeit nach außen geworfen. Da der Kapitän des Avisos die Insel bei klarem Wetter verließ, konnte er sich überzeugen, daß die Einrichtung und die Leistungsfähigkeit des neuen Leuchtturmes nichts zu wünschen übrig ließ.

Der Leuchtturm am Ende der Welt hatte ein sogenanntes festes Feuer.

Es liegt auf der Hand, daß die gute Lichtwirkung zum großen Teil von der Aufmerksamkeit und der Sorgfalt der Wärter abhing. Wurden die Lampen immer tadellos in stand gehalten, die Dochte rechtzeitig und sorgsam erneuert, die Zuführung des Öles in der gewünschten Menge überwacht, der Luftzug durch Verlängerung oder Verkürzung der die Flammen umgebenden Zylinder nach Bedarf geregelt, und wurde das Feuer endlich stets pünktlich mit dem Untergange der Sonne angezündet und mit deren Aufgange gelöscht, so war dieser Leuchtturm berufen, der Schiffahrt in den entlegnen Teilen des Atlantischen Ozeans die schätzbarsten Dienste zu leisten.

Der gute Wille und der Pflichteifer des Oberwärters Vasquez und seiner beiden Kameraden war übrigens gar nicht in Zweifel zu ziehen. Nach strenger Auswahl unter einer großen Zahl von Bewerbern, hatten ja alle drei in ihren frühern Stellungen genügende Beweise für ihre Zuverlässigkeit, ihren Mut und ihre Ausdauer geliefert.

Hierbei braucht wohl gar nicht besonders betont zu werden, daß die Sicherheit der drei Wärter völlig gewährleistet war, so vereinzelt die Stateninsel auch im Meer lag und sie fünfzehnhundert Seemeilen von Buenos-Aires trennten, woher ihnen allein Proviant und sonstige Hilfe kommen konnte. Die wenigen Fuegier oder Pescherähs, die in der schönen Jahreszeit zuweilen hierher kamen, hielten sich niemals lange auf, und diese armen Teufel sind obendrein ganz harmloser Natur. Nach Beendigung ihres Fischzuges beeilten sie sich allemal, durch die Le Mairestraße zurückzufahren und die Küste des Feuerlandes oder eine Insel des dazu gehörigen Archipels zu erreichen. Andre Fremdlinge waren hier so gut wie noch niemals aufgetaucht. Die Küsten der Insel waren bei den Seefahrern viel zu sehr gefürchtet, als daß ein Schiff nur den Versuch gemacht hätte, hier Zuflucht zu finden, die es sichrer und leichter an verschiednen Punkten von Feuerland gefunden hätte.

Dennoch hatte man keine Vorsichtsmaßregeln versäumt für den Fall, daß in der Elgorbucht verdächtiges Gesindel auftauchen sollte. Die Nebengebäude waren mit festen, von innen zu verriegelnden Türen abgeschlossen, und durch die stark vergitterten Fenster der Magazine und des Wohnhauses hätte niemand eindringen können. Außerdem verfügten Vasquez, Moriz und Felipe über Gewehre und Revolver, und an Munition fehlte es ihnen auch nicht.

Am Ende des Ganges, wo dieser sich am Fuße des Turmes anschloß, war noch eine eiserne Tür angebracht, die keiner hätte zertrümmern oder eindrücken können. Und wie wäre es dann anders möglich gewesen, in den Turm einzudringen, als höchstens durch die kleinen Lichtpforten der Treppe, die wieder durch feste Eisenkreuze gesichert waren. Die Galerie des Turmes hätte einer nur erreichen können, wenn er an dem Drahtseile des Blitzableiters hinaufkletterte.

Das waren also die wichtigen Arbeiten und Einrichtungen, die auf Betrieb der Regierung der Republik Argentina auf der Stateninsel unternommen und zu einem guten Abschluß geführt worden waren.

Drittes Kapitel.
Die drei Wärter.

In der jetzigen Zeit des Jahres, vom November bis zum März, ist die Schiffahrt auf den Meeren des Magellanslandes am lebhaftesten. Mildert auch nichts die mächtige Dünung, die hier aus beiden Ozeanen heranrollt, so hält sich doch die Atmosphäre mehr im Gleichgewicht, und nur schnell vorübergehende Stürme wühlen sie zuweilen bis in die höchsten Schichten auf. In dieser Periode freundlicherer Witterung wagen es Dampfer und Segelschiffe eher, das Kap Horn am südlichen Ausläufer der Neuen Welt zu umschiffen.

Das Vorüberkommen von Fahrzeugen, ob auf dem Wege durch die Le Mairestraße oder im Süden der Stateninsel, genügte freilich nicht, die Eintönigkeit der langen Tage dieser Jahreszeit vergessen zu lassen. Dazu sind es der Schiffe zu wenige und ihre Zahl hat noch weiter abgenommen, seitdem die Entwicklung der Dampfschiffahrt und die Verbesserung der Seekarten die an und für sich kürzere und bequemere Fahrt durch die Magellansstraße noch gefahrloser gemacht haben.

Die von dem Leben auf den Leuchttürmen allemal untrennbare Eintönigkeit wird jedoch von den zu ihrem Dienste fast auferzogenen Wärtern nicht so schwer empfunden. Meist sind es ja alte Matrosen oder frühere Fischer und schon deshalb keine Leute, die ungeduldig die Tage und die Stunden zählen, sondern die sich immer zu beschäftigen und zu zerstreuen wissen. Ihr Dienst beschränkt sich übrigens nicht darauf, für die Unterhaltung des Lichtes vom Untergange bis zum Aufgange der Sonne zu sorgen. Vasquez und seinen Kameraden war auch aufgetragen worden, die Umgebung der Elgorbucht im Auge zu behalten, sich wöchentlich mehrmals nach dem Kap Sankt-Johann zu begeben und die Küste bis zur Severalspitze zu besichtigen, ohne sich dabei aber weiter als drei bis vier Seemeilen zu entfernen. Ferner hatten sie das »Leuchtturm-Tagebuch« zu führen und darin alle irgendwie bemerkenswerten Vorkommnisse aufzuzeichnen, wie die Passage von Segel- und von Dampfschiffen, deren Nationalität und – wenn die betreffenden Signalflaggen erkennbar waren – deren Heimathafen und Namen. Außerdem waren die Richtung und Stärke des Windes, der Witterungscharakter, die Dauer der Niederschläge, die Häufigkeit der Gewitterstürme, der höchste und der tiefste Tagesstand des Barometers, die Lufttemperatur gewisser Stunden, kurz, in dazu vorgesehene Tabellen alle Erscheinungen einzutragen, die für die Ausarbeitung einer meteorologischen Übersichtskarte dieser Gegend irgendwie von Bedeutung waren.

Vasquez, ebenso wie Felipe und Moriz, ein Argentinier von Geburt, hatte die Obliegenheiten eines Oberwärters des Stateninsel-Leuchtturms zu erfüllen. Er war jetzt siebenundvierzig Jahre alt, kräftig, von unerschütterlicher Gesundheit und nie versagender Ausdauer, wie sich's einem Seebären geziemt, der wiederholt über den größeren Teil der hundertachtzig Breitengrade hinweggefahren war. Rasch von Entschluß und tatkräftig in der Ausführung, sowie vertraut mit Gefahren aller Art, hatte er sich unter Umständen, die, wie man sagt, ihm an Kopf und Kragen zu gehen drohten, immer aus der Schlinge zu ziehen verstanden. Doch nicht nur seinem reifern Alter hatte er seine Wahl zum Vorgesetzten des Wärterpersonales zu danken, sondern auch seinem ausgeglichenen, festen Charakter, der auf den ersten Blick Vertrauen einflößte. Ohne in seiner frühern Stellung einen höhern Grad als den eines Oberbootsmannes der Kriegsflotte der Republik erreicht zu haben, hatte er doch den Dienst hochgeachtet von allen quittiert, und als er sich um die neuzuschaffende Stelle auf der Stateninsel bewarb, hatte die Regierung nicht gezögert, sie ihm zu übertragen.

Felipe und Moriz waren ebenfalls zwei »befahrene« Seeleute, der eine vierzig, der andre siebenunddreißig Jahre alt. Vasquez kannte ihre Familien schon lange und er hatte sie der Regierung für den Posten hier in Vorschlag gebracht. Der erste war, wie er selbst, noch Junggeselle. Von den Dreien war nur Moriz, doch kinderlos, verheiratet, und seine Frau, die er nach drei Monaten wiedersehen sollte, diente inzwischen bei einer Zimmervermieterin im Hafen von Buenos-Aires .

Nach Verlauf der drei Monate sollten sich Vasquez, Felipe und Moriz wieder auf der ›Santa-Fé‹ einschiffen, die dann drei andre Wärter nach der Stateninsel brachte, welche sie nach weitern drei Monaten wieder ablösen sollten.

Ihren Dienst würden sie dann für die Monate Juni, Juli und August, das heißt im tiefsten Winter, aufs neue auszuüben haben. Während sie nun in ihrer ersten Dienstperiode nicht besonders von Witterungsunbilden zu leiden gehabt haben würden, erwartete sie nach ihrer Rückkehr nach der Insel ein desto beschwerlicheres Leben, eine Aussicht, die trotzdem nicht geeignet war, ihnen eine Beunruhigung einzuflößen. Vasquez und seine Kameraden hatten sich dann ja schon ziemlich an das hiesige Klima gewöhnt und sie vertrugen voraussichtlich ungestraft die bitterste Kälte, die tollsten Stürme und überhaupt die schlimmste Unbill des antarktischen Winters.

Von diesem Tage, dem 10. Dezember an, begann nun der regelmäßig geordnete Wachdienst. Jede Nacht leuchteten die Lampen unter Obhut eines im Turmzimmer weilenden Wärters, während die beiden andern im Wohnhause der Ruhe pflegten. Am Tage wurden dann die verschiednen Apparate besichtigt, gesäubert, die Lampen wenn nötig mit neuen Dochten versehen und in den Stand gebracht, von Sonnenuntergang an ihre mächtigen Strahlen zu entsenden.

Von Zeit zu Zeit begaben sich, je nachdem der regelmäßige Dienst es zuließ, Vasquez und seine Kameraden längs der

Elgorbucht bis ans Meer hinaus, entweder zu Fuß auf dem einen oder dem andern Ufer oder in dem den Wärtern zur Benützung überlassenen Boote, einer halbgedeckten Schaluppe mit einem Maste und einem Klüverbaume, die in einem kleinen Einschnitte lag, wo sie nichts zu fürchten hatte, da sie gegen die hier einzig gefährlichen Ostwinde durch hohe, steile Uferwände geschützt war.

Wenn Vasquez, Felipe und Moriz einen solchen Ausflug unternahmen, blieb selbstverständlich allemal einer von ihnen auf der obern Galerie des Leuchtturmes als Wachtposten zurück. Es war ja jederzeit möglich, daß ein Schiff in Sicht der Insel vorüberkam und seine Nummer im allgemeinen Schiffsregister angeben wollte, und schon deshalb war es notwendig, daß einer der Wärter stets Umschau hielt. Vom Hofe aus übersah man das Meer nur nach Osten und Nordosten. Nach den andern Seiten hemmten höhere Uferwände den Blick schon einige hundert Toisen jenseits der Einfriedigung; daher die Notwendigkeit, fortwährend auf der Turmgalerie oder in dem Zimmer unter der Laterne bei der Hand zu sein, um sich mit den Schiffen draußen in Verbindung setzen und verständigen zu können.

In den ersten Tagen nach der Abfahrt des Avisos ereignete sich nichts Bemerkenswertes. Das Wetter blieb schön und die Luftwärme verhältnismäßig hoch. Das Thermometer zeigte zuweilen zehn Grad Celsius. Der Wind wehte vom Meere her, zwischen Auf- und Untergang der Sonne meist als leichte Brise, schlug gegen Abend aber zum Landwind, d. h. zu einem Nordwest um, der von der weiten Ebene Patagoniens und des Feuerlandes herkam. Dann und wann gab es auch einige Stunden Regen, und da die Wärme weiter zunahm, waren für die nächste Zeit Gewitter und damit ein Umschlag der atmosphärischen Verhältnisse zu erwarten.

Unter der Einwirkung der Sonnenstrahlen, die sich auch hier lebenerweckend erwiesen, begann die Pflanzenwelt in bescheidnem Maße aufzublühen. Von ihrem weißen Wintermantel vollständig befreit, bedeckte sich die Prärie rings um die Einfriedigung mit blassem Grün. Ja in dem Gehölz antarktischer Buchen hätte man gemächlich unter dem jungen Laubdache ruhen können. Der reichlich genährte Bach floß, bis zum Uferrande gefüllt, laut plätschernd in die Bucht. Moose und Flechten keimten am Fuße der Bäume auf und tapezierten die Wände der Felsen im Verein mit dem bei skorbutischen Erkrankungen so heilsamen Löffelkraut. Kurz, wenn es jetzt hier nicht Frühling war – dieses hübsche Wort hat im Magellanslande kein Bürgerrecht – so war es wenigstens Sommer, der noch für einige Wochen am äußersten Ende des amerikanischen Festlandes herrschte.

Am Nachmittage und noch vor dem Zeitpunkte, wo das Licht des Turmes angezündet werden mußte, saßen Vasquez, Felipe und Moriz beieinander auf dem kleinen Balkon, der die Laterne ringförmig umschloß. Sie »spannen ein Garn«, wie sie es gewöhnt waren, und natürlich trug der Oberwärter meist die Kosten der Unterhaltung.

»Na, Kameraden, begann er, nachdem er seine Pfeife sorgsam gestopft hatte – welchem Beispiele die beiden andern getreulich folgten – na, sagt einmal, dieses neue Leben … findet ihr euch schon einigermaßen damit ab?

– Ei gewiß, Vasquez, antwortete Felipe. In der kurzen Zeit bis jetzt kann man sich ja nicht schon gelangweilt oder ermüdet fühlen.

– Natürlich nicht, stimmte Moriz ein, unsre drei Monate werden wohl schneller verstreichen, als ich es je geglaubt hätte.

Vasquez, Felipe und Moriz saßen beieinander auf dem kleinen Balkon.

– Ja, Kamerad, sie werden dahingehen wie eine Korvette, die bei gutem Winde alle Leinwand aufgesteckt hat.

– Da du von einem Schiffe sprichst, fuhr Felipe fort... heute haben wir kein einziges gesehen, nicht einmal draußen am Horizonte.

– Das wird noch kommen, Felipe, wird schon noch kommen, antwortete Vasquez, der dabei seine zusammengebogene Hand gleich einem Fernrohre vor die Augen hielt. Es lohnte sich doch wahrlich nicht der Mühe, auf der Stateninsel einen so schönen Leuchtturm erbaut zu haben, einen Turm, der seine Strahlen zehn Seemeilen weit hinaussendet, wenn kein Schiff davon Vorteil haben sollte.

– Übrigens ist unser Leuchtturm noch ganz neu, bemerkte Moriz.

– Freilich, freilich, alter Junge, erwiderte Vasquez, es wird noch einige Zeit vergehen, bis alle Kapitäne erfahren haben, daß diese Küstenstrecke jetzt ein Licht hat. Wissen sie das einmal, dann werden sie schon näher an dieser vorbeifahren, um in die Meerenge einzulaufen, da sie damit ja an Weg sparen und manche Gefahren vermeiden. Es ist aber nicht genug, zu wissen, daß jetzt hier ein Leuchtturm steht, sie müssen sich auch darauf verlassen können, daß er allemal vom Untergange bis zum Aufgange der Sonne seinen Lichtschein ausstrahlt.

– Nun, sagte Felipe, das wird ja nach der Rückkehr der ›Santa-Fé‹ nach Buenos-Aires bald allgemein bekannt sein.

– Richtig, Kamerad, erklärte Vasquez; sobald der Kommandant Lafayate seinen Bericht abgestattet hat, wird das Seeamt sich beeilen, die Kreise der Seefahrer davon zu unterrichten. Übrigens müssen auch schon jetzt viele Schiffer Kenntnis von dem erhalten haben, was hier unten entstanden ist.

– Was unsre ›Santa-Fé‹ betrifft, begann Moriz, die doch erst vor fünf Tagen abgefahren ist, so dauert deren Heimreise …

– Meiner Ansicht nach, unterbrach ihn Vasquez, voraussichtlich eine Woche. Das Wetter ist ja schön, das Meer ruhig und es weht ein für den Aviso günstiger Wind. Er hat den Tag und Nacht vom offenen Meere her in den Segeln, und nimmt er dann noch seine Maschine zu Hilfe, so sollt' es mich doch wundern, wenn er nicht seine neun bis zehn Knoten liefe.

– Augenblicklich, sagte Felipe, muß er an der Magellanstraße vorbei und über das Kap der Jungfrauen wenigstens schon fünfzehn Meilen hinaus sein.

– Gewiß, Kamerad, bestätigte Vasquez. Jetzt segelt er längs der Küste Patagoniens hin, und den Pferden der Patagonier ist er an Schnelligkeit überlegen. Doch der Himmel weiß, wie da zu Lande Menschen und Tiere fast laufen können wie die beste Fregatte vor gutem Winde!«

Es liegt wohl auf der Hand, daß die Erinnerung an die ›Santa-Fé‹ den wackern Leuten noch frisch vor Augen schwebte; war es doch wie ein Stückchen Heimatland, das sie eben verlassen hatte, um dahin zurückzukehren, und in Gedanken folgten sie dem Schiffe bis zum Ziele seiner Fahrt.

»Hast du denn heute mit Erfolg gefischt? nahm Vasquez, sich an Felipe wendend, wieder das Wort.

– Das will ich meinen, Vasquez. Mit der Angel hab ich ein paar Dutzend Meergrundeln gefangen, und mit der Hand einen reichlich dreipfündigen Taschenkrebs, der zwischen den Steinen am Ufer umherkroch.

– Gut gemacht, antwortete Vasquez, du brauchst auch nicht zu befürchten, die Bucht zu entvölkern. Je mehr Fische man wegfängt, so sagt man ja, desto mehr drängen sich herbei, und das wird uns gestatten, unsre Vorräte an trocknem Fleisch und geräuchertem Speck zu schonen. Was die Gemüse angeht…

– O, fiel da Moriz ein, ich bin draußen bis zum Buchenwalde gewesen, wo ich mehrere Wurzeln ausgehoben habe. Wie ich's dem Oberkoch vom Aviso, der sich darauf versteht, abgesehen habe, werd ich' euch eine gut schmeckende Schüssel davon bereiten.

– Die uns sehr willkommen sein wird, erklärte Vasquez, denn von Konserven, und wären es die besten, soll man nie zu viel genießen. Die ersetzen doch niemals, was frisch erlegt, frisch geangelt und frisch eingesammelt ist.

– Ei, rief Felipe, wenn uns noch aus dem Innern der Insel ein paar Wiederkäuer zuliefen, vielleicht ein Guanakopärchen oder andre …

– Ich sage nicht, daß ein Lendenbraten oder ein saftiges Stückchen Keule vom Guanako zu verachten wäre, antwortete Vasquez, mit der Zunge schnalzend. Für ein leckeres Stückchen Wild hat sich der Magen allemal pflichtschuldigst zu bedanken. Wenn sich davon etwas zeigt, wollen wir es ja zu erbeuten suchen, doch wohl zu merken, daß sich deshalb, ob's nun ein großes oder kleines Tier gilt, niemand zu weit von der Einfriedigung entfernt. Also immer Achtung auf unsre Instruktionen, immer in der Nähe des Leuchtturms bleiben, außer wenn es sich darum handelt, zu beobachten, was in der Elgorbucht oder draußen zwischen dem Kap Sankt-Johann und der Diegosspitze vorgeht.

– Ja, fiel Moriz, der die Jagd besonders liebte, ein, wenn aber ein frisches Stück Wild in Schußweite käme …

– Ach, auf zwei- oder dreifache Schußweite, antwortete Vasquez, darauf kommt's nicht an. Ihr wißt aber, daß das Guanako zu wilder Natur ist, sich in die Nähe von guter – das heißt natürlich: von unsrer – Gesellschaft zu wagen, und es sollte mich sehr wundernehmen, wenn wir nur ein Hörnerpaar über den Felsen hinter dem Buchenwalde erblickten oder wenn sich so ein Bursche gar bis an die Einfriedigung verirrte.«

Tatsächlich hatte sich seit Beginn der Bauarbeiten kein Tier in der Umgebung der Elgorbucht erblicken lassen. Der Obersteuermann der ›Santa-Fé‹, ein leidenschaftlicher Nimrod, hatte wiederholt versucht, ein Guanako zu erlegen, doch obgleich er dabei wohl fünf bis sechs Meilen ins Innere der Insel wanderte, waren alle Bemühungen vergeblich gewesen. Fehlte es hier auch nicht an Hochwild, so hielt es sich doch stets in zu großer Entfernung, als daß es hätte geschossen werden können. Hätte der Obersteuermann die nächsten Höhenzüge überstiegen und sich bis zum Parryhafen, womöglich bis zum andern Ende der Insel begeben, so wäre er jedenfalls glücklicher gewesen; doch da, wo nach der Westseite zu steile Berggipfel aufragten, mußte ein Vordringen ungemein schwierig werden, und so war weder er noch sonst einer von der Besatzung der ›Santa-Fé‹ bis in Sicht des Kaps Saint-Barthelemy gekommen.

Als Moriz in der Nacht vom 16. zum 17. Dezember von sechs bis zehn Uhr auf dem Turme die Wache hatte, blinkte im Osten, sechs bis sieben Meilen draußen auf dem Meere ein schwaches Licht auf. Offenbar kam es von der Laterne eines Schiffes, des ersten, das sich seit der Vollendung des Leuchtturms im Gewässer der Insel gezeigt hatte.

Moriz glaubte mit Recht, daß das seine Kameraden, die noch nicht schliefen, interessieren würde, und er ging also hinunter, um sie davon zu benachrichtigen.

Vasquez und Felipe stiegen mit ihm sofort wieder hinauf und stellten sich, Fernrohre in der Hand, an das geöffnete Fenster der Ostseite.

»Es ist ein weißes Licht, sagte Vasquez.

– Und folglich, setzte Felipe hinzu, kein solches einer Positionslaterne, da es weder grün noch rot leuchtet.«

Diese Bemerkung war richtig: es war keines der vorschriftsmäßigen Positionslichter, die nach Sonnenuntergang, das rote an Back-, das grüne an Steuerbord der Seeschiffe, geführt werden.

»Und da es weiß ist, fuhr Vasquez fort, muß es am Stagseile des Fockmastes hängen, und das bezeichnet einen Dampfer, der vor der Insel liegt.«

Hierüber bestand kein Zweifel. Es handelte sich unbedingt um einen Dampfer, der sich dem Kap San Juan näherte, und die Wärter fragten sich nur, ob er in die Le Mairestraße einlaufen oder im Süden von ihnen vorbeikommen würde.

Sie beobachteten also die Fahrt des sich immer mehr nähernden Schiffes, und nach Verlauf einer halben Stunde waren sie sich über seinen Kurs im Klaren.

Der Dampfer ließ den Leuchtturm an Backbord südsüdwestlich liegen und steuerte geraden Weges auf die Meerenge zu. Als er vor dem Hafen Sankt-Johann vorüberglitt, wurde auch sein rotes Licht kurze Zeit sichtbar, doch verschwand das Fahrzeug bald in der zunehmenden Dunkelheit.

»Das wäre also das erste Schiff, das den Leuchtturm am Ende der Welt gesichtet hat! rief Felipe.

– Es wird aber nicht das letzte sein!« versicherte Vasquez.

Am frühen Morgen des nächsten Tages meldete Felipe einen großen Segler, der am Horizonte herauskam. Das Wetter war klar, die Luft durch einen mäßigen Südostwind von allen Dunstmassen befreit, und so konnte man das Fahrzeug schon in einer Entfernung von mindestens zehn Seemeilen erkennen.

Vasquez und Moriz begaben sich, als sie davon gehört hatten, nach der Galerie des Leuchtturmes. Von hier aus sahen sie das Schiff über die äußersten Felsenwände des Ufers hinweg und ein wenig zur Rechten von der Elgorbucht zwischen der Diegos- und der Severalspitze.

Unter allen Segeln glitt das Fahrzeug schnell und mit einer Geschwindigkeit dahin, die wenigstens auf zwölf bis dreizehn Knoten zu schätzen war. Es lief dabei mit Backbordhalfen ziemlich mit Rückenwind. Da es jetzt aber fast in gerader Richtung auf die Stateninsel zu hielt, ließ sich noch nicht entscheiden, ob es diese im Norden oder im Süden passieren würde.

Als Seeleute, die für solche Fragen stets Interesse haben, sprachen sich Vasquez, Felipe und Moriz über die vorliegende aus. Schließlich behielt Moriz recht, der von Anfang an behauptet hatte, der Segler werde nicht in die Meerenge einzulaufen suchen. Als dieser nur noch anderthalb Seemeilen von der Küste entfernt war, luvte er an, um mehr. in den Wind zu kommen und die Severalspitze zu umschiffen.

Es war ein sehr großes Fahrzeug, wenigstens von achtzehnhundert Tonnen, mit drei Masten und einer Klippertakelage, wie sie für die in Amerika gebauten schnellsegelnden Schiffe dieser Art gebräuchlich ist.

»Mein Fernrohr soll sich doch gleich zu einem Regenschirm verwandeln, rief Vasquez, wenn der da nicht aus den Werften Neuenglands hervorgegangen ist!

– Vielleicht will er uns auch Nummer und Namen signalisieren, sagte Moriz.

– Das wäre auch nicht mehr als seine Pflicht und Schuldigkeit«, meinte der Oberwärter

Das geschah denn auch, als der Klipper bei der Severalspitze wendete. Nach der Gaffel des Besahnmasles stiegen vier kleine Flaggen empor, Signale, die Vasquez sofort übersetzte, als er das im Wachzimmer aufbewahrte Signalbuch eingesehen hatte.

Das Schiff war der ›Montank‹, beheimatet im Hafen von Boston Neuengland, Vereinigte Staaten von Amerika. Die Wärter antworteten ihm durch Hissung der argentinischen Flagge an der Fangstange des Blitzableiters, und sie folgten dem Fahrzeuge mit den Augen, bis dessen Masttoppen an der Südküste der Insel hinter den Höhen des Kap Webster verschwanden.

»Und nun, sagte Vasquez, glückliche Fahrt dem ›Montank‹, und gebe der Himmel, daß er vor dem Kap Horn nicht gar zu grobe See findet.«

In den nächstfolgenden Tagen blieb das Meer so gut wie ganz leer; kaum waren ein oder zwei Segel weit draußen am östlichen Horizont zu erspähen. Die Fahrzeuge, die gegen zehn bis zwölf Seemeilen vor der Stateninsel hinsegelten, beabsichtigten offenbar nicht, sich der Küste Amerikas zu nähern. Nach der Meinung des Oberwärters Vasquez mußten das Walfänger sein, die sich nach den Fangplätzen der antarktischen Gewässer begaben. Wie zur Bestätigung tauchten auch bald einzelne Spritzwale auf, die aus höhern Breiten kamen. Sie hielten sich auf dem Wege nach dem Großen Ozean aber alle in reichlicher Entfernung von der Severalspitze.

Bis zum 20. Dezember war, außer den meteorologischen Beobachtungen, nichts zu notieren. Das Wetter war mehr veränderlich geworden, mit Windstößen, die zwischen Nordost und Südost wechselten. Wiederholt kam es zu starken Regenfällen, die zuweilen – ein Zeichen einer gewissen elektrischen Spannung der Atmosphäre – mit leichtem Hagel vermischt niederprasselten.

Das deutete auch auf bevorstehende Gewitter, die, besonders zu dieser Jahreszeit, recht schwer werden konnten.

Am Morgen des 21. schlenderte Felipe rauchend auf dem Hof umher, als er nach der Seite des Buchengehölzes ein Tier zu bemerken glaubte.

Erst sah er einige Augenblicke in dieser Richtung hinaus, dann holte er aber ein Fernrohr aus der gemeinschaftlichen Wohnstube.

Felipe erkannte jetzt leicht ein großes Guanako. Das bot vielleicht Gelegenheit zu einem glücklichen Schusse.

Vasquez und Moriz, die er herbeigerufen hatte, traten sofort aus einem der Nebengebäude und eilten auf ihren Kameraden zu.

Alle stimmten überein, schnellstens zur Jagd aufzubrechen. Gelang es, das Guanako zu erlegen, so bedeutete das einen Gewinn an frischem Fleisch, das in den gewöhnlichen Speisezettel eine angenehme Abwechslung bringen mußte.

Man einigte sich also dahin, daß Moriz, mit einem Gewehr ausgerüstet, hinausgehen und das Tier, das sich jetzt ganz ruhig verhielt, möglichst unbemerkt umschleichen und es dann nach der Seite der Bucht treiben sollte, wo ihm Felipe schußbereit auflauern würde.

»Nehmt euch aber gut in acht, Jungens! ermahnte sie Vasquez. Das Viehzeug hat ein sehr seines Gehör und einen scharfen Geruch. Sobald das da draußen Moriz selbst in großer Ferne sieht oder wittert, läuft es so schnell davon, daß ihr weder darauf schießen, noch es überholen könnt. Laßt's dann unbelästigt, sehr weit kann es ja nicht entfliehen. Verstanden?

– Natürlich«, antwortete Moriz.

Vasquez und Felipe stellten sich am Rande des Hofes auf und erkannten mit Hilfe des Fernrohrs, daß das Guanako sich noch immer auf dem kleinen offenen Platz befand, wo es zuerst bemerkt worden war. Sie behielten jetzt also vor allem Moriz im Auge.

Dieser schlich sich auf das Buchengehölz zu. Von diesem gedeckt, konnte er vielleicht die Felsen in der Nähe erreichen, ohne das Tier zu erschrecken, und ihm dann von rückwärts her näher kommen, um es nach der Seite der Bucht fortzujagen.

Seine Kameraden konnten ihm mit den Blicken folgen, bis er das Gehölz erreichte, unter dem er verschwand.

Jetzt verlief etwa eine halbe Stunde. Das Guanako hielt sich noch immer unbeweglich, und Moriz mußte ihm jetzt nahe genug sein, darauf schießen zu können.

Vasquez und Felipe erwarteten also jeden Augenblick, einen Knall zu hören und das Tier mehr oder weniger schwer verletzt zusammenbrechen oder es in aller Hast entfliehen zu sehen.

Es fiel aber kein Schuß, und zu Vasquez' und Felipes größtem Erstaunen streckte sich das Guanako, statt davonzulaufen, mit schlaff herabhängenden Beinen und zusammengesunkenem Leibe auf dem steinigen Boden aus, als fehlte es ihm an Kraft, sich länger aufrecht zu halten.

Fast gleichzeitig erschien Moriz, dem es gelungen war, sich hinter den Felsblöcken heranzuschleichen, und ging auf das still daliegende Guanako zu. Er beugte sich darüber, betastete es mit der Hand und hob es ein Stück in die Höhe. Dann wendete er sich der Einfriedigung zu und machte dahin ein nicht mißzuverstehendes Zeichen, womit er seine Kameraden aufforderte, zu ihm herzukommen.

Er machte mit der Hand ein nicht mißzuverstehendes Zeichen.

»Da liegt etwas besondres vor, sagte Vasquez, komm' mit, Felipe.«

Beide eilten von dem hochgelegenen Hofe hinunter und liefen auf den Buchenwald zu.

Schon in zehn Minuten hatten sie die Strecke bis dahin zurückgelegt.

»Nun … das Guanako? fragte Vasquez.

– Hier liegt es, antwortete Moriz und wies auf das Tier zu seinen Füßen.

– Ist es tot? fragte Felipe.

– Ja … tot, erwiderte Moriz.

– Also vor Alter eingegangen?

– Nein, infolge einer Verwundung.

– Verwundung? … Es ist verwundet worden?

– Ja, durch eine Kugel in die Seite.

– Wie … durch eine Kugel?« entfuhr es Vasquez.

Kein Zweifel; nachdem das Guanako von einer Kugel getroffen worden war, hatte es sich bis zu die ser Stelle geschleppt und war hier tot zusammengebrochen.

»Dann sind also Jäger auf der Insel?« murmelte Vasquez, und still und nachdenklich blickte er rund auf die Umgebung hinaus.

Viertes Kapitel.
Kongres Räuberbande.

Hätten Vasquez, Felipe und Moriz einmal den äußersten Westen der Stateninsel besucht, so würden sie gesehen haben, wie auffallend sich hier die Küste von der unterschied, die sich zwischen dem Kap Sankt-Johann und der Severalspitze hinzog. Hier erhoben sich nur steile, oft bis zweihundert Fuß hohe Uferwände, die meist wie glatt abgeschnitten erschienen und ebenso tief ins Wasser hinabreichten, unablässig, selbst bei ruhigem Wetter, gepeitscht von einer schweren Brandung. Vor den nackten Felswänden, deren Risse, Zwischenräume und Klüfte unzählige Seevögel beherbergten, dehnten sich noch zahlreiche Klippenbänke aus, von denen einzelne bei Tiefwasser bis zwei Seemeilen weit hinausreichten. Dazwischen verliefen enge, gewundene Kanäle, meist gar nicht oder doch nur für flachgehende Boote befahrbare Rinnen. Da und dort tauchte auch etwas Strand auf, aus dessen feuchtem Sande verschiedene magere Seepflanzen aufkeimten, und dazwischen lagen Muscheln verstreut, die vom Wogenschlag zerbrochen waren. Im Innern der Uferwände fehlte es nicht an Aushöhlungen, an tiefen, trocknen, dunkeln Grotten mit schmalem Eingange, die weder von den Stürmen belästigt, noch von dem schäumenden Wasserschwalle, selbst in der gefährlichen Zeit der Tag- und Nachtgleichen, erreicht wurden. Man gelangte dahin auf steinigen, unsichern Stegen, über Felsengeröll, das von der Flut nicht selten durcheinander geworfen wurde. Schwer zu erklimmende Schluchten vermittelten den Zugang zum Kamme der Uferhöhen, doch um die Hochebene des Insellinnern zu erreichen, hätte man auf einer ziemlich fünfzehn

Seemeilen langen Strecke Bergrücken von mehr als neunhundert Metern Höhe übersteigen müssen. Im ganzen zeigte die Westküste also einen viel wildern, ödern Charakter als die ihr entgegengesetzte, an der die Elgorbucht sich öffnete.

Obgleich der Westen der Stateninsel durch die Berge des Feuerlandes und der magellanischen Inseln gegen die Nordwestwinde geschützt war, herrschte hier doch ein ebenso heftiger Seegang wie in der Umgebung des Kaps Sankt-Johann von der Diegos- bis zur Severalspitze. War nun ein Leuchtturm an der atlantischen Seite errichtet worden, so würde für die Schiffe, die um das Kap Horn herumkamen und den Kurs nach der Le Mairestraße einschlugen, ein zweiter an der Seite nach dem Stillen Ozean ebenso notwendig gewesen sein. Vielleicht hatte die chilenische Regierung sich jetzt auch schon vorgenommen, dem Beispiele Argentiniens zu folgen.

Wären diese Arbeiten aber gleichzeitig auf beiden Ausläufern der Stateninsel in Angriff genommen worden, so wäre dadurch eine Räuberbande, die in der Nachbarschaft des Kaps Saint-Barthelemy hauste, arg ins Gedränge gekommen.

Mehrere Jahre vorher war diese Verbrecherrotte am Eingange zur Elgorbucht ans Land gestiegen und hatte hier am steilen Ufer eine tiefe Höhle entdeckt. Diese bot den Burschen eine gute Zuflucht, und da niemals ein Schiff die Stateninsel anlief, befanden sie sich hier in vollkommener Sicherheit.

Die etwa aus einem Dutzend Männern bestehende Rotte hatte als Anführer einen gewissen Kongre, dem als zweiter ein gewisser Carcante zur Seite stand.

Die Rotte war aus verschiednen Eingebornen Südamerikas zusammengewürfelt. Fünf davon waren argentinischer oder chilenischer Nationalität. Die übrigen, wahrscheinlich geborne Feuerländer, die Kongre angeworben hatte, hatten nur über die Le Mairestraße zu setzen brauchen, um die Bande hier auf der Insel zu vervollständigen, die ihnen bekannt war, da sie sie in der schönen Jahreszeit schon wiederholt des Fischfanges wegen besucht hatten.

Von Carcante wußte man weiter nichts, als daß er von chilenischer Herkunft war, es wäre aber sehr schwierig gewesen, zu sagen, in welcher Stadt oder welchem Dorfe der Republik seine Wiege gestanden hätte oder welcher Familie er eigentlich angehörte. Zwischen fünfunddreißig und vierzig Jahre alt, mittelgroß, eher etwas mager, aber ganz Nerv und Muskel, und folglich ungemein kräftig, dazu von heimtückischem Charakter und hinterlistigem Sinne, schrak er gewiß niemals vor der Ausführung eines Raubes oder der Begehung eines Mordes zurück.

Von der Vergangenheit des ersten Anführers war so gut wie gar nichts bekannt. Über seine Nationalität hatte er selbst nie ein Wort fallen lassen, ja niemand wußte sogar, ob er wirklich Kongre hieß. Übrigens ist dieser Name unter den Eingebornen des Magellan- und des Feuerlandes sehr verbreitet. Bei Gelegenheit der Weltreise der ›Astrolabe‹ und der ›Zélée‹ nahm der Kapitän Dumont d'Urville, als er an der Magellanstraße im Hafen von Peckett vor Anker lag, einen Patagonier, der diesen Namen führte, auf. Es blieb aber zweifelhaft, ob Kongre von Geburt Patagonier war oder nicht. Er hatte nicht das oben mehr schmale, am untern Teile breitere Gesicht der Urbewohner Patagoniens, auch nicht die abfallende Stirn, die länglichen Augen, die etwas eingedrückte Nase und die gewöhnlich hohe Gestalt, die diese auszeichnet. Ebenso fehlte seinem Gesicht der Ausdruck von Sanftmut, den man bei den meisten Vertretern dieser Volksstämme findet.

Kongre war von heftigem und höchst energischem Temperament. Das erkannte man leicht an den wilden, durch einen dichten, schon etwas ergrauenden Bart nur schlecht verdeckten Zügen des Mannes, der übrigens erst einige vierzig Jahre zählte. Es war ein richtiger Bandit, ein furchtbarer, schon mit allen Verbrechen behafteter Übeltäter, der nirgends anders hatte eine Zuflucht finden können, als auf dieser Insel, von der ihm nur die Küste einigermaßen bekannt war.

Wie hatten nun Kongre und seine Spießgesellen, seitdem sie sich nach der Stateninsel geflüchtet hatten, ihr Leben fristen können? Das möge im nachfolgenden kurz geschildert werden.

Als Kongre und sein Komplize Carcante infolge von Verbrechen, wegen der ihnen der Galgen oder die Garotte (das Erwürgtwerden) drohte, aus Punta Arenas, dem Haupthafen an der Magellanstraße, entflohen waren, hatten sie sich nach dem Feuerlande durchgeschlagen, wo es sehr schwierig gewesen wäre, sie weiter zu verfolgen. Hier lebten sie nun in Gesellschaft von Pescherähs, hörten aber bald, wie häufig sich Schiffbrüche an der Stateninsel ereigneten, die damals noch nicht durch den Leuchtturm am Ende der Welt kenntlich gemacht war. Jedenfalls mußten die Ufer hier mit Trümmern und Seetriften aller Art bedeckt sein, wovon viele ja von hohem Werte sein mochten. Da kam Kongre und Carcante der Gedanke, mit zwei oder drei verwegenen Gesellen ihres Schlages, die sie im Feuerlande kennen gelernt hatten, und denen sich etwa noch zehn Pescherähs anschließen sollten, die ebenfalls keinen Heller mehr wert waren… eine richtige Räuberrotte zu bilden. Auf einem der hier landesüblichen Boote setzten sie nach der andern Seite der Le Mairestraße über. Obwohl aber Kongre und Carcante von Beruf Seeleute waren und lange Zeit die gefährlichen Gewässer am Großen Ozean befahren hatten, konnten sie dabei einen Unfall doch nicht verhindern. Ein heftiger Wind verschlug sie weiter nach Osten, und das wild aufgeregte Meer zertrümmerte ihr Boot an den Felsen des Kaps Colnett, gerade als sie sich bemühten, in das ruhige Wasser des Parry-Hafens einzulaufen.

Vom genannten Kap aus erreichten sie zu Fuß die Elgorbucht. In ihren Erwartungen sollten sie nicht getäuscht werden. Das Strandgebiet zwischen dem Kap Sankt-Johann und der Severalspitze war mit den Trümmern früherer und neuerlicher Schiffbrüche bedeckt. Da lagen noch ganz unverletzte Ballen, Kisten mit Proviant, die die Ernährung der Bande für viele Monate sicherstellen mußten, ferner fanden sich Waffen, Revolver und Flinten, die leicht wieder in Stand zu setzen waren, gut erhaltene Munition in metallenen Kasten, Gold- und Silberbarren von hohem Werte, die wohl aus reichen Schiffsladungen von Australien herstammen mochten, dazu noch Möbel, Planken und Bretter, Holz aller Art, und dazwischen endlich Reste von menschlichen Skeletten, doch keinen Überlebenden von diesen Seeunglücksfällen.

Die so gefährliche Stateninsel war den Seefahrern übrigens hinreichend bekannt. Jedes Schiff, das vom Sturme an ihre Küste verschlagen wurde, war rettungslos mit Mann und Maus dem Untergange geweiht.

Kongre suchte für sich und seine Genossen einen Schlupfwinkel nicht im Hintergrunde der Bucht, sondern nahe an ihrem Eingange, da ihm das geeigneter für seine Pläne erschien, vor allem das Kap Sankt-Johann zu überwachen. Ein Zufall ließ ihn eine Höhle entdecken, deren Eingang durch dicht wuchernde Seepflanzen, meist Blättertange und Seegras, verdeckt wurde, die aber geräumig genug war, die ganze Bande aufzunehmen. An der Rückseite der Vorberge der Küste gelegen, war sie auch gegen die Winde von der Seeseite vortrefflich geschützt. Dorthin wurden nun alle die Überreste von frühern Schiffbrüchen geschafft, die zur wohnlichen Ausstattung der Höhle dienen konnten: Bettwäsche, Kleidungsstücke, nebst einer Menge Fleischkonserven, Kisten mit Schiffszwieback und Fäßchen mit Wein und Brantwein. Eine zweite, neben der ersten gelegene Grotte diente zur Lagerung der Seetriften von besonderm Werte, wie von Gold, Silber und kostbaren Schmucksachen, die auf dem Strande gefunden worden waren. Gelang es Kongre später, sich eines durch falsche Signale nach der Bucht irregeführten Schiffes zu bemächtigen, so wollte er es mit der gesamten Beute beladen und nach den Inseln des Stillen Ozeans. dem Schauplatze seiner bisherigen Räubereien, zurückkehren.

Das Strandgebiet war mit den Trümmern früherer und neuerlich Schiffbrüche bedeckt.

Bis jetzt hatte sich dazu keine Gelegenheit geboten und die Übeltäter hatten die Stateninsel noch nicht wieder verlassen können. Im Verlauf von zwei Jahren war ihre reiche Beute aber immer mehr gewachsen, denn es kamen in dieser Zeit wiederholt Schiffbrüche vor, die sie sich zunutze machen konnten.

Wie die Strandräuber an gewissen gefährlichen Küstenstrecken der Alten und der Neuen Welt, wußten sie gelegentlich selbst solche Unfälle herbeizuführen. Tauchte in der Nacht und bei schwerem Oststurme ein Fahrzeug in der Nähe der Insel auf, so lockten sie es durch Feuerzeichen nach den Klippen heran, und gelang es ausnahmsweise einem der Schiffbrüchigen, sich aus den tobenden Wellen zu retten, so wurde er ohne Bedenken ermordet. Das war die ganze Tätigkeit dieser Banditen, von denen bisher niemand etwas wußte.

Immerhin blieb die Rotte auf der Insel so gut wie gefangen. War es Kongre auch gelungen, mehrere Schiffsverluste herbeizuführen, so konnte er doch kein Fahrzeug in die Elgorbucht hereinlocken, wo er versucht hätte, es in seine Gewalt zu bekommen. Auch von selbst war keines in die, den Kapitänen wenig bekannte Bucht eingelaufen, und dann wär' es ja noch immer darauf angekommen, daß seine Besatzung nicht stark genug gewesen wäre, einen Angriff der fünfzehn Raubgesellen abzuschlagen.

Die Zeit verstrich, die Höhle erstickte fast unter der Menge wertvoller Beute. Natürlich wurden Kongre und die übrigen allgemach ungeduldig und wetterten über das Mißgeschick, nicht fortkommen zu können. Das bildete auch unausgesetzt den Gegenstand des Gesprächs zwischen Carcante und dem Haupte der Bande.

»Zum Teufel, auf dieser traurigen Insel zu sitzen wie ein an der Küste gestrandetes Schiff! rief er ärgerlich. Und dabei könnten wir eine Ladung im Werte von hunderttausend Piastern mit nach Hause nehmen!

– Ja freilich, antwortete Kongre, von der Insel hier müssen wir fort, es koste, was es wolle.

– Wann aber und wie?« erwiderte Carcante, eine Frage, die jedoch stets ohne Antwort blieb.

»Unser Proviant wird schließlich zu Ende gehen, fuhr Carcante fort. Liefert auch der Fischfang einigen Zuschuß, so ist doch die Jagd wenig erfolgreich. Und dann die entsetzlichen Winter, die man auf dieser Insel aushalten muß. Alle Teufel, wenn ich an die denke, die wir vielleicht noch ertragen müssen!«

Was hätte Kongre zu dem allen sagen können? Er sprach gewöhnlich nicht viel und war überhaupt nicht mitteilsamer Natur… und doch wallte die Wut in ihm auf angesichts der Ohnmacht, wozu er sich verurteilt sah.

Nein, er konnte nichts tun… nichts! Wenn kein Schiff hier Anker warf, dessen sich die Bande durch Überrumpelung hätte bemächtigen können, so wäre das Kongre doch gegenüber einem Boote aus dem Feuerlande möglich gewesen, wenn sich ein solches nur bis nach der Ostseite der Insel hinausgewagt hätte. Wenn nicht er selbst, so würde sich Carcante oder einer der Chilenen darauf eingeschifft haben und einmal in der Magellanstraße mußte sich leicht Gelegenheit bieten, Buenos-Aires oder Valparaiso zu erreichen. Mit dem Gelde, woran es ja nicht fehlte, wäre dann dort ein Schiff von hundertfünfzig bis zweihundert Tonnen gekauft und von Carcante mit Hilfe einiger Matrosen nach der Bucht gesteuert worden.

Lag das dann erst in dem Landeinschnitte, so hätte man sich der neuen Mannschaft kurzer Hand entledigt… dann wäre die ganze Bande mit ihren Schätzen an Bord gegangen und hätte sich nach den Salomonsinseln oder den Neuen Hebriden zurückgezogen.

Das war die Lage der Dinge, als fünfzehn Monate vor dem Beginn unsrer Erzählung darin eine unerwartete Änderung eintrat.

Anfang Oktober 1858 erschien plötzlich ein Dampfer unter argentinischer Flagge in Sicht der Insel und manövrierte offenbar in der Weise, in die Elgorbucht einzulaufen.

Kongre und seine Genossen hatten ihn sofort als ein Kriegsschiff erkannt, gegen das sie nichts unternehmen konnten. Nachdem sie jede Spur ihrer Anwesenheit sorgsam verwischt und den Eingang beider Höhlen noch mehr verdeckt hatten, zogen sie sich nach dem Innern der Insel zurück, um da die Wiederabfahrt des Schiffes abzuwarten.

Es war das die von Buenos-Aires eingetroffene ›Santa-Fé‹, die einen mit der Errichtung eines Leuchtturmes beauftragten Ingenieur an Bord hatte, der zunächst einen für das Bauwerk geeigneten Platz aussuchen sollte.

Der Aviso ankerte nur wenige Tage in der Elgorbucht und fuhr wieder ab, ohne den Schlupfwinkel Kongres und seiner Genossen entdeckt zu haben.

Carcante, der sich in der Nacht bis an den Landeinschnitt herangeschlichen hatte, war es gelungen, zu erlauschen, zu welchem Zwecke die ›Santa-Fé‹ nach der Stateninsel gekommen war. Im Hintergrunde der Elgorbucht sollte ein Leuchtturm erbaut werden! Damit schien der Bande nichts mehr übrig zu bleiben, als der Insel schleunigst den Rücken zu kehren, und das wäre gewiß auch geschehen, wenn ... ja, wenn es nur möglich gewesen wäre.

Kongre kam infolgedessen zu dem einzigen Entschlusse, der hier angezeigt schien: er kannte schon den Westen der Insel in der Umgebung des Kaps Barthelemy, wo ihm andre Höhlen voraussichtlich Unterschlupf gewähren konnten. Ohne einen Tag zu zögern – der Aviso mußte gewiß bald und dann mit einer Anzahl Arbeiter zurückkehren, um die Arbeiten in Angriff zu nehmen - betrieb er die Überführung alles dessen, was notwendig erschien, den Lebensunterhalt der Räuberrotte auf ein Jahr zu sichern, in der begründeten Überzeugung, daß er so entfernt vom Kap Sankt-Johann nicht Gefahr liefe, aufgespürt zu werden. Immerhin hatte es ihm an Zeit gefehlt, beide Höhlen auszuleeren; er mußte sich deshalb darauf beschränken, den größten Teil des Proviants, Fleischkonserven, Getränke, Bettzeug, Kleidungsstücke und einige besonders wertvolle Kostbarkeiten fortschaffen zu lassen. Nach sorgfältiger Verschließung der Eingänge mit Gestein und trocknem Gestrüpp wurde alles übrige dann einstweilen seinem Schicksale überlassen.

Fünf Tage nach dem Verschwinden der Bande erschien die ›Santa-Fé‹ früh morgens wieder vor dem Eingange zur Elgorbucht und ging bald in dem kleinen Einschnitt vor Anker. Die Arbeiter, die sie an Bord hatte, wurden gelandet und das mitgebrachte Material ausgeladen. Da die Baustelle auf dem etwas höher liegenden Plateau schon bestimmt war, wurden die Arbeiten sofort begonnen und, wie wir wissen, schnell ausgeführt.

Infolgedessen war die Kongresche Räuberbande also genötigt gewesen, nach dem Kap Saint-Barthelemy zu flüchten. Ein von der Schneeschmelze gespeister Bach lieferte ihr das notwendige Wasser. Der Fischfang und in gewissen Grenzen auch die Jagd ermöglichte es, an dem von der Elgorbucht mitgenommenen Proviant ein wenig zu sparen.

Mit welcher Ungeduld erwarteten aber Kongre, Carcante und deren Gefährten die Vollendung des Turmbaues und die Abfahrt der ›Santa-Fé‹, die dann erst, wenn sie eine Ablösung brachte, nach drei Monaten wiederkommen sollte.

Selbstverständlich hielten sich Kongre und Carcante immer von allem unterrichtet, was im Hintergrunde der Bucht vorging. Indem sie sich entweder an der Küste von Süden nach Norden heranschlichen, sich vom Inselinnern her näherten oder endlich von den Anhöhen, die den Neujahrshafen einrahmten, hinabspähten, konnten sie den Fortgang der Arbeiten beobachten und sich ein Urteil bilden, wann diese abgeschlossen sein würden. Dann gedachte Kongre einen längst gehegten Plan zur Ausführung zu bringen. War denn nicht zu vermuten, daß nach Eröffnung der Beleuchtung der Insel weit eher ein Schiff in die Elgorbucht einlaufen würde, ein Schiff, dessen er sich nach Überrumpelung und Niedermetzelung der Besatzung bemächtigen könnte?

Carcante konnte den Fortgang der Arbeiten beobachten.

Kongre glaubte nicht, daß er einen gelegentlichen Ausflug der Offiziere des ›Avisos‹ nach dem äußersten Westen der Insel zu befürchten habe. Niemand würde es, wenigstens dieses Jahr, in den Sinn kommen, etwa bis zum Kap Gomez vorzudringen, was nur über nackte, hohe Felsenebenen, über fast unpassierbare Schluchten hinweg und überhaupt durch ein schwer zugängliches Berggebiet mit ungeheuern Schwierigkeiten möglich gewesen wäre. Freilich konnte der Befehlshaber des Avisos auf den Gedanken kommen, eine Rundfahrt um die Insel zu unternehmen, doch auch dann würde er schwerlich an der von Klippen durchsetzten Küste zu landen suchen, und jedenfalls würde die Räuberrotte Maßregeln ergreifen, eine Entdeckung zu verhindern.

Zu einem solchen Zwischenfalle kam es indessen nicht und es wurde Dezember, als die Einrichtung des Leuchtturms vollendet war. Dessen Wächter blieben dann allein zurück, was Kongre daraus abnehmen konnte, daß die Laterne ihre Strahlen zum ersten Male in die Nacht hinaussandte.

Im Laufe der letzten Wochen legte sich auch einer oder der andre von der Bande auf die Lauer auf einem der Berggipfel, von denen aus man den Leuchtturm in der Entfernung von sieben bis acht Seemeilen erblicken konnte, und das immer mit dem Befehl, sofort zurückzukehren, sobald das Licht zum ersten Mal aufblitzte.

Diese Meldung überbrachte Carcante in der Nacht vom 9. zum 10. Dezember nach dem Kap Saint-Barthelemy.

»He, rief er, als er Kongre in der Höhle antraf, der Teufel hat es fertig gebracht, das Licht anzuzünden, das der Teufel auch wieder auslöschen möge!

– Ja, wir brauchen es nicht!« antwortete ihm Kongre, der die Faust drohend nach Osten ausstreckte.

Einige Tage vergingen ohne besondre Zwischenfälle. Zu Anfang der zweiten Woche schoß da Carcante, als er in der Umgebung des Parryhafens auf der Jagd war, ein Guanako mit einer Kugel an. Der Leser weiß schon, daß das verletzte Tier ihm entkam und erst auf der Stelle zusammenbrach, wo es von Moriz am Felsenrande nahe bei dem Buchenwalde gefunden wurde. Von diesem Tage an überwachten nun Vasquez und seine Kameraden, da sie die Überzeugung gewonnen hatten, nicht die einzigen Bewohner der Insel zu sein, die Umgebung der Elgorbucht mit erhöhter Aufmerksamkeit.

Inzwischen war der Tag gekommen, wo Kongre sich rüstete das Kap Saint-Barthelemy wieder zu verlassen und nach dem Kap Sankt-Johann zurückzukehren. Von Lebensmitteln sollte dabei nur der Bedarf für drei bis vier Marschtage mitgenommen werden, da der Bandit schon auf die beim Leuchtturm lagernden Vorräte rechnete. Das übrige Material ließ man in der schwer auffindbaren Höhle an der Westküste zurück. Es war jetzt der 22. Dezember. Mit dem Morgenrot aufbrechend, gedachte die Bande auf einem ihr genügend bekannten Wege durch das bergige Gebiet der Insel am ersten Tage den dritten Teil der Strecke zurückzulegen. Nach dieser etwa zehn Seemeilen betragenden Etappe durch bergiges Terrain sollte entweder unter dem Schutze von Bäumen oder vielleicht in einer Aushöhlung Rast gemacht werden.

Am nächsten Tage wollte Kongre noch vor Sonnenaufgang aufbrechen und etwa dieselbe Strecke wie am Tage vorher zurücklegen, und am übernächsten hoffte er am Abend die Elgorbucht mit seiner Bande zu erreichen.

Kongre nahm an, daß nur zwei Wärter zur Bedienung des Leuchtfeuers zurückgelassen worden wären, während es deren doch drei waren. Das machte jedoch keinen weitern Unterschied. Vasquez, Moriz und Felipe würden doch der ganzen Bande, deren Anwesenheit in der Nähe der Umfriedigung niemand ahnte, keinen erfolgreichen Widerstand leisten können. Zwei davon mußten wohl in der Wohnung leicht zu überwältigen sein, und mit dem dritten, der sich voraussichtlich in der Wachstube auf dem Turme befand, konnte das auch keine besondern Schwierigkeiten machen.

Kongre würde danach der Herr des Leuchtturmes sein und konnte dann mit Muße das vorläufig beim Kap Saint-Barthelemy zurückgelassene Material heranschaffen und in der Höhle am Eingange zur Elgorbucht niederlegen lassen.

Das war der Plan, den der gewissenlose Bandit für die

nächste Zeit entworfen hatte und an dessen Gelingen kaum zu zweifeln war. Doch ob das Glück die Räuber dann auch noch weiter begünstigte, das erschien wohl weniger sicher.

Der fernere Verlauf der Dinge hing ja nicht allein von ihnen ab, denn dazu gehörte es, daß wirklich ein Schiff in der Elgorbucht vor Anker ging. Nach der Rückfahrt der ›Santa-Fé‹ mußte freilich den Schiffern dieser geschützte Platz bald mehr und mehr bekannt werden. Es war deshalb ja nicht unmöglich, daß ein Fahrzeug, wenigstens eines von geringerm Tonnengehalt, lieber in der von jetzt ab durch einen Leuchtturm bezeichneten Bucht Schutz suchte, als daß es bei stürmischem Wetter wagte, durch die Meerenge oder im Süden um die Insel zu steuern. Kongre war fest entschlossen, dann das erste beste Schiff in seine Gewalt zu bringen, das ihm damit die lang herbeigewünschte Möglichkeit böte, nach dem Stillen Ozean zu flüchten und dort ungestraft die Ausbeute von seinen Raubzügen zu genießen.

Dazu war es freilich nötig, daß alles in dieser Weise verlief, ehe der Aviso mit einer Ablösung für die Wärter zurückkehrte. Hatten Kongre und seine Spießgesellen die Insel bis zu diesem Zeitpunkte noch nicht verlassen, so mußten sie nochmals nach dem Kap Saint-Barthelemy flüchten. Dann waren die Verhältnisse aber nicht mehr dieselben. Wurde dem Kommandanten Lafayate das Verschwinden der drei Wärter bekannt, so konnte er nicht daran zweifeln, daß diese entweder gewaltsam weggeschleppt worden oder als Opfer eines Mordanschlages gefallen wären. Dann veranlaßte er aber jedenfalls Nachforschungen auf der ganzen Insel, und der Aviso fuhr in keinem Falle eher wieder ab, als bis diese von einem Ende bis zum andern sorgsam abgesucht worden wäre. Wie hätte sich die Räuberbande aber solchen Nachsuchungen entziehen können, und wie gefährdet war für sie der weitere Lebensunterhalt, wenn diese Sachlage längere Zeit anhielt! Im Notfalle schickte die argentinische Regierung ja gewiß auch noch andre Schiffe hierher. Selbst wenn es Kongre gelang, sich eines Bootes der Pescherähs zu bemächtigen – wozu nur wenig Aussicht war – würde die Meerenge scharf überwacht werden und es ihm unmöglich sein, nach dem Feuerlande überzusetzen. Würde ein glücklicher Zufall nun wirklich die Banditen so weit begünstigen, daß sie van der Insel entwischen konnten, so lange es dazu noch Zeit war?

Am Abend des 22. ergingen sich Kongre und Carcante im Gespräch vorn auf dem Ausläufer des Kaps Barthelemy, und nach Gewohnheit der Seeleute beobachteten sie Himmel und Meer. Das Wetter war leidlich gut. Am Horizont lagerten einige Wolken und von Nordosten wehte eine mäßig steife Brise.

Es war jetzt halb sieben Uhr abends. Kongre und sein Begleiter wollten eben nach ihrem Schlupfwinkel zurückkehren, als Carcante noch sagte:

»Es bleibt also dabei, daß wir unser Material hier am Kap Saint-Barthelemy zurücklassen?

– Jawohl, antwortete Kongre. Es wird ja leicht genug sein, alles später holen zu lassen… später, wenn wir da unten erst die Herren sind und wenn…«

Er vollendete den Satz nicht. Die Augen nach dem Meere hinausgerichtet, blieb er stehen und sagte:

»Carcante… sieh doch… dort… da draußen… nicht weit vom Kap…«

Carcante blickte in der angedeuteten Richtung nach der offnen See hinaus.

»Wahrhaftig, rief er, nein… ich täusche mich nicht… ein Schiff!…

– Das sich der Insel zu nähern scheint, fuhr Kongre fort. Es kreuzt mit kleinen Schlägen, denn es hat den Wind von vorn.«

In der Tat lavierte eben ein Fahrzeug unter vollen Segeln etwa zwei Seemeilen vor dem Kap Saint-Barthelemy.

Obgleich es Gegenwind hatte, kam es doch langsam näher, und wenn es auf die Meerenge zusteuerte, mußte es noch vor der Nacht in diese eingelaufen sein.

»Das ist eine Goelette, sagte Carcante.

– Ja… eine Goelette von hundertfünfzig bis zweihundert Tonnen,« antwortete Kongre.

Kein Zweifel: die Goelette suchte mehr die enge Wasserstraße zu erreichen, als das Kap Saint-Barthelemy zu umschiffen. Vor allem kam es nun darauf an zu wissen, ob sie auf dessen Höhe noch vor dem Eintritt tiefer Dunkelheit anlangte. Lief sie bei dem mehr und mehr abflauenden Winde nicht Gefahr, von der Strömung nach dem Klippengürtel getrieben zu werden?

Jetzt hatte sich die ganze Bande draußen auf dem Kap versammelt.

Seit sie hier weilte, war es nicht das erste Mal, daß sich ein Schiff in so geringer Entfernung von der Insel zeigte. Wir wissen, daß es die Räuberbande dann durch bewegliche Feuerzeichen nach der Felswand zu verlocken suchte; auch jetzt wurde der Vorschlag laut, zu diesem teuflischen Mittel zu greifen.

»Nein, widersetzte sich dem Kongre, diese Goelette darf nicht zugrundegehen, wir wollen uns lieber bemühen, sie in die Hände zu bekommen. Wind und Strömung stehen ihr entgegen… Die Nacht wird ganz finster werden, so daß es unmöglich sein wird, in die Meerenge einzulaufen. Noch morgen liegt das Schiff gewiß nahe vor dem Kap, und dann wollen wir sehen, was zu tun ist.«

Eine Stunde später war das Schiff in der tiefen Dunkelheit verschwunden und kein Signallicht verriet seine Lage draußen auf dem Meere.

In der Nacht wechselte der Wind seine Richtung und sprang nach Südwesten um.

Als Kongre und seine Genossen am andern Morgen mit

Tagesanbruch nach dem Strande hinausgingen, sahen sie die Goelette liegen … gestrandet auf den Klippen vor dem Kap Saint-Barthelemy.

Fünftes Kapitel.
Die Goelette ›Maule‹.

Kongre war eigentlich kein richtiger Seemann mehr. Hatte er überhaupt ein Schiff geführt und auf welchen Meeren? Nur Carcante, ein Seemann wie er und schon früher sein Helfer auf seinen Irrfahrten, wie noch jetzt auf der Stateninsel… nur er hätte das sagen können. Er ließ jedoch darüber nichts verlauten.

Jedenfalls verleumdete man die beiden elenden Burschen nicht, wenn man ihnen den Namen, Seeräuber' ins Gesicht schleuderte. Diese verbrecherische Existenz mußten sie offenbar schon in der Gegend der Salomonsinseln und der Neuen Hebriden geführt haben, wo jener Zeit häufig Uberfälle auf Schiffe vorgekommen waren. Und als es ihnen dann noch glückte, sich der vom Vereinigten Königreiche, von Frankreich und Amerika in jenem Teile des Großen Ozeans organisierten Verfolgung zu entziehen, hatten sie sich nach der Magellanschen Inselgruppe und später nach der Stateninsel geflüchtet, wo die Piraten nun zu Strandräubern geworden waren.

Fünf oder sechs Genossen Kongres und Carcantes waren ebenfalls als Fischer oder Matrosen auf Kauffahrteischiffen gefahren und folglich mit dem Meere und den Pflichten niederer Seeleute vertraut. Endlich würden die Feuerländer die Besatzung vervollständigen, wenn es der Bande gelang, sich der Goelette zu bemächtigen.

Diese Goelette konnte, nach ihrem Rumpfe und den Masten zu urteilen, nicht mehr als hundertfünfzig bis hundertsechzig Tonnen groß sein. Eine stürmische Bö aus Westen hatte sie auf eine mit Felsblöcken durchsetzte Sandbank geworfen, wo sie recht leicht in Trümmer gehen konnte. Ihr Rumpf schien jedoch nicht besonders gelitten zu haben. Nach Backbord übergeneigt und den Steven schräg zur Erde gewendet, lag ihre Steuerbordseite frei nach dem Meere hinaus. Infolgedessen konnte man das Deck von der Schanze am Vorderteile bis zum Reff auf dem Hinterteile vollständig übersehen. Die Bemastung war unbeschädigt, der Fockmast ebenso wie der Großmast und das Bugspriet mit allem Takelwerke und den halb aufgegeiten Segeln, mit Ausnahme des Fock-, des Oberbram- und des Topsegels, die fest eingebunden waren.

Als die Goelette am gestrigen Abend vor dem Kap Saint-Barthelemy auftauchte, kämpfte sie, sich sehr dicht am Winde haltend, gegen einen ziemlich steifen Nordost an und versuchte mit Steuerbordhalfen den Eingang zur Le Mairestraße zu erreichen. Gerade als Kongre und seine Gefährten sie dann bei der zunehmenden Dunkelheit aus den Augen verloren hatten, zeigte der Wind Neigung abzuflauen und wurde bald so schwach, daß ein Schiff dabei keine bemerkbare Fahrt mehr machen konnte.

Es lag folglich nahe anzunehmen, daß die Goelette, von der Strömung nach den Klippen zu getragen, diesen schon zu nahe gewesen wäre, als daß sie hätte wieder freies Wasser gewinnen können; in der Nacht schlug dann der Wind mit der hier gewöhnlichen Launenhaftigkeit vollständig um. Die gebraßten Rahen ließen erkennen, daß die Besatzung alles getan hatte, gegen den Wind aufzukommen. Jedenfalls war es dazu aber zu spät gewesen, denn später lag das Fahrzeug gestrandet auf der Sandbank.

Was dessen Kapitän und Mannschaft anging, war man nur auf Vermutungen angewiesen. Höchst wahrscheinlich aber hatten sie, als sie sich durch Wind und Strömung auf eine gefährliche, klippenreiche Küste zu getrieben sahen, das große Boot aufs Meer gesetzt, in der Annahme, daß ihr Schiff an den

Felsen zerschellen würde und sie also Gefahr liefen, bis zum letzten Mann elend unterzugehen. Ein beklagenswerter Irrtum. Wären sie an Bord geblieben, so wären der Kapitän und seine Leute heil und gesund davongekommen. Jetzt war aber gar nicht zu bezweifeln, daß sie umgekommen waren, da ihr Boot zwei Seemeilen weit im Nordosten kieloben schwankte und vom Winde nach der Franklinbai getrieben wurde.

Da das Meer eben noch sank, bot es keine Schwierigkeiten, zur Goelette zu gelangen. Vom Kap Saint-Barthelemy aus konnte man von einem Felsblock zum andern bis zu der kaum eine halbe Seemeile entfernten Strandungsstelle vordringen. Das taten denn auch Kongre und Carcante in Begleitung zweier ihrer Gefährten. Die übrigen blieben am Fuße des Steilufers auf Beobachtung zurück, um zu sehen, ob sie vielleicht einen Überlebenden vom Schiffe entdeckten.

Als Kongre und seine Begleiter die Sandbank betraten, lag die Goelette vollständig auf dem Trocknen. Da das Wasser bei der nächsten Flut aber um sieben bis acht Fuß steigen mußte, wurde das Fahrzeug voraussichtlich wieder flott, wenn es nicht unten am Rumpfe geborsten war.

Kongre hatte sich nicht getäuscht, als er die Tragfähigkeit des Schiffes etwa auf hundertsechzig Tonnen abschätzte. Er ging darum herum und las, vor dessen Stern tretend, den Namen ›Maule Valparaiso‹.

Ein chilenisches Fahrzeug war es also, das in der Nacht vom 22. zum 23. Dezember an der Stateninsel gestrandet war.

»Na, das kommt uns ja recht gelegen! rief Carcante.

– Vorausgesetzt, daß die Goelette kein Leck im Bauche hat, meinte einer der Leute.

– Ob ein Leck oder eine andre Havarie… das läßt sich allemal ausbessern,« begnügte sich Kongre zu antworten.

Er besichtigte darauf den Rumpf an der freiliegenden Seite. An den Plankenfugen schien dieser nicht gelitten zu haben. Der in den Sand etwas eingesunkene Vordersteven zeigte ebenfalls keine Beschädigung, so wenig wie der Hintersteven, und an diesem hing auch das Steuerruder noch in seinen Angeln. Über den auf der Sandbank ruhenden Teil, der ja nicht unmittelbar besichtigt werden konnte, ließ sich vorläufig freilich nichts sagen. Wenn die Flut zwei Stunden lang gestiegen war, würde Kongre schon erkennen können, wie es mit diesem stand.

»An Bord!« sagte er kurz.

»Na, das kommt uns ja recht gelegen!« rief Carcante.

Wenn die stark geneigte Lage des Schiffes auch ein Erklettern an Backbord erleichterte, so verhinderte sie es doch, über das Deck hin zu gehen, so daß sich alle, nur an der Reling festhaltend, hinziehen mußten. Kongre und die übrigen gelangten so bis an die Rüsten des Großmastes, wo sie zunächst stehen blieben.

Die Strandung konnte kaum mit einem heftigeren Aufschlagen erfolgt sein, denn außer einigen nicht festgebundnen Spieren war alles an seinem Platze. Die Goelette, die nicht besonders seine Linien und wenig hervortretende Bauchstücke hatte, lag gar nicht übermäßig schief und mußte sich bei Hochwasser allein aufrichten, wenn sie an den lebenswichtigen, d. h. bis zur Schwimmlinie eintauchenden Teilen kein Leck hatte.

Kongres erste Sorge war es nun, bis zum Deckhause vorzudringen, dessen Tür er ohne Schwierigkeiten öffnete. In der gemeinsamen Kajüte fand er die Kabine des Kapitäns. Gegen die Wand gestemmt, betrat er den kleinen Raum, holte die Schiffspapiere aus dem Schubkasten eines Wandschrankes und ging nach dem Deck zurück, wo Carcante ihn erwartete.

Beide besichtigten die Mannschaftsrolle und erfuhren daraus, daß die im Hafen von Valparaiso beheimatete Goelette ›Maule‹ von hundertsiebenundfünfzig Tonnen, Kapitän Pailha, sechs Mann Besatzung gehabt hatte, und am 23. November unter Ballast mit der Bestimmung nach den Falklandsinseln ausgelaufen war.

Nach glücklicher Umschiffung des Kaps Horn wollte die ›Maule‹ also in die Le Mairestraße einsegeln, als sie auf dem klippenreichen Strande der Stateninsel verunglückte. Weder der Kapitän Pailha noch einer seiner Leute hatten sich bei dem Schiffbruche retten können, denn wenn auch nur einer von ihnen mit dem Leben davongekommen wäre, hätte er unbedingt auf dem Kap Barthelemy Zuflucht gesucht. Seit den zwei Stunden, wo es jetzt schon wieder hell war, war aber noch keiner wieder sichtbar geworden.

Wie erwähnt, führte die Goelette keine Ladung, da sie sich unter Ballast nach den Maluinen begeben wollte. Die Hauptsache war aber doch, daß Kongre ein Fahrzeug in die Hände bekam, auf dem er die Insel mit seinen geraubten Schätzen verlassen konnte, und diese Gelegenheit war ihm ja nun geboten, wenn es gelang, die ›Maule‹ wieder flott zu machen.

Um den Frachtraum zu besichtigen, wäre es nötig gewesen, den Ballast von einer Stelle zur andern zu schaffen.

Dieser Ballast bestand aus Stücken alten Eisens, die ohne Ordnung in den Raum hinuntergeworfen waren. Ihn ganz zu beseitigen, hätte eine gewisse Zeit beansprucht und die Goelette wäre doch zu schutzlos gewesen, wenn der Wind von der Seeseite her auffrischte. Zunächst erschien es daher angezeigt, sie von der Sandbank abzubringen, sobald sie schwimmen würde. Die Flut mußte sich bald bemerkbar machen und nach wenigen Stunden würde schon Hochwasser sein.

So sagte Kongre denn zu Carcante:

»Wir wollen alles bereit machen, die Goelette wegzubugsieren, sobald genug Wasser unter dem Kiel steht. Möglicherweise hat sie gar keine Havarie erlitten und nimmt kein Wasser ein.

– Darüber werden wir sehr bald klar sein, erwiderte Carcante, denn die Flut fängt schon an zu steigen. Doch dann, was machen wir dann, Kongre?

– Wir schleppen die ›Maule‹ bis über den Klippengürtel hinaus und bringen sie dann längs des Kaps in die Pinguinbucht hinein bis vor die Felsenhöhlen. Dort wird sie. selbst bei tiefster Ebbe, nicht auf Grund liegen, da sie nur sechs Fuß Tiefgang hat.

– Und dann?...

– Dann verladen wir darauf alles, was von der Elgorbucht dorthin geschafft worden war.

– Schön. Nachher aber? …

– Nachher? … Das wird sich ja finden,« gab Kongre einfach zur Antwort.

Man ging also an die Arbeit, und zwar sofort, um die nächste Flut noch ausnützen zu können, denn andernfalls hätte sich die Flottmachung um volle zwölf Stunden verzögert. Um jeden Preis sollte die Goelette zu Mittag in der Bucht verankert liegen. Dort konnte sie den Grund nicht berühren und würde, wenn das Wetter nicht gar zu ungünstig wurde, verhältnismäßig in Sicherheit sein.

Zunächst ließ Kongre durch seine Leute den Anker aus dem Kranbalken an Steuerbord ausheben und ihn draußen vor der Sandbank unter dem Nachschießenlassen seiner Kette auslegen. Auf diese Weise wurde es, sobald der Kiel nicht mehr im Sande begraben lag, möglich, die Goelette bis an eine Stelle heranzuziehen, wo sie hinreichend tiefes Wasser fand. Bevor dann das Hochwasser wieder zu verlaufen anfing, hatte man Zeit genug, die Bucht zu erreichen, und am Nachmittage sollte endlich eine eingehende Besichtigung der Wände des Laderaumes vorgenommen werden.

Die erwähnten Vorbereitungen wurden so schnell ausgeführt, daß sie schon beendet waren, als sich die Flut zuerst bemerkbar machte. Die Sandbank wurde da in ganz kurzer Zeit vom Wasser überdeckt.

Kongre, Carcante und ein halbes Dutzend ihrer Genossen stiegen wieder an Bord, während sich die übrigen nach dem Ufer zurückbegaben.

Jetzt hieß es nun einfach: abwarten. Bei ansteigender Flut frischt der Seewind häufig ziemlich kräftig auf. Gerade das war aber vor allem zu fürchten, denn dadurch wäre die ›Maule‹ leicht weiter in den Sand der nach der Küste zu sich verbreiternden Bank getrieben worden. Jetzt war fast Nipptid, d. h. niedrigster Wasserstand, und vielleicht stieg das Meer nicht einmal hoch genug, die Goelette wieder flott zu machen, wenn sie, und wär's nur um eine halbe Kabellänge, weiter nach der Küste getrieben wurde.

Doch nein, es schien, als ob die Umstände Kongres Pläne begünstigen wollten. Die Brise wurde etwas stärker, wehte aber von Süden und unterstützte so das Abheben der ›Maule‹.

»Nun fest dran, Kinder!« rief Kongre.

Kongre und die andern standen auf dem Vorderteile, das eher schwimmen mußte als das Hinterteil. Konnte die Goelette erst auf ihrer Pieling (hinterm Kielende) schwenken, so brauchte man nur das Gangspill zu benutzen, den Vordersteven nach dem Meere hin zu drehen, und dann mußte das Fahrzeug an der hundert Faden langen Kette so weit hinausgezogen werden, bis es wieder in seinem Elemente war.

Das Wasser stieg langsam höher. Zuweilen verriet schon ein leises Erzittern des Rumpfes, daß sich die Flut an ihm bemerkbar machte. Draußen wogte eine sanfte Dünung, bei der sich keine Welle überstürzte. Günstigere Verhältnisse hätte man sich gar nicht wünschen können.

Wenn Kongre jetzt überzeugt war, daß es gelingen werde, die Goelette flott zu machen und sie in einer der Einbuchtungen der Franklinbai in Sicherheit zu bringen, so beunruhigte ihn doch nicht wenig ein andrer Gedanke, der, ob die ›Maule‹ nicht an der Backbordflanke beschädigt wäre, die auf dem Sande lag und deshalb nicht hatte besichtigt werden können. Befand sich da ein Leck, so würde man nicht Zeit genug haben, es unter dem Ballast zu suchen und, wenn auch nur notdürftig, zu verschließen. Dann erhob sich das Schiff nicht aus seiner Suhle (der Vertiefung im Sande) und lief noch weiter voll Wasser. Dann mußte man es an dieser Stelle liegen lassen, wo es der nächste Sturm zu zertümmern drohte. Das war ja eine ernste Sorge. Mit welcher Ungeduld verfolgten auch Kongre und seine Genossen das Anwachsen der Flut! Wenn eine Planke eingedrückt war, wenn sich irgendwo nur die Kalfaterung gelockert oder ganz gelöst hatte, dann mußte das Wasser in den Frachtraum eindringen und die ›Maule‹ konnte sich nicht aufrichten.

Nach und nach schwand aber diese Sorge. Die Flut wuchs weiter an; jede Minute tauchte der Rumpf etwas höher aus dem Wasser auf, das an den Seiten emporstieg, ohne ins Innere einzudringen.

Einige stärkere Erschütterungen wiesen darauf hin, daß der Rumpf unbeschädigt war, und das Deck kam allmählich in horizontale Lage.

»Kein Leck! rief Carcante freudig. Der Rumpf hat kein Leck!

– Achtung! Zum Antreten am Spill!« befahl Kongre.

Die Kolderstöcke (dicke Pfähle zum Drehen des Spills) waren schon bereit; die Leute erwarteten nur den Befehl, sie in Bewegung zu setzen.

An die Schanzkleidung gelehnt, beobachtete Kongre die Flut, die nun schon seit dritthalb Stunden im Steigen war. Der Vordersteven wurde allmählich gehoben und auch der vordere Teil des Kiels lag nicht mehr auf dem Grunde auf. Die Hieling tauchte allerdings noch in den Sand ein und das Steuer ließ sich noch nicht frei bewegen. Jedenfalls ging noch eine Stunde darüber hin, ehe das Hinterteil des Fahrzeugs flott wurde.

Kongre wünschte die Abschleppung möglichst zu beschleunigen, und während er auf dem Vorderdeck stehen blieb, rief er:

»Ans Spill! Drehen… drehen!«

So fest sich die Leute aber auch gegen die Kolderstöcke stemmten, so vermochten sie dadurch doch nur, die Kette straffer zu spannen, der Steven wendete sich jedoch noch nicht dem Meere zu.

»Fest! Festdrücken!« mahnte Kongre.

Die Befürchtung lag nahe, daß der Anker dadurch ausgehoben werden könnte, und es mußte jetzt schwierig sein, ihn wieder einzusenken.

Die Goelette hatte sich inzwischen völlig aufgerichtet, und Carcante, der durch den ganzen Frachtraum ging, überzeugte sich, daß kein Wasser dahin eingedrungen war.

War also irgendeine Havarie vorhanden, so hielten doch die Planken an dem eintauchenden Teile des Rumpfes fest zusammen. Das ließ auch hoffen, daß die ›Maule‹ weder bei der Strandung selbst, noch in den zwölf Stunden, wo sie auf dem Sande gelegen hatte, ernstlicher beschädigt worden wäre. Unter diesen Umständen konnte der Aufenthalt in der Pinguinbucht nicht von langer Dauer werden.

Am Nachmittag sollte das Fahrzeug beladen werden und am folgenden Tag würde es klar sein, wieder in See zu gehen. Der Wind versprach die Fahrt der ›Maule‹ zu begünstigen, ob diese nun in die Le Mairestraße einlief oder an der Südküste der Stateninsel hin steuerte, um nach dem Atlantischen Meere zu kommen.

Gegen neun Uhr sollte der höchste Wasserstand erreicht sein, zur Zeit der Mondviertel ist die Fluthöhe aber, wie früher erwähnt, immer nur eine mäßige. Da die Goelette aber geringen Tiefgang hatte, ließ sich annehmen, daß sie doch flott werden würde. Wirklich fing das Hinterteil gegen acht Uhr an, sich langsam zu erheben. Die ›Maule‹ drehte sich, ohne jede Gefahr, bei dem ruhigen Meere auf der Sandbank noch einmal festzulaufen.

Nach Prüfung der Sachlage meinte Kongre, daß das Abschleppen unter den jetzigen günstigeren Umständen wieder versucht werden könnte. Auf seinen Befehl hin begannen die Leute nochmals, das Gangspill zu drehen, und als sie etwa ein Dutzend Faden Kette eingezogen hatten, wendete sich der Vorderteil der ›Maule‹ endlich dem Meere zu. Der Anker hatte gut gehalten. Seine Klauen hatten sich fest in Zwischenräume der Felsblöcke eingezwängt und wären jedenfalls eher gebrochen, als dem Zuge des Spills nachzugeben.

»Nun fest dran, Kinder!« rief Kongre, die Leute anfeuernd.

Alle griffen tüchtig zu, selbst Carcante griff mit an, während Kongre, über die Reling hinausgebeugt, das Heck der Goelette im Auge behielt.

Noch ging die Sache etwas langsam von statten; die hintere Kielhälfte knirschte noch laut beim Streifen über den Sand.

Kongre und die andern fühlten sich dadurch nicht wenig beunruhigt. Das Wasser stieg nur noch zwanzig Minuten lang an, und die ›Maule‹ mußte entweder vorher ganz frei schwimmen oder sie blieb an dieser Stelle bis zur nächsten Flut festgebannt. Noch weitere zwei Tage nahm aber die Fluthöhe ein wenig ab; erst nach achtundvierzig Stunden sollte sie wieder langsam anwachsen.

Jetzt war der Augenblick für eine letzte Anstrengung gekommen. Man wird sich wohl vorstellen können, wie ärgerlich, ja wie wütend die Leute wurden, sich bisher zur Ohnmacht verurteilt zu sehen. Ein Schiff unter sich zu haben, nach dessen Besitz sie schon so lange begierig waren, das ihnen Freiheit bringen, vielleicht Straflosigkeit gewährleisten sollte, und das nicht von einer Sandbank losreißen zu können!

Da wetterten und fluchten sie in gottloser Weise, während alle am Gangspill arbeiteten, mit der Befürchtung, daß der Anker brechen oder herausgerissen werden könnte. Mußte in diesem Falle doch die Ebbe am Nachmittage abgewartet werden, um den Anker aufs neue anzulegen und ihm vielleicht einen zweiten hinzuzufügen. Wer konnte aber wissen, was dann in vierundzwanzig Stunden geschah und ob die atmosphärischen Verhältnisse dann noch so günstig wie jetzt wären?

Im Nordosten zogen schon einzelne, ziemlich dicke Wolken heraus. Hielten sie sich auch ferner auf dieser Seite, so wurde die Lage des Schiffes nicht verschlechtert, da die Sandbank unter dem Schutze des steilen Felsenufers lag. Das Meer konnte aber immerhin stark aufgewühlt werden, und der Wogenschlag vollendete dann vielleicht, was die Strandung in der vergangnen Nacht begonnen hatte.

Nordostwinde erschwerten aber, selbst wenn sie nur als schwache Brise auftraten, die Fahrt in der ziemlich engen Wasserstraße. Statt mit vollge schwellten Segeln dahin zu gleiten, mußte sich die ›Maule‹ vielleicht mehrere Tage dicht am Winde halten, und bei jeder Seefahrt kann eine Verzögerung immer die ernstesten Folgen haben.

Das Meer hatte jetzt fast den höchsten Stand erreicht und binnen wenigen Minuten mußte die Ebbe einsetzen. Augenblicklich war die ganze Sandbank überflutet, nur der oberste Teil einzelner Klippen ragte über die Wasserfläche auf. Vom Kap Saint-Barthelemy war die äußerste Spitze nicht mehr sichtbar, und am Ufer lag nur die letzte, von der Flut angespülte Sandlinie trocken.

Da machte sich der Unmut der Leute aufs neue in Flüchen und Verwünschungen Luft. Erschöpft und außer Atem wollten sie schon einen Versuch aufgeben, der zu nichts zu führen versprach. Wütenden Blickes und schäumend vor Zorn stürmte Kongre auf sie zu. Eine Axt schwingend, drohte er jeden niederzuschlagen, der seinen Platz verlassen würde, und die Leute wußten nur zu gut, daß er nicht zögern würde, es zu tun.

Noch einmal packten alle die Kolderstöcke und unter ihren vereinten Kräften spannte sich die Ankerkette zum Zerreißen und schälte teilweise die Metallauskleidung der Klüsen ab.

Endlich ließ sich ein Geräusch vernehmen. Die Palle (der Sperrkegel) des Spills fiel in eine der Kerben ein. Die Goelette drehte sich ein wenig nach der Seeseite zu. Die Pinne des Steuers war beweglich geworden, ein Beweis, daß das Fahrzeug sich allmählich aus dem Sande hob.

»Hurra!... Hurra!« schrien die Leute, als sie bemerkten, daß die ›Maule‹ frei war. Ihre Hieling bewegte sich in dem Sandlager. Die Drehbarkeit des Gangspills wurde leichter, und nach wenigen Minuten schwamm die an den Anker herangeschleppte Goelette jenseits der Sandbank.

Sofort eilte Kongre an das Steuer. Die Kette wurde loser und der Anker bald aufgehißt und auf den Kranbalken gelegt.

Nun galt es nur noch, das Schiff vorsichtig durch die enge Wasserstraße zwischen den Klippen zu steuern, um nach der Franklinbai zu kommen.

Kongre ließ das große Bramsegel beisetzen, das genügen mußte, langsam Fahrt zu machen. Draußen auf dem Meere war überall genug Wasser. Eine halbe Stunde später lag die Goelette, nachdem sie vorsichtig die äußersten Felsblöcke längs des Küstensaumes umschifft hatte, zwei Seemeilen hinter dem Ausläufer des Kaps Barthelemy in der Pinguinbucht ruhig vor Anker.

Sechstes Kapitel.
An der Elgorbucht.

Das Flottmachen des Fahrzeugs war also vollkommen gelungen, damit war aber noch nicht alles getan. Die Goelette lag in diesem Einschnitt am Ufer des Kaps Barthelemy nicht für alle Fälle geschützt. Sie war hier dem Seegange von draußen und den Stürmen aus Nordwesten zu sehr ausgesetzt. Zur Zeit der Hochfluten der Tagundnachtgleichen hätte sie an dieser Stelle keine vierundzwanzig Stunden liegen dürfen.

Kongre wußte das recht wohl. Er beabsichtigte auch, die Einbuchtung schon am nächsten Tage zu verlassen, und zwar mit dem Ebbestrome, mit dessen Hilfe er ein Stück weit in die Le Mairestraße hinein zu gelangen hoffte.

Vorher mußte natürlich das Schiff genauer untersucht werden, um sich über den Zustand seines Rumpfes im Innern Gewißheit zu verschaffen. Obgleich es bekannt war, daß es kein Wasser einnahm, konnten bei der Brandung – wenn auch nicht seine Beplankung – doch seine Inhölzer gelitten haben. Dann mußten aber, vor dem Antreten einer längern Fahrt, die nötigen Reparaturen ausgeführt werden.

Kongre rief sofort seine Leute zusammen, den bis zu den Bauchstücken an Back- und an Steuerbord hinausreichenden Ballast wegzuräumen. Ihn auszuladen war nicht notwendig, und damit wurden Zeit und Mühe gespart… vor allem Zeit, mit der man bei der unsichern Lage, in der die ›Maule‹ sich befand, zu geizen alle Ursache hatte.

Das alte Eisen, woraus der Ballast bestand, wurde zuerst vom Vordernach dem Hinterteile des Frachtraumes geschafft, um den vordern Teil der Wegerung untersuchen zu können.

Diese Untersuchung führten Kongre und Carcante mit

aller Sorgfalt aus, und wurden dabei von einem Chilenen Namens Vargas unterstützt, der früher als Schiffszimmermann auf den Werften von Valparaiso gearbeitet hatte und sein Geschäft gründlich verstand.

Von dieser Höhe aus konnte er das Meer weithin überblicken.

In dem Teile zwischen dem Vordersteven und der Mastspur des Fockmastes wurde keinerlei Beschädigung entdeckt. Bauchstücken, Inhölzer und Fugen waren in bestem Zustande. Da alles mit Kupfer verbolzt war, hatte die Strandung auf der Sandbank ihnen nichts anhaben können.

Als der Ballast wieder nach vorn geschafft war, erwies sich der Rumpf zwischen Fockmast und Großmast ebenso in tadellosem Zustande. Die Deckstützen waren weder verbogen noch verschoben, und auch die Leiter, über die man nach der großen Luke gelangte, stand an ihrem richtigen Platze.

Schließlich wurde noch das letzte Dritteil des Raumes bis zum Hintersteven ebenso eingehend besichtigt.

Hier fand sich eine nicht ganz unwesentliche Havarie. War auch kein Leck vorhanden, so wiesen doch die Inhölzer hier eine etwa anderthalb Meter lange Einbiegung auf. Diese mochte von dem Anprall gegen einen Felsblock herrühren, bevor die Goelette auf die Sandbank getrieben worden war. Obwohl die Fugen dabei nicht besonders auseinander gewichen waren und das geteerte Werg nicht herausgepreßt worden war, mußte diese Havarie doch schon als eine ernstere angesehen werden und ein Seemann sich dadurch etwas beunruhigt fühlen.

Vor dem Auslaufen aufs Meer ließ sich hier eine Ausbesserung des Schadens nicht umgehen, außer wenn es sich bei günstiger Witterung nur um eine ganz kurze Fahrt gehandelt hätte. Wahrscheinlich nahm diese Reparatur übrigens eine ganze Woche in Anspruch, und das nur unter der Voraussetzung, daß genügendes Ersatzmaterial und das zu der Arbeit notwendige Werkzeug zur Hand war.

Als Kongre und seine Genossen wußten, woran sie waren, folgten nicht ganz ungerechtfertigte Verwünschungen den Hurras, die das Flottwerden der ›Maule‹ begrüßt hatten. Sollte das Fahrzeug sich als unbenutzbar erweisen und die Strandräuberrotte vielleicht auch jetzt noch verhindert sein, die Stateninsel zu verlassen?

Kongre suchte die erregten Gemüter zu beruhigen.

»Die Havarie ist in der Tat eine ernste, sagte er. In ihrem

jetzigen Zustande könnten wir uns nicht auf die ›Maule‹ verlassen, die bei schwererer See Gefahr liefe, leck zu werden. Bis zu den pazifischen Inseln haben wir aber mehrere hundert Seemeilen zurückzulegen… Das hieße, es wagen, bei der Fahrt einfach unterzugehen. Die Havarie läßt sich jedoch ausbessern, und das werden wir tun.

– Wo denn? fragte einer der Chilenen mit deutlichen Zeichen von Beunruhigung.

– Jedenfalls nicht hier, meinte einer seiner Gefährten.

– Nein, entschied Kongre entschlossenen Tones, nicht hier, aber in der Elgorbucht!«

Die Goelette konnte die Strecke, die sie jetzt von der Elgorbucht trennte, voraussichtlich in achtundvierzig Stunden zurücklegen. Sie brauchte nur, gleichgültig ob im Süden oder Norden, längs der Küste der Insel hinzusegeln. In der Höhle, wo die gesamte Ausbeute der Strandräubereien zurückgelassen worden war, würde der Zimmermann auch das zur Reparatur nötige Holz und die passenden Werkzeuge vorfinden. Müßte man dort vierzehn Tage, selbst drei Wochen verweilen, so würde die ›Maule‹ einfach so lange liegen bleiben. Die bessere Jahreszeit hielt ja noch zwei Monate an, und wenn Kongre und seine Spießgesellen die Insel verließen, so geschah das dann an Bord eines Fahrzeugs, das ihnen jede gewünschte Sicherheit bot.

Kongre hatte übrigens von jeher die Absicht gehabt, vom Kap Barthelemy wegzugehen und noch einige Zeit in der Elgorbucht zu bleiben. Um keinen Preis wollte er die in der Höhle verborgenen Gegenstände verlieren, als der Beginn des Leuchtturmbaues die Bande nötigte, sich nach dem entgegengesetzten Ende der Insel zurückzuziehen. Seine Pläne erfuhren eine Änderung also nur bezüglich der Dauer dieses Aufenthaltes, der sich nun wahrscheinlich über die dafür in Aussicht genommene Zeit ausdehnte.

Die Zuversicht der Leute kehrte also zurück, und es wurden alle Vorbereitungen getroffen, am nächsten Tage mit dem Gezeitenwechsel abzufahren.

Die Anwesenheit der Leuchtturmwärter war nicht dazu angetan, die Rotte von Räubern zu beunruhigen. In kurzen Worten erklärte Kongre seine diesbezüglichen Absichten.

»Schon vor dem Eintreffen dieser Goelette, sagte er zu Carcante, war es, sobald die Wärter allein wären, mein Plan, mich zum Herrn der Elgorbucht zu machen. Daran hat sich auch jetzt nichts geändert, außer daß wir, statt möglichst unbemerkt vom Innern der Insel heranzuschleichen, ganz offen vom Meere aus dahin gehen. Die Goelette legen wir in der Bucht vor Anker, und man wird uns ohne jeden Verdacht aufnehmen, und dann ...«

Eine Handbewegung, die Carcante nicht mißverstehen konnte, vollendete den Gedankengang Kongres. Wirklich schienen alle Umstände die Pläne des Elenden zu begünstigen. Wie konnten Vasquez, Moriz und Felipe, wenn nicht ein Wunder geschah, dem ihnen drohenden Schicksal entgehen?

Der Nachmittag wurde den Vorbereitungen zur Abfahrt gewidmet. Kongre ließ den Ballast wieder zweckmäßig verteilen und leitete selbst die Einschiffung des Proviants, der Waffen und der andern, früher nach dem Kap Barthelemy geschafften Gegenstände.

Das Einladen ging schnell von statten. Seit der Flucht von der Elgorbucht – also seit mehr als einem Jahre – hatten sich Kongre und seine Genossen in der Hauptsache von den vorhandenen Vorräten ernährt, und von diesen war jetzt nur eine geringe Menge übrig, die in der Kambüse niedergelegt wurde. Lagerstätten, Kleidungsstücke, Geräte aller Art und die Gold- und Silberschätze schaffte man nach der Küche, dem Mannschaftslogis, nach dem Deckhause oder in den Frachtraum der ›Maule‹, und hierzu sollte noch kommen, was in der Höhle am Eingang der Bucht versteckt worden war.

Alle arbeiteten so fleißig, daß die ganze Ladung schon am Nachmittag gegen vier Uhr an Bord war. Die Goelette hätte jetzt sofort auslaufen können, Kongre fand es aber unratsam, in der Nacht an einer mit Klippen durchsetzten Küste hinzusegeln. Er wußte vorläufig noch nicht einmal, ob er einen Kurs durch die Le Mairestraße einschlagen sollte oder nicht, um nach der Höhe des Kaps Sankt-Johann zu kommen. Das würde von der Windrichtung abhängen, ja, wenn er aus Süden wehte, nein, wenn er aus Norden kam und Neigung zum Auffrischen zeigte. In diesem Falle erschien es ihm mehr angezeigt, den Weg südlich von der Insel zu wählen, wo die >Maule< unter dem Schutze des Landes geblieben wäre. Welcher Weg aber auch eingeschlagen werden mochte, konnte die Fahrt, Kongres Schätzung nach, wenn das Schiff in der Nacht still liegen blieb, nicht länger als etwa dreißig Stunden dauern.

Als der Abend herankam, hatte sich im Zustande der Atmosphäre nichts geändert. Bei Sonnenuntergang zogen keine Dünste auf, und die Berührungslinie des Himmels und des Wassers war so außerordentlich rein, daß sogar noch ein grüner Strahl aufblitzte, als die purpurn glänzende Scheibe am Horizonte versank.

Aller Voraussicht nach verlief die Nacht ganz ruhig und still, und das war auch wirklich der Fall. Die meisten von den Leuten waren an Bord gegangen und hatten sich, die einen im Volkslogis, die andern im Frachtraum, einen Ruheplatz gesucht. Kongre befand sich in der Kabine des Kapitäns Pailha, die rechts lag, und Carcante in der des Obersteuermanns an der linken Seite.

Mehrmals kamen sie jedoch noch aufs Deck herauf, um den Zustand des Himmels und des Meeres zu betrachten und sich zu überzeugen, daß die >Maule< auch bei der Tiefebbe in keiner Weise gefährdet und die Abfahrt am nächsten Tage durch nichts verhindert wäre.

Der Aufgang der Sonne war prachtvoll. In dieser Breite ist es sonst selten, sie über einen so reinen Horizont aufsteigen zu sehen. In der ersten Morgenstunde fuhr Kongre in einem der Schiffsboote hinaus und erklomm durch eine enge Schlucht fast am Kap Saint-Barthelemy das steil abfallende Ufer.

Von dieser Höhe aus konnte er das Meer weithin und auf dreiviertel eines Kreises überblicken. Nur nach Osten zu war die Aussicht durch Bergmassen begrenzt, die zwischen dem Kap Saint-Antoine und dem Kap Kompe aufstiegen.

Das nach Süden hin ruhige Meer war vor dem Eingange zur Meerenge ziemlich aufgeregt, und der frische Wind schien eher noch zunehmen zu wollen.

Übrigens war kein Segel, keine Rauchfahne auf dem Wasser zu sehen, und aller Voraussicht nach würde die ›Maule‹ bei der kurzen Strecke bis zum Kap Sankt-Johann mit keinem andern Schiff zusammentreffen.

Kongres Entscheidung war schnell getroffen. Da er mit Recht eine sehr steife Brise fürchtete und vor allem wünschte. der Goelette nicht zuviel zuzumuten, indem er sie dem hohen Wogengange in der Meerenge aussetzte, der hier vorzüglich beim Gezeitenwechsel auftritt, entschloß er sich, an der Südküste hinzusegeln und der Elgorbucht unter Umschiffung der Kaps Webster. Several und Diegos zuzusteuern. Die Entfernung bis dahin war übrigens auf dem südlichen wie auf dem nördlichen Wege ziemlich die gleiche.

Kongre stieg wieder hinunter, wandte sich dem Ufer zu und begab sich nach der Höhle, wo er sich überzeugte, daß darin nichts vergessen worden war. So würde also auch nichts die frühere Anwesenheit von Menschen auf dem westlichen Teile der Stateninsel verraten können.

Es war jetzt wenig über sieben Uhr. Die schon einsetzende Ebbe unterstützte das Auslaufen aus dem engen Landeinschnitte.

Der Anker wurde also wieder auf dem Kranbalken befestigt, dann hißte man das Fock- und ein Bramsegel, die bei dem herrschenden Nordostwind genügen mußten, die ›Maule‹ bis über den Klippengürtel hinauszutreiben.

Kongre führte das Steuer, während Carcante vorn auf dem Ausguck stand. Zehn Minuten, mehr bedurfte es nicht, die Goelette zwischen dem Gewirr von Felsblöcken hinauszuführen, und sofort fing diese an, ein wenig zu schlingern und zu stampfen.

Auf Anordnung Kongres ließ Carcante noch ein Focksegel und die Brigantine – das Großsegel in der Takelage einer Goelette – und dann noch ein Marssegel setzen. Unter dem Drucke dieser Segel wendete die ›Maule‹ nach Südwesten – wobei sie fast vollen Rückenwind bekam – um die äußerste Spitze des Kaps Saint-Barthelemy zu umschiffen.

Nach einer halben Stunde hatte die ›Maule‹ diesen Felsenvorsprung hinter sich. Sie mußte nun in der Richtung nach Osten anluven und sich dicht am Winde halten. Bei dem Schutze durch die Südküste der Insel, von der sich das Fahrzeug drei Seemeilen weit fernhielt, kam die Goelette aber doch ziemlich gut vorwärts.

Inzwischen konnten Kongre und Carcante sich überzeugen, daß das leichte Schiff sich bei jeder Gangart recht gut hielt. In der schönen Jahreszeit lief man gewiß keine Gefahr, damit auf den Stillen Ozean hinauszusegeln, wenigstens wenn die letzten magellanischen Inseln passiert waren.

Vielleicht hätte Kongre spät am heutigen Abend noch die Elgorbai erreichen können, er zog es aber vor, an einer Stelle in der Nähe des Ufers beizulegen, ehe die Sonne hinter dem Horizonte verschwand. Er ließ deshalb die Segelfläche verkleinern, benützte weder ein Bramsegel des Fockmastes noch ein Topsegel des Großmastes und begnügte sich mit einer Geschwindigkeit von fünf bis sechs Knoten in der Stunde.

Im Laufe des ersten Tages begegnete die ›Maule‹ keinem

Schiffe, und es wurde allmählich Nacht, als sie östlich vom Kap Webster beidrehte. Bis hierher war etwa die Hälfte der Fahrt zurückgelegt.

Hier türmten sich gewaltige Felsmassen übereinander, und die Insel zeigte hier auch die höchsten steilen Uferwände. Die Goelette ankerte eine Kabellänge vor diesen in einer von der Spitze des Kaps geschützten Einbuchtung. Ruhiger als hier konnte ein Schiff kaum in einem Hafen, ja nicht einmal in einem geschlossenen Wasserbecken liegen. Sprang der Wind freilich nach Süden um, so wäre die ›Maule‹ ihm an dieser Stelle frei ausgesetzt gewesen, wo das Meer, wenn es von Polarstürmen aufgewühlt wurde, oft ebenso entsetzlich tobt, wie in der Nähe des Kaps Horn. Die Witterung schien sich aber wie vorher zu halten, die Nordostbrise wehte weiter, und alle Umstände schienen die Pläne Kongres und seiner Leute zu begünstigen.

Die Nacht vom 25. zum 26. Dezember war außerordentlich ruhig. Der Wind, der sich am Abend gegen zehn Uhr etwas gelegt hatte, sprang kurz vor Tagesanbruch am Morgen etwa um vier Uhr von neuem auf.

Schon beim ersten Schein der Morgenröte traf Kongre die nötigen Maßregeln zur Abfahrt. Die in der Nacht lose an den Rahen hängenden Segel wurden wieder fester gebunden. Das Gangspill brachte den Anker an seinen Liegeplatz, und die ›Maule‹ setzte sich in Bewegung.

Das Kap Webster springt, von Norden nach Süden, zwischen vier und fünf Seemeilen ins Meer hinaus vor. Die Goelette mußte also erst ein Stück zurückgehen, um nach der Küste zu gelangen, die nach Osten ungefähr in der Länge von zwanzig Seemeilen bis zur Severalspitze verläuft.

Die ›Maule‹ glitt nun unter denselben Verhältnissen hin, wie am Tage vorher, indem sie längs der Küste hinsteuerte, wo das Wasser unter dem Schutze der hohen Uferwände sehr ruhig war.

Die Küste selbst war freilich gefährlicher, als selbst die der Meerenge. Eine Anhäufung von ungeheuern, nicht einmal in ruhigem Gleichgewicht liegenden Felsblöcken, denn eine Menge solcher war noch auf dem Vorlande bis zur äußersten Flutwassergrenze verstreut… ein Labyrinth schwärzlicher Risse, die nirgends eine Stelle freiließen, wo, von einem Schiffe mit geringem Tonnengehalt gar nicht zu sprechen, auch nur ein einfaches Boot hätte landen können. Keine Einbuchtung, die auf dem Wasserwege erreichbar gewesen wäre, keine Sandbank, auf die man hätte den Fuß setzen können! Das Ganze nichts als ein ungeheurer Wall, den die Stateninsel den furchtbaren Wellenbergen aus dem antarktischen Meere entgegen setzte.

Die Goelette glitt mit mittlerer Beseglung mindestens drei Seemeilen vor der Küste hin. Da Kongre diese nicht kannte, fürchtete er, näher als nötig daran heranzukommen; weil er aber anderseits die ›Maule‹ nicht anstrengen wollte, hielt er sich immer mehr in dem stillen Wasser, das er weiter draußen vom Lande nicht gefunden hätte.

Als er gegen zehn Uhr den Eingang zur Blossombucht erreichte, konnte er stärker bewegtem Wasser doch nicht aus dem Wege gehen. Der Wind, der sich in dem tief ins Land einschneidenden Golfe zu fangen schien, wühlte das Meer zu langen Wogen auf, die die ›Maule‹ von der Seite her trafen. Kongre ließ das Schiff laufen, um die Spitze, die die Ostseite der Bucht abschließt, zu umschiffen, und als das geschehen war, luvte er dicht an den Wind an und steuerte mit Backbordhalsen ein Stück nach der hohen See hinaus.

Kongre hatte selbst das Steuer ergriffen, und die Schoten fest angespannt, hielt er sich so viel wie möglich am Winde. Erst am Nachmittag gegen vier Uhr meinte er weit genug gegen diesen aufgekommen zu sein, sein Ziel erreichen zu können, ohne daß er hätte kreuzen müssen. Er ließ nun die Halsen wechseln und steuerte geradeswegs auf die Elgorbucht zu. Die Severalspitze lag ihm zu dieser Zeit vier Seemeilen im Nordwesten.

Von hier aus war die Küste in ihrer ganzen Ausdehnung bis zum Kap Sankt-Johann zu übersehen.

Gleichzeitig tauchte an der Rückseite der Diegosspitze der Leuchtturm am Ende der Welt auf, den Kongre zum erstenmal erblickte. Mit dem in der Kabine des Kapitäns Pailha gefundenen Fernrohre konnte er sogar einen der Wärter erkennen, der auf der Turmgalerie stehend das Meer beobachtete.

Da die Sonne noch drei Stunden über dem Horizonte bleiben mußte, erreichte die ›Maule‹ sicherlich ihren Ankerplatz, ehe es Nacht wurde.

Selbstverständlich hatte die Goelette der Aufmerksamkeit der Wärter nicht entgehen können, und ihr Erscheinen im Gewässer der Stateninsel war von dem Wachhabenden sofort gemeldet worden. Als Vasquez und seine Kameraden sie anfänglich nach dem offenen Meere hin wenden sahen, mußten sie annehmen, daß das Fahrzeug auf die Maluinen zusteuerte. Seit es aber, nun mit Steuerbordhalfen, mehr in den Wind beigedreht hatte, konnten sie nicht daran zweifeln, daß es in die Bucht einlaufen wollte.

Kongre war es ziemlich gleichgültig, daß die ›Maule‹ jedenfalls bemerkt worden war und die Wärter erkannt haben mochten, daß sie hier vor Anker gehen wollte. Das konnte ja seine Pläne nicht ändern.

Zu seiner großen Befriedigung verlief der letzte Teil der Fahrt unter besonders günstigen Bedingungen. Der Wind war etwas weiter nach Osten umgeschlagen; so trieb die Goelette nun schneller vor dem Winde hin, ohne hin und her kreuzen zu müssen, um die Diegosspitze zu umschiffen.

Das war ein glücklicher Umstand. Bei der Beschädigung ihres Rumpfes hätte sie Schläge von einer Seite zur andern vielleicht nicht mehr ausgehalten, und wer weiß, ob sie nicht vor der Ankunft in der Bai gar noch leck geworden wäre.

Dazu kam es auch wirklich. Als die ›Maule‹ nur noch zwei Seemeilen von der Bucht entfernt war, kam ein Mann, der sich in den Frachtraum hinunter begeben hatte, mit dem Schreckensrufe herauf, daß durch einen Riß in den Planken Wasser eindringe.

Das war gerade an der Stelle, wo der Rumpf oder die Innenverkleidung durch den vermuteten Stoß an einem Felsblocke eingedrückt worden war. Bisher hatte die Verplankung ja noch dicht gehalten, doch jetzt war sie, zum Glück nur auf die Länge von wenigen Zollen, etwas aufgesprungen, so daß diese Havarie nicht besonders ernst erschien. Nach Beseitigung eines Teils des Ballastes gelang es Vargas ohne große Mühe, das Leck mit einer Handvoll Kalfaterhanf wenigstens notdürftig zu stopfen.

Natürlich war es unumgänglich, die beschädigte Stelle noch sorgsam auszubessern. Bei dem Zustande, in dem die Goelette durch die Strandung am Kap Barthelemy versetzt worden war, hätte man sich, ohne einen fast gewissen Untergang befürchten zu müssen, auf den Großen Ozean nicht hinauswagen dürfen.

Die sechste Stunde war herangekommen, als sich die ›Maule‹ anderthalb Seemeilen vor dem Eingang zur Elgorbai befand. Kongre ließ nun die obern Segel einziehen, die jetzt unnötig waren, und fuhr nur mit dem Mars-, dem großen Klüversegel und der Brigantine weiter. Damit mußte die ›Maule‹, unter der Führung Kongres, der, wie erwähnt, die Elgorbucht genau kannte, bequem einen passenden Ankerplatz in deren Hintergrunde erreichen. Kongre steuerte sie denn auch als sichrer Lotse längs der fahrbaren Straße dahin.

Da blitzte gegen halb sieben Uhr ein glänzendes Strahlenbündel über die Meeresfläche hin. Die Lampe des Leuchtturmes war angezündet worden, und das erste Schiff, dessen Weg sie beleuchten sollte, war eine in die Hände einer Räuberbande geratene chilenische Goelette!

Fast um sieben Uhr war es, die Sonne verschwand schon hinter den steilen Höhen der Stateninsel, als die ›Maule‹ das Kap Sankt-Johann an Steuerbord hinter sich ließ. Jetzt lag die Bucht vor ihr offen. Kongre segelte mit Rückenwind in sie ein.

Als sie an den Höhlen vorüberkamen, konnten Kongre und Carcante sich überzeugen, daß deren Eingänge unter den angehäuften Steinen und dem Gewirr von Ästen und Zweigen, die diese verschlossen, nicht entdeckt zu sein schienen. Nichts hatte also ihre frühere Anwesenheit auf der Insel verraten, und jedenfalls fanden sie die zusammengeraffte Ausbeute ihrer Räubereien in demselben Zustande wieder, in dem sie diese hier zurückgelassen hatten.

»Na, das läßt sich ja gut an, sagte Carcante zu dem auf dem Hinterdeck neben ihm stehenden Kongre.

– Und wird sich sehr bald noch besser gestalten,« antwortete dieser.

Nach höchstens zwanzig Minuten hatte die ›Maule‹ den Landeinschnitt erreicht, wo sie verankert werden sollte.

Da wurde sie von zwei Männern »angesprochen«, die von der Bodenerhebung, worauf der Leuchtturm stand, aus Ufer heruntergekommen waren.

Felipe und Moriz waren es, die ihr Boot bestiegen und an Bord der Goelette gehen wollten.

Vasquez befand sich oben im Turmzimmer auf Wache.

Als die Goelette die Mitte der Bucht erreicht hatte, waren das Marssegel und die Brigantine schon gerefft, und sie trug nur noch das große Klüversegel, das Carcante jetzt auch noch einbinden ließ.

In dem Augenblicke, wo der Anker rasselnd zum Grunde hinabsank, sprangen Moriz und Felipe auf das Deck der ›Maule‹.

Auf einen Wink Kongres erhielt der erste sofort einen Axthieb auf den Kopf, so daß er zusammenbrach; gleichzeitig streckten zwei Revolverschüsse Felipe neben seinem Kameraden nieder. In einer Minute waren beide tot.

Durch eins der Fenster des Wachzimmers hatte Vasquez die Schüsse gehört und die Ermordung seiner Kameraden gesehen.

Da wurde sie von zwei Männern »angesprochen«.

Dasselbe Schicksal stand ihm bevor, wenn man sich seiner Person bemächtigte. Bei den Mordgesellen war gewiß auf keine Gnade zu rechnen. Armer Felipe!… Armer Moriz! Er hatte ja nichts tun können, sie zu retten, und er blieb oben, entsetzt über die schreckliche Bluttat, die in wenigen Sekunden verübt worden war.

Nach Überwindung des ersten Schreckens überlegte er sich die Sachlage. Um jeden Preis mußte er sich den mordlustigen Schurken zu entziehen suchen. Vielleicht wußten sie nicht, daß er sich hier befand, doch war leicht vorauszusehen, daß mehrere von diesen, nachdem das Schiff völlig festgelegt und im übrigen besorgt war, den Gedanken hätten, auf den Turm zu steigen, und das jedenfalls in der Absicht, das Leuchtfeuer zu löschen, um die Bucht, wenigstens bis Tagesanbruch, unzugänglich zu machen.

Ohne Zögern verließ Vasquez das Wachzimmer und eilte die Treppe hinunter nach dem Wohnraum zu ebener Erde.

Er hatte keinen Augenblick zu verlieren. Schon wurde das Geräusch von einem Boote hörbar, das von der Goelette abstieß, um einige Leute von der Mannschaft ans Land zu setzen.

Vasquez ergriff zwei Revolver, die er in seinen Gürtel steckte, raffte einigen Proviant in einen Sack zusammen, den er über die Schultern warf, und verließ dann die Stube. Schnellen Schrittes sprang er den abfallenden Weg vor der Einfriedigung hinunter und verschwand bald in der zunehmenden Dunkelheit.

Siebentes Kapitel.
Die Höhle.

Welch schreckliche Nacht hatte der unglückliche Vasquez zu verbringen … wie furchtbar war seine Lage! Seine Kameraden kaltblütig hingeschlachtet, dann über Bord geworfen, und jetzt trug wohl der Ebbestrom ihre Leichen hinausaufs Meer! Ihm kam gar nicht der Gedanke, daß ihn gewiß dasselbe Schicksal ereilt hätte, wenn er nicht gerade auf Wache auf dem Turme gewesen wäre; er dachte nur an seine Freunde, die er eben verloren hatte.

»Armer Moriz! … Armer Felipe! flüsterte er für sich. In vollem Vertrauen waren sie im Begriff, jenen Elenden ihre Dienste anzubieten, und man antwortete ihnen mit Revolverschüssen! … Ich werde sie nimmer wiedersehen, sie werden ihre Heimat, und werden die Ihrigen nie wieder erblicken. Und die arme Frau des guten Moriz … die ihn in zwei Monaten zurückerwartete … wenn sie erst sein trauriges Ende erfährt!«

Vasquez brach unter dem Übermaß des Schmerzes fast zusammen, empfand er doch eine herzliche Zuneigung für die beiden Wärter, er, ihr Vorgesetzter. Kannte er sie doch seit so langen Jahren. Auf seine Empfehlung hatten sie ihre Stelle beim Leuchtturm erhalten, und nun war er allein … allein! …

Woher kam aber jene Goelette und welche Räuberbesatzung hatte sie an Bord? Unter welcher Flagge segelte sie und warum dieser Aufenthalt in der Elgorbucht? Warum hatten die Schurken gleich nach dem Betreten des Landes das Feuer des Turmes ausgelöscht? Wollten sie dadurch etwa verhindern, daß ihnen ein andres Schiff in die Bucht nachfolgen könnte?

Unwillkürlich drängten sich Vasquez diese Fragen auf,

ohne daß er sie zu beantworten vermochte. An die Gefahr, die ihm selbst drohte, dachte er gar nicht. Und doch mußten die Verbrecher bald in Erfahrung bringen, daß die Wohnstube für drei Wächter eingerichtet war. Sollten sie sich dann nicht aufmachen, den dritten zu suchen? Würde es ihnen nicht endlich gelingen, diesen zu finden?

An der kaum zweihundert Schritt von dem Landeinschnitte gelegnen Uferstelle, wo er Zuflucht gesucht hatte, sah Vasquez eins der Positionslichter schimmern, jetzt an Bord der Goelette, dann bei der Umfriedigung des Leuchtturms oder durch die Fenster des Wohnhauses. Er hörte die Leute auch mit lauter Stimme und in seiner eignen Muttersprache einander zurufen. Waren es etwa Landsleute von ihm, oder vielleicht Chilenen, Peruaner, Bolivier, Mexikaner, die alle spanisch sprechen, oder waren es gar Brasilianer?

Gegen zehn Uhr verloschen die Lichter, und kein Laut unterbrach mehr die Stille der Nacht.

Vasquez konnte jedoch unmöglich an dem jetzigen Platze bleiben, denn wenn es wieder Tag wurde, mußte er hier entdeckt werden. Da er von den Raubgesellen keine Gnade zu erwarten hatte, mußte er sich vor ihnen in Sicherheit zu bringen suchen. Nach welcher Seite sollte er aber seine Schritte lenken? Nach dem Innern der Insel, wo ihn kaum jemand aufspüren konnte? Oder sollte er sich am Eingange der Bucht versteckt halten, in der Erwartung, von einem in Sicht des Landes segelnden Schiffe aufgenommen zu werden? Ja wie aber, ob im Innern der Insel oder an deren Küste, sein Leben fristen bis zu dem Tage, wo die Ablösung eintreffen würde? Sein Proviant würde schnell zu Ende gehen, nach achtundvierzig Stunden war davon voraussichtlich nichts mehr übrig. Wie konnte er diesen dann erneuern? Er besaß ja nicht einmal Geräte zum Angeln. Und wie sich Feuer verschaffen… mit welchem Hilfsmittel? Sollte er sich dazu verurteilt sehen, von Mollusken und Muscheltieren zu leben?

Seine Energie ließ ihn jedoch nicht im Stiche. Er mußte zu einem Entschlusse kommen, und das gelang ihm auch. Er entschied sich dafür, zunächst nach dem Kap Sankt-Johann zu gehen und da die Nacht zuzubringen. Wenn's wieder hell wurde, würde sich das weitere ja finden.

Vasquez verließ also die Stelle, von der aus er die Goelette beobachtet hatte. Von dieser war weder ein Laut noch ein Lichtschein wahrzunehmen. Die Buben wußten sich in dieser Bucht in Sicherheit und brauchten an Bord keinen Wachposten aufzustellen.

Vasquez folgte nun dem nördlichen Ufer, wobei er am Fuße der steilen Felsenwand hinschlich. Er hörte hier nichts als das schwache Rauschen der abnehmenden Flut und höchstens zuweilen den Schrei eines Vogels, der verspätet seinem Neste zustrebte.

Die elfte Stunde war herangekommen, als Vasquez die Spitze des Kaps erreichte. Hier am Strande fand er keinen andern Unterschlupf als eine enge Aushöhlung, worin er bis zum Tagesanbruche blieb.

Noch ehe die Sonne den Horizont voll beleuchtete, ging er nach dem Meere hinunter und hielt Umschau, ob jemand von der Seite des Leuchtturms her oder um die andre Seite des Kaps Sankt-Johann käme.

Die ganze Uferstrecke an beiden Seiten der Bucht war verlassen. Kein Boot schaukelte auf dem Wasser, obgleich die Besatzung der Goelette jetzt zwei solche, das Boot von der ›Maule‹ und die für den Gebrauch der Wärter bestimmte Schaluppe, zur Verfügung hatte.

Seewärts von der Insel war kein Schiff zu erblicken.

Da dachte Vasquez daran, wie schwierig es jetzt wieder für die Schiffahrt sein würde, in der gefährlichen Nähe der Stateninsel zu segeln, jetzt, wo der Leuchtturm nicht mehr in Betrieb war. Vom offnen Meer heransteuernde Fahrzeuge konnten sich jetzt leicht über ihre Lage täuschen. In der Erwartung, das Leuchtfeuer im Hintergrunde der Elgorbucht zu Gesicht zu bekommen, würden sie sorglos nach Westen steuern und damit Gefahr laufen, an der verderbendrohenden Küste zwischen dem Kap Sankt-Johann und der Severalspitze zugrunde zu gehen.

»Sie haben ihn ausgelöscht, die elenden Schurken, wetterte Vasquez halblaut vor sich hin, und da es in ihrem Interesse liegt, ihn dunkel zu lassen, werden sie ihn auch nicht wieder anzünden!«

Das war tatsächlich von Bedeutung, denn wenn der Leuchtturm finster blieb, konnte das leicht weitere Schiffsunfälle zur Folge haben, die den Verbrechern, so lange sie noch hier hausten, gewiß eine Vermehrung ihrer Beute brachten. Die Burschen brauchten die Schiffe nicht einmal mehr durch trügerische Lichtsignale heranzulocken. Denn diese steuerten in der Erwartung, das Leuchtfeuer in Sicht zu bekommen, sorglos ihrem Verderben entgegen.

Auf einem Felsblocke sitzend, überdachte Vasquez noch einmal alles, was am Tage vorher geschehen war. Er schaute hinaus, um zu sehen, ob die Strömung nicht die Leichen seiner unglücklichen Kameraden ins Meer hinaustrüge. Nein, die Ebbe hatte schon das ihrige getan… Moriz und Felipe waren von den Tiefen des Meeres verschlungen.

Da trat ihm seine Lage mit all ihren Schrecken vor die Augen. Was konnte er tun?… Nichts… nichts an ders, als die Wiederkehr der ›Santa-Fé‹ abwarten. Es sollten aber noch zwei lange Monate vergehen, ehe der Aviso am Eingang zur Elgorbucht aufs neue auftauchte. Selbst wenn Vasquez bis dahin von den Raubgesellen nicht aufgespürt war, wie sollte er sich so lange Zeit auch nur die notdürftigste Nahrung beschaffen? Einen Schutz fand er wohl allemal in irgendeiner Grotte der Steilküste, und die gute Jahreszeit mußte bis zum Eintreffen der Ablösung andauern. Wäre es jetzt tiefer Winter gewesen, so hätte Vasquez freilich der bittern Kälte unterliegen müssen, die das Thermometer oft bis auf dreißig und vierzig Grad unter Null sinken ließ. Er wäre dann noch eher. vor Kälte umgekommen, ehe er vor Hunger starb.

Zunächst bemühte sich Vasquez nun, ein Unterkommen zu finden. Die Wohnstube mußte den Raubmördern zweifellos verraten haben, daß die Bedienung des Leuchtturmes drei Wärtern anvertraut gewesen war. Jedenfalls wollten sie sich dann auch noch des dritten entledigen, der ihnen vorläufig entgangen war, und so suchten sie nach ihm gewiß in der Umgebung des Kaps Sankt-Johann.

Vasquez hatte jedoch alle seine Energie wiedergefunden; die Verzweiflung konnte über diesen stahlharten Charakter nicht Herr werden.

Nach einigem Hinundhersuchen fand er auch eine Aushöhlung mit ziemlich engem Eingange, die gegen zehn Fuß tief und fünf bis sechs Fuß breit war, an einer Ecke, die zwischen dem Strande und dem Kap Sankt-Johann lag. Eine Schicht seinen Sandes bedeckte den Boden der Höhle, die weder von der Flut bei deren höchstem Stande erreicht, noch von dem Ungestüm der Seewinde belästigt werden konnte. Vasquez schlüpfte hinan und legte darin die wenigen, aus dem Wohnzimmer mitgebrachten Gegenstände, sowie den Sack mit seinem kleinen Vorrat an Lebensmitteln nieder. Ein kleiner Rio mit Süßwasser von schmelzendem Schnee, der sich vom Küstensaume nach der Bucht hinabschlängelte, versprach ihm die Möglichkeit, seinen Durst zu löschen.

Da Vasquez jetzt Hunger verspürte, aß er ein wenig Schiffszwieback und ein Stück Cornedbeef. Als er dann heraustrat, um auch zu trinken… horch!… da vernahm er aus geringer Entfernung ein Geräusch, das ihn zum Stillstehen veranlaßte.

»Das sind die Mordbuben,« sagte er für sich.

Um ungesehen zu bleiben, streckte er sich dicht an der Felswand nieder und blickte voller Spannung nach der Bucht.

Es war das Boot der Goelette

In dieser erschien ein mit vier Mann besetztes Boot; zwei davon ruderten auf dem Vorderteile und die beiden andern, von denen der eine steuerte, saßen hinten.

Es war das Boot der Goelette, nicht die Dienstschaluppe der Turmwärter.

»Was mögen sie vorhaben? fragte sich Vasquez. Sollten sie schon nach mir suchen? Nach der Art und Weise zu urteilen, wie die Goelette sich in der Bai bewegte, ist es gewiß, daß diese Elenden sie schon kannten, und daß sie die Insel jetzt nicht zum ersten Male betreten haben. Bloß um die Küste zu besichtigen, kommen sie jetzt also wohl nicht hierher. Doch wenn sie nicht mich in ihre Gewalt zu bekommen suchen, was kann dann ihr Zweck sein?«

Vasquez beobachtete die Männer. Seiner Ansicht nach mußte der, der das Steuer führte, offenbar der älteste von den Vieren, deren Vorgesetzter, also wahrscheinlich der Kapitän der Goelette sein. Er hätte nicht sagen können, welcher Nationalität dieser angehörte, der äußern Erscheinung nach gehörten seine Gefährten aber zu der spanischen Rasse Südamerikas.

Augenblicklich befand sich das Boot fast am Eingange zur Bucht, längs deren Nordufer es hingefahren war, und gegen hundert Schritte draußen über der Einbiegung, wo Vasquez sich versteckt hielt. Dieser ließ das Boot nicht aus den Augen.

Auf einen Wink des Anführers wurden die Ruder eingezogen. Eine Wendung des Steuers ließ das noch in Fahrt befindliche Boot an den Strand stoßen. Nachdem einer den Wurfanker auf den Sand geschleudert hatte, stiegen die vier Männer sofort aus.

Da erlauschte dann Vasquez von ihnen folgende Worte:

»Ist's wirklich hier?

– Jawohl; dort befindet sich die Höhle, zwanzig Schritte vor der Ecke der Felswand.

– Vortrefflich, daß die Kerle vom Leuchtturme sie nicht entdeckt haben!

– Und auch keiner von denen, die hier fünfzehn Monate am Bau des Turmes gearbeitet haben.

– Sie waren tief hinten in der Bucht zu sehr beschäftigt.

– Na, und wir hatten ja den Eingang so gut verdeckt, daß es schwer gewesen wäre, ihn zu sehen.

– Vorwärts nun!« mahnte der Anführer.

Zwei seiner Gefährten und er gingen schräg über den Strand hinauf, der bis zum Fuße der Felsenwand an dieser Stelle etwa hundert Schritt breit sein mochte.

Von seinem Versteck aus beobachtete Vasquez alle ihre Bewegungen und horchte gespannt, um keines der Worte der Leute zu verlieren. Unter ihren Füßen knirschte der mit kleinen Muscheln reichlich besäte Sand. Dieses Geräusch hörte aber bald auf, und Vasquez sah nur noch den vierten Mann, der nahe beim Boote auf und ab ging.

»Jedenfalls haben die dort auch eine Höhle«, sagte er für sich.

Vasquez konnte nicht mehr im Zweifel darüber sein, daß die Goelette eine Rotte Seeräuber gebracht habe, eine gewissenlose Bande, die sich schon vor den Bauarbeiten auf der Stateninsel eingenistet hatte. Sollten sie ihre Beute nun in jener Höhle untergebracht haben? Würden sie sie nicht an Bord der Goelette schaffen wollen?

Da kam ihm plötzlich der Gedanke, daß die Höhle auch einen Proviantvorrat bergen und daß er sich den vielleicht zu nutze machen könnte. Das war wie ein Hoffnungsstrahl, der in seiner Seele aufglänzte. Sobald das Boot wieder nach dem Ankerplatze des Fahrzeuges abgefahren wäre, wollte er sein Versteck verlassen, den Eingang zu jener Höhle suchen und in diese eindringen… Darin fand er voraussichtlich Lebensmittel, die für ihn bis zur Ankunft des Avisos reichten. Und wenn ihm dann seine Existenz vorläufig wenigstens auf einige Wochen gesichert war, hatte er nur noch den Wunsch, daß die Elenden die Insel nicht verlassen könnten.

»Ja ja, wenn sie nur noch zur Stelle sind, wenn der Aviso zurückkehrt, damit der Kommandant Lafayate ihnen ihre Schandtaten entgelten kann!«

Doch würde dieser Wunsch in Erfüllung gehen? … Bei einiger Überlegung mußte sich Vasquez ja sagen, daß die Goelette die Elgorbucht jedenfalls nur für einen zwei- bis dreitägigen Aufenthalt aufgesucht hätte, nur für eine genügende Zeit, die in der Höhle lagernden Schätze einzuladen, und dann würde sie die Stateninsel auf Nimmerwiederkehr verlassen.

Vasquez sollte hierüber bald aufgeklärt sein.

Nach ungefähr einstündigem Verweilen in der Höhle erschienen die drei Männer wieder und gingen am Strande auf und ab. Von der Stelle aus, wo er sich verborgen hielt, konnte Vasquez noch manche Rede und Gegenrede vernehmen, die sie mit lauter Stimme austauschten und woraus er sofort Nutzen ziehen konnte.

»Eh, sie haben uns nicht ausgeplündert während ihres Hierseins, die guten Kerle!

– Und die ›Maule‹ wird, wenn sie absegelt, ihre volle Ladung haben …

– Darunter auch hinreichende Nahrungsmittel selbst für eine längere Fahrt, was uns doch jede Verlegenheit erspart.

– Ja freilich, von dem Proviant der Goelette allein hätten wir bis zu den pazifischen Inseln nicht genug zu essen und zu trinken gehabt.

– Diese Dummköpfe! In vollen fünfzehn Monaten haben sie unsre Schätze nicht zu finden gewußt, so wenig, wie sie uns am Kap Saint-Barthelemy aufgestöbert haben!

– Ein Hurra den Schwachköpfen! Es wäre freilich nicht der Mühe wert gewesen, Schiffe auf die Klippen der Insel zu verlocken, um dann den Lohn dafür einzubüßen!«

Beim Anhören dieser Worte, die die Elenden mit rohem Gelächter begleiteten, fühlte sich Vasquez, dem die Wut im Herzen aufschäumte, versucht, sich mit dem Revolver in der Hand auf sie zu stürzen und allen Dreien den Kopf zu zerschmettern.

Er bezwang sich jedoch. Besser schien es ihm, sich von

dem Gespräche nichts entgehen zu lassen, erfuhr er dadurch doch, welche Missetaten die Bande hier auf der Insel begangen hatte, und es konnte ihn nicht mehr überraschen, als sie noch hinzufügten:

»Was den berühmten Leuchtturm am Ende der Welt angeht, so mögen die Kapitäne jetzt nur nach ihm ausschauen… ausschauen wie Blinde!

– Und wie Blinde werden sie auch weiter auf die Insel zu segeln, wo ihre Schiffe bald genug in Stücke gehen werden.

– Ich hoffe doch, daß vor der Abfahrt der ›Maule‹ ein oder zwei an den Klippen des Kaps Sankt-Johann noch Schiffbruch erleiden. Sapperment, wir müssen sie doch bis zum Bordrand beladen, unsre Goelette, die uns der Teufel nun einmal geschickt hat.

– Ja, und der Teufel versteht seine Sache!… Ein gutes Fahrzeug, das uns dort beim Kap Saint-Barthelemy in die Hände fiel, obendrein ohne Besatzung, ohne Kapitän und Matrosen, mit denen wir übrigens kurzen Prozeß gemacht hätten.«

Diese Reden verrieten, wie die Goelette mit dem Namen ›Maule‹ an der Westküste der Insel in die Gewalt der Raubgesellen gekommen war, und auf welche Weise mehrere durch die falschen Signale der Strandräuber herbeigelockte Schiffe auf den Klippen der Insel mit Mann und Maus den Untergang gefunden hatten.

»Und nun, was beginnen wir nun, Kongre? fragte einer der drei Männer.

– Wir kehren einfach nach der ›Maule‹ zurück, Carcante, antwortete Kongre, den Vasquez richtig als den Anführer der Bande erkannt hatte.

– Sollen wir denn nicht anfangen, die Höhle auszuräumen?

– Nicht eher, als bis die Havarien vollständig ausgebessert sind, und das wird sicherlich einige Wochen in Anspruch nehmen.

– Dann wollen wir wenigstens etwas von den nötigsten Werkzeugen ins Boot schaffen.

– Meinetwegen; in der Aussicht, hierher zurückzukehren, wo Vargas ja alles finden wird, was er zu seiner Arbeit braucht.

– Dann hurtig... keine Zeit verlieren! drängte Carcante. Die Flut wird bald wieder einsetzen; die müssen wir uns zunutze machen.

– Gewiß, stimmte ihm Kongre zu. Ist die Goelette erst wieder seetüchtig, so befördern wir die Ladung an Bord. Es wird sie ja niemand stehlen.

– Oho, Kongre, vergeßt nicht, daß drei Leuchtturmwärter hier waren und daß uns einer davon entwischt ist.

– Das macht mir keine Sorge, Carcante. Ehe zwei Tage ins Land gehen, wird er verhungert sein, wenn er sich nicht grade mit Mäusen und Strandmuscheln ernährt. Übrigens werden wir den Eingang zur Höhle gut verschließen.

– Immerhin, erwiderte Carcante, ist es ärgerlich genug, daß wir erst noch Beschädigungen auszubessern haben, andernfalls hätte die ›Maule‹ schon morgen in See stechen können. Freilich ist es ja möglich, daß während ihres längern Aufenthalts noch ein Schiff an die Küste geworfen wird, ohne daß wir uns zu bemühen brauchen, es dahin zu verlocken. Was ihm dabei verloren geht, wird deshalb ja für uns nicht verloren sein!«

Kongre und seine Begleiter begaben sich nochmals in die Höhle und holten daraus Werkzeuge, Planken und Holzstücke zur Reparatur der Inhölzer. Nachdem sie endlich die Vorsicht gebraucht hatten, den Eingang sorgsam zu verbergen, gingen sie zum Boote hinunter und bestiegen dieses, gerade als sich der Flutstrom bemerkbar zu machen anfing.

Das Boot stieß ab, und von den Ruderern kräftig fortgetrieben, verschwand es bald hinter einem Ufervorsprunge.

Als er keine Entdeckung mehr zu befürchten brauchte, trat

Vasquez auf den Strand hinaus. Er wußte nun alles, was für ihn Interesse hatte, unter an derem zwei besonders wichtige Dinge: erstens, daß er sich für mehrere Wochen hinreichende Nahrungsmittel verschaffen konnte, und zweitens, daß die Goelette Beschädigungen erlitten hatte, deren Reparatur mindestens vierzehn Tage, vielleicht noch längre Zeit, beanspruchen, jedenfalls aber nicht so lange dauern würde, daß das Fahrzeug auch bei der Rückkehr des Avisos noch an der Insel läge.

»Was den berühmten Leuchtturm am Ende der Welt angeht… «

Wie hätte Vasquez daran denken können, seine Abfahrt zu verzögern? Ja, wenn irgendein Schiff in geringer Entfernung vom Kap Sankt-Johann vorüberkäme, so wollte er es durch Signale aufmerksam machen, schlimmsten Falls sich ins Meer stürzen, um es schwimmend zu erreichen. Einmal an Bord, würde er den Kapitän über die Lage der Dinge unterrichten, und wenn dieser Kapitän über eine hinreichend zahlreiche Mannschaft verfügte, würde er gewiß nicht zögern, in die Elgorbucht einzulaufen und sich der Goelette zu bemächtigen.

Flüchteten dann die Mordgesellen ins Innere der Insel, so war es ihnen doch unmöglich gemacht, diese zu verlassen, und nach dem Eintreffen der ›Santa-Fe‹ würde der Kommandant Lafayate schon wissen, die Banditen in seine Gewalt zu bekommen oder sie bis zum letzten Mann auszurotten. Doch ob wohl ein solches Schiff in Sicht des Kaps Sankt-Johann auftauchte? Und wenn es der Fall war, würde es die Signale des unglücklichen Vasquez bemerken?

Was ihn selbst betraf, gab er sich keiner Beunruhigung hin, obgleich bei Kongre kein Zweifel darüber bestehen konnte, daß auch noch ein dritter Wärter hier angestellt gewesen war… er hoffte, sich allen Nachforschungen entziehen zu können. Das Wichtigste für ihn war es, zu wissen, daß er sich Nahrungsmittel bis zur Ankunft des Avisos verschaffen konnte, und ohne länger zu zögern, begab er sich nach der Höhle.

Achtes Kapitel.
Die >Maule< während der Reparatur.

Die Beschädigungen der Goelette auszubessern, sie für eine längere Fahrt auf dem Großen Ozean instand zu setzen, die gesamte in der Höhle lagernde Fracht darauf zu verladen und dann sobald als möglich auszulaufen, das waren die Arbeiten, an deren Erledigung Kongre und seine Gefährten gingen, ohne eine Stunde zu verlieren.

Die Reparaturen am Rumpfe der >Maule< waren tatsächlich über Erwarten umfänglicher Art. Der Zimmermann Vargas war aber tüchtig in seinem Berufe, und da es ihm weder an Werkzeugen noch an Material fehlen konnte, würde die Arbeit ohne besondere Schwierigkeiten auszuführen sein.

Zunächst mußte der Ballast aus der Goelette beseitigt werden, um diese dann auf den Strand des Landeinschnitts schleppen zu können, wo sie auf Steuerbord übergeneigt werden sollte, um verletzte Teile des Gerippes ersetzen und für die eingedrückten Planken neue einfügen zu können.

Es war also möglich, daß das schon eine gewisse Zeit beanspruchte; an dieser fehlte es Kongre aber nicht, da die bessere Jahreszeit seiner Rechnung nach ja noch zwei volle Monate dauern sollte.

Was das Eintreffen der Ablösung betraf, so würde er sich damit schon abzufinden missen.

Das in der Wohnstube gefundene Leuchtturm-Tagebuch hatte ihm über alles Wissenswerte Auskunft gegeben: da die Ablösung der Wärter nur alle drei Monate erfolgen sollte, konnte der Aviso >Santa-Fe< nicht vor den ersten Tagen des März erscheinen, und jetzt waren noch die letzten Tage des Dezembers.

In demselben Buche fanden sich auch die Namen der drei ersten Wärter, Moriz, Felipe und Vasquez. Übrigens wies die Ausstattung des Zimmers ebenfalls darauf hin, daß es für drei Bewohner bestimmt war. Einer von diesen war also dem Schicksale seiner unglücklichen Kameraden entgangen. Wohin mochte der sich geflüchtet haben? Kongre machte sich, wie wir wissen, darüber kein Kopfzerbrechen. Allein und ohne alle Hilfsmittel mußte der Flüchtling bald der Entbehrung, dem Hunger zum Opfer fallen.

Wenn es aber für die Reparaturen der Goelette auch nicht an Zeit mangelte, mußte doch immer mit möglichen Verzögerungen gerechnet werden, und gerade in den ersten Tagen machte es sich nötig, die kaum begonnene Arbeit zu unterbrechen.

Die Entladung der ›Maule‹ war glücklich beendet worden, und Kongre beabsichtigte, sie am nächsten Tage kielholen zu lassen, da trat in der Nacht vom 3. zum 4. Januar plötzlich ein schroffer Witterungsumschlag ein.

In dieser Nacht wälzten sich schwere Wolkenmassen am südlichen Horizonte heraus. Während die Luftwärme auf 16 Grad anstieg, fiel das Barometer bis zum Merkzeichen Sturm. Am Himmel zuckten zahlreiche Blitze, und von allen Seiten grollte der dumpfe Donner. Bald sprang ein Wind von ungewöhnlicher Heftigkeit auf, das aufgewühlte Meer stürzte wild schäumend über die Klippen hin und schlug an die Felswand dahinter an. Ein Glück war es zu nennen, daß die ›Maule‹ in der Elgorbucht fest verankert und gegen den Südwestwind geschützt lag. Bei dem Unwetter lief auch ein Schiff von großem Tonnengehalt, ob Dampfer oder Segler, Gefahr, an der Inselküste zu zerschellen. Um wieviel mehr wäre ein so schwaches Schiffchen wie die ›Maule‹ davon bedroht gewesen.

Die Gewalt des Sturmes war so groß und der Ozean draußen so furchtbar aufgeregt, daß hohe Wellenberge tief in die

Bucht hineinrollten. Beim höchsten Stande der Flut reichte das Wasser bis zum Fuße des Steilufers und der Strand unterhalb der Turmeinsriedigung war vollständig überschwemmt. Die Wogen wälzten sich bis ans Wärterwohnhaus heran und ihre Schaumsetzen flatterten eine halbe Seemeile bis zum Buchenwäldchen hin.

Kongre und seine Gefährten hatten alle Mühe aufzubieten, die ›Maule‹ an ihrem Ankerplatz zu halten. Mehrmals trieb sie ein Stück vor Anker und drohte, auf das Ufergelände gehoben zu werden. Das nötigte dazu, zur Unterstützung des ersten noch einen zweiten Anker auf den Grund sinken zu lassen. Dennoch war das Schiff zweimal nahe daran, gänzlich zerstört zu werden.

Während auf der ›Maule‹ Tag und Nacht sorgsam Wache gehalten wurde, hatte sich die dienstfreie Mannschaft nach den Nebengebäuden im Leuchtturmhose zurückgezogen, wo sie von dem wütenden Sturme nichts zu fürchten hatte. Die Lagerstätten aus den Kabinen und dem Volkslogis waren dahin geschafft worden, wo Platz genug war, nötigenfalls alle fünfzehn Mann auf einmal unterzubringen. Während ihres ganzen Aufenthaltes auf der Insel hatten die Banditen noch niemals ein so gutes Nachtquartier gehabt.

Wegen des nötigen Proviants brauchte man sich keine Sorge zu machen. Die Vorräte im Lagerschuppen des Leuchtturms genügten für alle, ja sie hätten ausgereicht, auch die doppelte Menge Leute zu befriedigen. Schlimmsten Falls konnten ja noch die Reserven in der Höhle benutzt werden … kurz, die Verproviantierung der Goelette war auch für eine längere Fahrt über den Großen Ozean gesichert.

Das entsetzliche Wetter hielt bis zum 12. Januar an und ließ erst in der Nacht zum 13. merkbar nach. Da durch war eine ganze Woche verloren gegangen, in der es unmöglich gewesen war, zu arbeiten. Kongre hatte übrigens sehr klug daran getan, einen Teil des Ballastes wieder in die Goelette schaffen zu lassen, die wie ein hilfloser Nachen auf und ab schwankte. Es hatte schon Mühe genug gekostet, sie von dem Gestein im Grunde freizuhalten, woran sie ebenso hätte zerschmettert werden können, wie auf den Klippen um den Eingang zur Elgorbucht.

In der genannten Nacht schlug der Wind endlich um und drehte nach Westsüdwest. Jetzt wurde das Meer am Kap Saint-Barthelemy sehr unruhig, denn es wehte noch immer eine steife Dreiressbrise. Hätte die ›Maule‹ noch jetzt in der kleinen Bucht neben dem Kap gelegen, so wäre sie sicherlich völlig zerstört worden.

Im Laufe dieser Schreckenswoche war ein Schiff in Sicht der Stateninsel vorübergekommen, und zwar am hellen Tage, wo es den Leuchtturm also nicht zu peilen brauchte und nicht bemerken konnte, daß das Licht darauf zwischen Untergang und Aufgang der Sonne nicht angezündet wurde. Das Fahrzeug kam vom Nordosten und steuerte unter wenigen Segeln in die Le Mairestraße ein. An seinem Gaffelbaume flatterte die französische Flagge.

Übrigens zog es drei Seemeilen weit vom Lande vorüber, und seine Nationalität war nur mit Benützung des Fernrohrs zu erkennen. Hätte ihm Vasquez auch vom Kap Sankt-Johann Signale gegeben, so wären diese doch unmöglich wahrzunehmen gewesen, denn ein französischer Kapitän hätte sonst keinen Augenblick gezögert, ein Boot aussetzen zu lassen, um einen Schiffbrüchigen aufzunehmen.

Am Morgen des 13. wurde der Eisenballast zum zweiten Male entfernt und ohne Ordnung soweit auf den Sand geworfen, daß er von der Flut nicht bespült werden konnte. Nun konnte die Untersuchung des Rumpfes im Innern eingehender als am Kap Saint-Barthelemy vorgenommen werden. Der Zimmermann erklärte die Havarien für ernster, als man bisher angenommen hatte. Die ›Maule‹ war bei der Überführung hierher arg mitgenommen worden, als sie scharf am Winde segelnd gegen das unruhige Wasser ankämpfen mußte. Damals war auch das Leck an ihrem Hinterteile entstanden. Offenbar hätte das Fahrzeug seine Fahrt über die Elgorbucht hinaus nicht fortsetzen können. Es war also unumgänglich, es aufs Trockne zu setzen, um zwei Bauchstücke und drei Spanten an der schadhaften Stelle auf eine Strecke von sechs Fuß zu ersetzen.

Dank den geraubten Gegenständen jeder Art, die zu allerlei Zwecken zu dienen bestimmt waren, fehlte es nicht an den nötigen Materialien. Unterstützt von seinen Kameraden, hoffte der Zimmermann Vargas die Schäden gründlich auszubessern. Gelang ihm das freilich nicht, so war es der ›Maule‹ unmöglich sich in unvollständig repariertem Zustande auf den Großen Ozean hinauszuwagen. Glücklicherweise hatten weder Masten, noch Segel oder Takelwerk irgendwie Schaden genommen.

Die erste Aufgabe bestand nun darin, die Goelette auf den Sand zu holen, um sie hier auf ihre Steuerbordseite legen zu können. Das konnte wegen Mangels hinreichend kräftiger Hilfsmittel nur zur Zeit des Hochwassers ausgeführt werden. Eine weitere Verzögerung um zwei Tage trat dadurch ein, daß man sich gezwungen sah, auf die Springflut zur Zeit des nächsten Neumondes zu warten, die es ermöglichen würde, die Goelette so hoch auf den Strand hinauszuziehen, daß sie bis zur nächsten Springflut unbedingt trocken lag.

Kongre und Carcante benutzten diesen Aufschub, nach der Höhle zurückzukehren, und diesmal bedienten sie sich zur Fahrt der Schaluppe der Turmwärter, die größer war als das Boot der ›Maule‹. Sie wollten damit einen Teil der Wertgegenstände zurückbringen, Gold und Silber, das von ihren Räubereien herrührte, und ebenso Schmucksachen und andre kostbare Dinge, die einstweilen im Vorratsschuppen des Turmhofes niedergelegt werden sollten.

Die Schaluppe stieß am Morgen des 14. Januars vom Lande ab. Seit zwei Stunden hatte die Ebbeströmung eingesetzt, und die Beiden gedachten am Nachmittage mit der Flut zurückzukehren.

Verlassen zeigte sich auch die Insel selbst, soweit der Blick reichte.

Das Wetter war ziemlich schön. Zwischen Wolken, die vor einem leichten Südwinde hintrieben, blitzten dann und wann helle Sonnenstrahlen hernieder.

Vor der Abfahrt war Carcante, wie er das täglich zu tun pflegte, nach der Galerie des Turmes hinausgegangen, um Umschau über den Horizont zu halten. Das Meer draußen war leer, kein Schiff in Sicht, nicht einmal eine der Barken der Pescherähs, womit diese sich zuweilen bis zur Ostseite der Neujahrsinseln wagen. Verlassen zeigte sich auch die Insel selbst, soweit der Blick reichte.

Während die Schaluppe mit der Strömung hinunterglitt, behielt Kongre die beiden Ufer der Bucht immer scharf im Auge. Der dritte Wärter, der der meuchlerischen Ermordung entgangen war, wo mochte der jetzt sein? Obgleich das ihm keine Veranlassung zur Unruhe bot, erschien es doch wünschenswerter, auch diesen abzutun, und das sollte bei der ersten sich bietenden Gelegenheit jedenfalls geschehen.

Das Land war ebenso öde und leer, wie die Fläche der Bucht selbst. Das einzige Leben darauf beruhte nur auf dem Umherfliegen und dem Geschrei der Myriaden von Vögeln, die an und in der Uferwand nisteten.

Gegen elf Uhr stieß die Schaluppe vor der Höhle ans Land, nachdem nicht allein die Strömung, sondern auch der Wind ihre Fahrt beschleunigt hatte.

Kongre und Carcante stiegen aus, ließen zwei Mann als Wache zurück und betraten die Höhle, aus der sie nach einem halben Stündchen wieder hervor kamen.

Da drin hatten sie alles anscheinend ebenso gefunden, wie sie es vor zwei Wochen verlassen hatten. Hier lag übrigens ein solches Gewirr der verschiedensten Gegenstände, daß es selbst beim Lichte einer Fackel schwierig gewesen wäre zu erkennen, ob etwas fehlte.

Kongre und sein Begleiter brachten zwei sorgfältig verschlossene Kisten mit heraus, die von dem Schiffbruche eines englischen Dreimasters herrührten und eine große Summe in Gold, sowie wertvolle Edelsteine enthielten. Sie setzten sie in der Schaluppe nieder und wollten eigentlich schon wieder abfahren, als Kongre erklärte, er wolle erst noch einmal bis zum Kap Sankt-Johann gehen, von wo aus die Küste nach Süden und Norden hin zu übersehen war.

Carcante und er erklommen also das hohe Felsenufer und stiegen dann am Kap bis zu dessen Ausläufer hinunter.

Von dieser Spitze aus reichte der Blick einerseits etwa zwei Seemeilen weit über die Küste hin, die sich nach der Seite der Le Mairestraße ausdehnte, und anderseits bis zur Severalspitze.

»Da ist kein Mensch, sagte Carcante.

– Nein, keine lebende Seele!« bestätigte Kongre.

Beide kehrten darauf nach der Schaluppe zurück, die sich sofort in Bewegung setzte, als das Wasser wieder anstieg und die Flutströmung sie mitnahm. Noch vor drei Uhr waren sie im Hintergrunde der Elgorbucht zurück.

Zwei Tage später, am 16., nahmen Kongre und seine Leute am Vormittag die Strandsetzung der ›Maule‹ in Angriff. Gegen elf Uhr mußte der höchste Wasserstand eingetreten sein, und mit Rücksicht darauf wurden alle Vorbereitungen getroffen. Ein ans Land geschafftes Ankertau sollte es ermöglichen, die Goelette aufs Land zu ziehen, sobald die Wassertiefe das zuließ.

An sich bot die Operation weder Schwierigkeiten noch Gefahren; die Hauptarbeit besorgte dabei ja doch die Flut allein.

Sobald also das Wasser still stand, verband man den Troß mit der ›Maule‹ und schleppte sie so weit wie möglich auf den Strand hinaus.

Nun galt es nur, die Ebbe abzuwarten. Gegen ein Uhr begann das Wasser sich von den der Uferwand zunächstgelegenen Felsblöcken zurückzuziehen, und der Kiel der ›Maule‹ sank gleichzeitig auf den Sand. Um drei Uhr lag sie auf der Steuerbordseite und vollständig trocken.

Jetzt konnte die Arbeit begonnen werden. Da es natürlich nicht möglich gewesen war, die Goelette bis an die Felswand selbst heranzuschleppen, erlitt die Arbeit jeden Tag einige Stunden eine gezwungene Unterbrechung, da das Schiff bei jeder Flut wieder halb im Wasser lag. Da die Flut von diesem Tage an jedoch immer weniger hoch anstieg, wurde die unfreiwillige Muße allmählich kürzer, und vierzehn Tage lang konnte dann die Arbeit überhaupt ohne jede Unterbrechung fortgesetzt werden.

Der Zimmermann ging also ans Werk. Konnte er auch auf die Pescherähs unter der Rotte nicht rechnen, so würden ihn doch die andern, Kongre und Carcante mit eingeschlossen, bei der Arbeit unterstützen.

Der eingedrückte Teil der äußern Plankenlage wurde leicht beseitigt, nachdem die Platten des Kupferbeschlages entfernt waren. Damit waren die Spanten und Bauchstücke freigelegt, die ersetzt werden mußten. Das aus der Höhle hergeschaffte Holz, Planken und Krummhölzer, genügte auf jeden Fall, und es wurde also nicht nötig, etwa im Buchenwalde einen Baum zu fällen, zuzurichten und zu zersägen, was ja ein schweres Stück Arbeit gewesen wäre.

In den folgenden vierzehn Tagen hatten Vargas und die andern, da immer schöne Witterung blieb, an ihrem Werke tüchtig schaffen können. Was am meisten Beschwerde verursachte, war das Herausnehmen der Bauchstücke und Inhölzer, für die neue eingefügt werden sollten. Die verschiedenen Stücke waren mit Kupfer verbolzt und mit Holznägeln verbunden. Das Ganze hielt gut zusammen, ein Beweis, daß die ›Maule‹ aus einer der besten Schiffsbauwerkstätten Valparaisos hervorgegangen war. Nur mit Mühe gelang es Vargas, diesen ersten Teil seiner Arbeit auszuführen, und ohne die aus der Höhle stammenden Zimmermannswerkzeuge wäre es ihm wohl kaum gelungen, sie nach Wunsch zu vollenden.

Selbstverständlich mußte in den ersten Tagen die Arbeit allemal zur Zeit des Hochwassers unterbrochen werden. Später wurde die Flut so weit schwächer, daß sie nur noch die nächstgelegenen Streifen des Strandes erreichte. Der Kiel kam gar nicht mehr mit Wasser in Berührung, und man konnte demnach drinnen und draußen am Rumpfe unbehindert arbeiten. Es war nur von besondrer Wichtigkeit, die Beplankung in Ordnung zu haben, ehe die Zeit der größern Fluthöhe wiederkehrte.

Aus Vorsicht, aber ohne die ganze Kupferhaut ablösen zu lassen, ließ Kongre doch alle Nähte oberhalb der Schwimmlinie bloßlegen. Deren Kalfaterung wurde dann mit Hanfzöpfen und Pech, die von Seetriften herrührten, aufs neue vollgeschlagen.

Im Laufe dieser Zeit wurden zwei Schiffe im Gewässer der Stateninsel gesehen.

Das eine war ein aus dem Großen Ozean kommender englischer Dampfer, der nach Durchschiffung der Meerenge einen Kurs nach Norden, wahrscheinlich nach einem Hafen Europas, einschlug. Es war heller Tag, als er auf der Höhe des Kaps Sankt-Johann erschien. Mit dem Aufgange der Sonne sichtbar geworden, war er vor deren Untergange wieder verschwunden. Sein Kapitän hatte also nicht bemerken können, daß der Leuchtturm jetzt gelöscht war.

Das zweite Schiff war ein Dreimaster, dessen Nationalität man nicht erkennen konnte. Die Dunkelheit brach schon langsam herein, als er sich auf der Höhe des Kaps Sankt-Johann zeigte, von wo aus er längs der Ostküste der Insel der Severalspitze zusteuerte. Carcante, der sich gerade im Wachzimmer aufhielt, sah nur noch sein grünes Steuerbordlicht durch das Halbdunkel schimmern. Im Falle, daß sich Kapitän und Mannschaft dieses Seglers schon mehrere Monate unterwegs befanden, konnten sie nicht wissen, daß der Bau des Leuchtturmes hier jetzt schon vollendet war.

Der Dreimaster folgte der Küste so nahe, daß seine Leute die üblichen Signale hätten wahrnehmen können, z. B. ein Feuer, daß man auf dem Ausläufer eines Kaps entzündet hätte. Ob es Vasquez wohl versucht hatte, die Aufmerksamkeit der Besatzung zu erwecken?… Ja oder nein… gleichviel, jedenfalls war das Fahrzeug bei Sonnenaufgang im Süden hinter dem Horizonte verschwunden.

Es war von besondrer Wichtigkeit, die Beplankung in Ordnung zu haben.

Weit draußen, anscheinend auf dem Wege nach den Maluinen, wurden gelegentlich auch noch andre Segler und

Dampfer sichtbar. Wahrscheinlich wußten diese von der neuen Anlage auf der Stateninsel überhaupt noch nichts.

Am letzten Tage des Januars, zur Zeit der Vollmond-Springflut, erlitt das Wetter wiederum eine starke Veränderung. Der Wind war nach Osten umgesprungen und drängte das Wasser geradeswegs in die Elgorbucht hinein.

Waren die Ausbesserungen des Schiffsrumpfes da auch noch nicht ganz fertig, so befanden sich wenigstens Spanten, Bauchstücke und Außenplanken wieder an ihrem Platze und ließen kein Wasser in den Laderaum eindringen.

Dazu konnte man sich wirklich Glück wünschen, denn in den nächsten achtundvierzig Stunden reichte die Flut bei ihrem höchsten Stande weit an den Rumpf hinauf, und die Goelette richtete sich von selbst auf, doch ohne daß der in den Sand eingesunkene Kiel völlig frei wurde.

Kongre und seine Gefährten mußten die größten Vorsichtsmaßregeln beobachten, neue Havarien zu vermeiden, die die Abfahrt hätten bedeutend verzögern können.

Durch einen günstigen Umstand wurde die Goelette auf ihrem Sandlager festgehalten. Sie rollte zwar ziemlich heftig von einer Seite zur andern, lief aber nicht Gefahr, gegen die Felsen des Einschnitts geschleudert zu werden.

Vom 2. Februar an nahm die Fluthöhe übrigens wieder ab und die ›Maule‹ bekam dadurch wieder einen festen Stand auf dem Strande. Nun war es möglich, den Rumpf auch am Oberwerk zu kalfatern, und vom Aufgange der Sonne bis zu ihrem Untergange hörte man die Hammerschläge ertönen.

Die Verstauung der Fracht drohte in keinem Falle, die Abfahrt der ›Maule‹ noch weiter hinauszuschieben. Die Schaluppe fuhr jetzt häufig nach der Höhle, besetzt mit Leuten, die Vargas eben nicht brauchte. Zuweilen beteiligte sich Kongre und zuweilen Carcante an diesen kurzen Fahrten.

Jedesmal brachte die Schaluppe einen Teil der Gegenstände mit, die im Frachtraum der Goelette untergebracht werden sollten und die man vorläufig im Lagerhause des Leuchtturmes niederlegte. Von hier aus ging später die Befrachtung bequemer und regelmäßiger vor sich, als wenn die ›Maule‹ zu diesem Zwecke vor der Höhle, also nahe am Eingange der Bucht, angelegt worden wäre, wo die Arbeit leicht durch ungünstiges Wetter gestört werden konnte. An dieser bis zum Kap Sankt-Johann hinausreichenden Küste gab es keine andre gut geschützte Stelle als den kleinen Landeinschnitt am Fuße des Leuchtturms.

Noch einige Tage, und die Reparaturen mußten beendigt, die ›Maule‹ also klar sein, wieder auszulaufen, und die Ladung konnte von nun an direkt an Bord gebracht werden.

Am 12. Februar war die Kalfaterung der letzten Fugen am Rumpfe und auf dem Verdeck fertig. Einige Gefäße voll Farbe, die in den Wracks verunglückter Schiffe gesunden worden waren, hatten es sogar möglich gemacht, Vorder- und Hinterteil der ›Maule‹ frisch anzustreichen. Kongre benutzte diese Gelegenheit zu einer Änderung des Namens der Goelette, die er zur Ehre seines »ersten Offiziers« ›Carcante‹ taufte. Er hatte auch nicht versäumt, das Takelwerk genau untersuchen und leichte Reparaturen an den Segeln vornehmen zu lassen. Diese mußten übrigens neu gewesen sein, als die Goelette den Hafen von Valparaiso verlassen hatte.

Die ›Maule‹ wäre also seit dem 12. Februar in dem Zustande gewesen, wo sie wieder nach ihrem Ankerplatz im kleinen Landeinschnitte hätte geschleppt werden und ebenso hätte sie die dann bereit liegende Ladung aufnehmen können, wenn es nicht zum großen Leidwesen Kongres und seiner Spießgesellen, die alle der Abfahrt von der Stateninsel mit Ungeduld entgegensahen, unbedingt nötig gewesen wäre, die nächste Neumond-Springflut abzuwarten, um die Goelette mit ihrer Hilfe wieder flott zu machen.

Diese Springflut trat am 14. Februar ein. An demselben Tage hob sich der Kiel aus seinem Bette im Ufersande, und ohne Schwierigkeit glitt die Goelette nach dem tiefern Wasser. Jetzt hatte man sich also nur noch mit der Beladung zu beschäftigen.

Traten keine unerwarteten Hindernisse ein, so konnte die ›Carcante‹ in wenigen Tagen die Anker lichten, die Elgorbucht verlassen, die Le Mairestraße hinuntersegeln und bei südwestlichem Kurse mit vollen Segeln dem Gewässer des Großen (oder Stillen) Ozeans zusteuern.

Neuntes Kapitel.
Vasquez.

Seit dem Eintreffen der Goelette auf dem Ankerplatze in der Elgorbucht hatte Vasquez auf dem Uferlande des Kaps Sankt-Johann gelebt, von wo er sich aus mehreren Gründen nicht entfernen wollte. Wenn ein Schiff erschien, das in die Bucht einlaufen wollte, er würde wenigstens zur Stelle sein, es bei seiner Vorüberfahrt anzurufen.

Dann nahm dieses ihn voraussichtlich auf, er würde dessen Kapitän mitteilen, daß er sich bei Einhaltung einer Richtung nach dem Leuchtturm den ernstesten Gefahren aussetze, würde ihm sagen, daß jetzt eine Verbrecherbande den Turm in ihrer Gewalt habe, und wenn der Kapitän dann über keine hinreichend zahlreiche Mannschaft verfügte, die Schurken zu überwältigen oder sie ins Innere der Insel zu jagen, so würde er mindestens Zeit haben, wieder aufs hohe Meer hinaus zu steuern.

Die Wahrscheinlichkeit, daß ein solcher Fall einträte, war freilich sehr gering, denn warum sollte ein Schiff, außer wenn es dazu gezwungen war, in der den Seefahrern bisher so wenig bekannten Bucht Schutz suchen?

Am günstigsten würde sich gegebenen Falles die Sachlage gestalten, wenn ein solches Schiff zufällig auf dem Wege nach den Maluinen wäre, die es in wenigen Tagen erreichen könnte, denn dann konnten die dortigen britischen Behörden von den Ereignissen unterrichtet werden, deren Schauplatz die Stateninsel geworden war. Darauf könnte ein Kriegsschiff jedenfalls sofort nach der Elgorbucht abgehen und da eintreffen, bevor die ›Maule‹ abgesegelt war, könnte Kongre und seinen Spießgesellen bis auf den letzten Mann den Garaus machen und dafür sorgen, daß der Leuchtturm schleunigst wieder in Betrieb käme.

»Ja, um das zu erreichen, sagte sich Vasquez wiederholt, wird doch wohl die Rückkehr der ›Santa-Fe‹ abgewartet werden müssen. Zwei lange Monate! ... Dann ist die ›Maule‹ aber sicherlich weit weg von hier, und wo sollte sie einer inmitten der Inselgruppen des Großen Ozeans wiederfinden?«

Der wackre Vasquez dachte nie an sich selbst, sondern nur an seine so ruchlos hingemordeten Kameraden, daran, daß die Mörder nach dem Verlassen der Insel wahrscheinlich straflos blieben, und daneben gedachte er der großen Gefahren, die der Schiffahrt nach der Auslöschung des Leuchtturms am Ende der Welt in diesen Meeresteilen drohten.

Was seinen Lebensunterhalt betraf, so fühlte er sich, so lange sein Schlupfwinkel nicht entdeckt wurde, nach dem flüchtigen Besuch der Höhle in die ser Hinsicht vollkommen beruhigt.

Diese Höhle reichte sehr tief ins Innere der Steilküste hinein, und darin hatte sich die Bande mehrere Jahre verborgen, darin war auch das geraubte Strandgut, war Gold und Silber neben sonstigen, bei Tiefebbe aufgelesenen Kostbarkeiten versteckt und aufgespeichert worden. Hier hatten sich Kongre und seine Gefährten auch später viele Monate lang aufgehalten, wobei sie zuerst von dem Proviant lebten, den sie zur Zeit ihrer Ausschiffung besaßen, und dann von den Nahrungsmitteln, die ihnen bei vielen, zum Teil von den Raubgesellen selbst herbeigeführten Schiffbrüchen in die Hände gefallen waren.

Von diesen Vorräten eignete sich Vasquez nicht mehr an, als er unbedingt brauchte, damit Kongre und seine Leute nichts bemerken sollten: eine kleine Kiste mit Schiffszwieback, ein Fäßchen mit Corned-Beef, ein Kohlenbecken, worin er Feuer machen könnte, einen Kochtopf, eine Tasse, eine wollene Decke, ein Hemd und Strümpfe zum Wechseln, ferner eine Wachstuchmütze, zwei Revolver mit etwa zwanzig Patronen, einen Feuerstahl nebst Zündschwamm und eine Laterne. Außerdem nahm er noch zwei Pfundpakete Tabak für seine Pfeife mit. Übrigens sollte, nach den von ihm erlauschtem Worten, die Ausbesserung der Goelette ja mehrere Wochen beanspruchen, und da fand er jedenfalls Gelegenheit, seine Mundvorräte zu erneuern.

Hier sei auch eingefügt, daß er sich, da seine jetzige enge Grotte der Höhle der Räuber zu nahe lag und er entdeckt zu werden fürchten mußte, gleichzeitig einen etwas entfernteren und sichreren Schlupfwinkel auswählte.

Einen solchen hatte er fünfhundert Schritt weiter westlich, jenseits des Kaps Sankt-Johann und an der Rückseite der Uferwand, an dem nach der Meerenge zu gelegenen Teile des Ufers gefunden. Zwischen zwei hohen, nach dem Uferwalle geneigten Felsen lag hier eine Grotte mit fast unsichtbarem Eingange. Um zu diesem zu gelangen, mußte man sich zwischen den beiden natürlichen Steinsäulen hindurchzwängen, was bei der Menge umhergestreuter Felsblöcke kaum ausführbar erschien. Bei Hochwasser reichte das Meer fast bis an die Grotte heran, stieg aber doch nicht hoch genug, ihren Boden zu überschwemmen, dessen seiner Sand keine einzige Muschelschale enthielt und auch keine Spur von Feuchtigkeit zeigte.

Vor dieser Grotte konnte man hundertmal vorübergehen, ohne etwas von ihrem Vorhandensein zu ahnen, und auch Vasquez hatte sie vor einigen Tagen nur durch Zufall entdeckt.

Hierher schaffte er also die aus der Höhle entnommenen Gegenstände, die er zu benutzen gedachte.

Es war übrigens sehr selten, daß Kongre, Carcante oder die andern nach diesem Teile der Küste kamen. Das erste Mal, wo das nach dem zweiten Besuche der Höhle wieder geschah, hatte Vasquez sie bemerkt, als sie an der Spitze des

Kaps Sankt-Johann standen. Zwischen den beiden Felsenpfeilern niedergekauert, konnte er nicht gesehen werden und wurde auch nicht gesehen.

Selbstverständlich wagte er sich niemals ohne die peinlichste Vorsicht nach draußen, mit Vorliebe nur des Abends, meist wenn er sich nach der Höhle begeben wollte. Ehe er dann um die Ecke des Steilufers bog, überzeugte er sich allemal genau, daß weder das Boot noch die Schaluppe am Ufer angebunden lag.

Doch wie unendlich lang erschien ihm die Zeit in seiner Einsamkeit, und welch schmerzliche Erinnerungen stiegen immer und immer wieder in ihm auf: der blutige Auftritt, dem er damals glücklich entging, bei dem Felipe und Moriz aber den Streichen der Mörder zum Opfer gefallen waren. Dann packte ihn wohl ein unwiderstehliches Verlangen, mit dem Haupte der Verbrecherrotte zusammenzutreffen und mit eigner Hand den Tod seiner unglücklichen Kameraden zu rächen.

»Nein … nein! sprach er für sich, sie werden früher oder später ihre Strafe erhalten! … Gott kann nicht zulassen, daß sie die Frucht ihrer Schandtaten genießen, nein, sie werden sie schon noch mit dem Leben bezahlen!«

Dabei vergaß er ganz, an welch feinem Faden sein eignes Leben hing, so lange die Goelette noch in der Elgorbucht vor Anker lag.

»Und doch, rief er schließlich, wenn die Elenden nur nicht davonfahren … wenn sie nur noch hier sind, wenn die ›Santa-Fe‹ zurückkommt? O, möge der Himmel sie hindern, abzusegeln!«

Würde dieser Wunsch aber in Erfüllung gehen? Noch mußten ja mehr als zwei Monate vergehen, ehe der Aviso in Sicht der Insel auftauchen konnte.

Anderseits wunderte sich Vasquez ein wenig über den längern Aufenthalt hier. Sollten die Havarien der Goelette so schwerer Art sein, daß ein voller Monat zu ihrer Reparatur nicht ausreichte? Aus dem Leuchtturmjournale mußte Kongre den Zeitpunkt ersehen haben, wo die Ablösungsmannschaft eintreffen sollte. Er konnte sich doch nicht darüber täuschen, was ihm drohte, wenn er nicht vor den ersten Tagen des März ausgelaufen war…

Inzwischen war der 16. Februar herangekommen. Von Ungeduld und Unruhe gefoltert, wollte Vasquez nun wissen, wie die Dinge lägen. Bald nach Sonnenuntergang schlich er sich zum Eingang der Bucht hin und wanderte vorsichtig am nördlichen Ufer dem Leuchtturm zu.

Obgleich es schon recht dunkel war, lief er doch Gefahr, daß ihm einer von der Bande, der von der andern Seite käme, begegnen könnte. Er schlüpfte deshalb vorsichtig dicht am Steilufer hin, suchte mit dem Blick das Dunkel zu durchdringen und lauschte gespannt, ob sich irgend ein verdächtiges Geräusch vernehmen ließ.

Ungefähr drei Seemeilen hatte Vasquez zurückzulegen, um nach dem Hintergrund der Bucht zu gelangen, und zwar in entgegengesetzter Richtung zu der, die er nach der Ermordung seiner Kameraden auf der Flucht eingehalten hatte. Heute wurde er ebensowenig gesehen, wie an jenem Abend.

Gegen neun Uhr machte er zweihundert Schritt vor der Einfriedigung des Leuchtturms Halt, und da sah er einen Lichtschein durch die Fenster des Anbaus schimmern. Eine Aufwallung gerechten Zorns und eine drohende Handbewegung konnte er nicht unterdrücken bei dem Gedanken, daß die Mordbuben jetzt in der Wohnung an Stelle derer hausten, die sie hingeschlachtet hatten, und an Stelle dessen, den sie ebenso gewissenlos töten würden, wenn er ihnen in die Hände fiel.

Von dem Platze, wo er sich befand, konnte Vasquez in der Dunkelheit die Goelette nicht liegen sehen. Er mußte sich noch um hundert Schritte weiter hin begeben, und dachte gar nicht daran, daß das mit einer Gefahr verbunden sein könnte. Die ganze Räuberbande war ja im Wohnzimmer der Wärter versammelt, und es würde gewiß keinem einfallen, dieses jetzt zu verlassen.

Vasquez wagte sich sogar noch weiter und schlich bis ans Ufer des kleinen Landeinschnitts heran. Bei einer Flut vor zwei Tagen war die Goelette von ihrem Sandbett abgeschleppt worden. Jetzt schwamm sie, festgehalten von ihrem Anker, auf tieferm Wasser.

O, wenn er gekonnt. wenn es nur von ihm abgehangen hätte, mit welcher Befriedigung hätte er den Rumpf des Schiffs gesprengt und dieses zum Sinken gebracht!

Die früheren Beschädigungen waren also offenbar ausgebessert. Vasquez hatte jedoch bemerkt, daß die Goelette nur so tief eintauchte, daß sie etwa noch zwei Fuß über ihre normale Schwimmlinie aufragte. Das bedeutete aber, daß sie weder mit Ballast beschwert noch mit anderm Frachtgut beladen war. Hiernach konnte es bis zur Abfahrt recht gut noch mehrere Tage dauern. Das war aber jedenfalls der letzte Aufschub, und vielleicht lichtete die >Maule< schon nach achtundvierzig Stunden die Anker, umsegelte das Kap Sankt-Johann und verschwand am Horizont für immer.

Vasquez besaß nur noch einen kleinen Vorrat von Proviant. Gleich am folgenden Morgen machte er sich auf, ihn zu vervollständigen.

Der Tag war kaum angebrochen; da er sich aber sagte, daß diesen Morgen die Schaluppe hierherkommen würde, beeilte er sich unter größter Vorsicht so viel wie möglich.

Als er um die Ecke des Steilufers kam, sah er von der Schaluppe nichts, und auch das ganze Ufer war öde und leer.

Vasquez betrat also die Höhle.

Darin lagerten noch eine Menge Dinge von keinem besondern Werte, mit denen Kongre den Laderaum seiner >Maule< jedenfalls nicht würde füllen wollen. Als Vasquez aber nach Zwieback und Fleisch suchte, erkannte er das bald als eine vergebliche Mühe.

Alles Eßbare war schon weggeholt, und ihm würde es nach achtundvierzig Stunden an der nötigsten Nahrung fehlen!

Vasquez hatte keine Zeit, seinen Gedanken darüber weiter nachzuhängen. In diesem Augenblicke wurden nämlich Ruderschläge hörbar... Die Schaluppe kam, mit Carcante und zwei seiner Gefährten besetzt, rasch näher. Vasquez sprang nach dem Eingang der Höhle und sah, den Kopf vorstreckend, hinaus. Eben stieß die Schaluppe ans Ufer. Er hatte nur noch die Zeit, wieder ins Innere zu flüchten und sich im finstersten Winkel hinter einem Haufen von Segelwerk und Spieren zu verstecken, der auf der Goelette keinen Platz finden konnte und voraussichtlich in der Höhle liegen gelassen würde.

Vasquez war für den Fall, daß er entdeckt würde, fest entschlossen, sein Leben teuer zu verkaufen und sich des stets im Gürtel getragenen Revolvers ohne Schonung zu bedienen. Aber er allein... allein gegen drei!...

Nur zwei erschienen im Eingange der Höhle, Carcante und der Zimmermann Vargas. Kongre hatte sie nicht begleitet.

Carcante trug eine angezündete Fackel und suchte im Verein mit Vargas verschiedene Gegenstände aus, die die Ladung der Goelette vervollständigen sollten. Dabei sprachen sie ohne Rückhalt miteinander.

»Nun haben wir schon den 17. Februar, sagte der Zimmermann, und es ist hohe Zeit, in See zu gehen.

– Ja freilich, wir werden auch abfahren, antwortete Carcante.

– Vielleicht schon morgen?

– Ja, ich denke morgen, wir sind ja mit allem fertig.

– Dazu gehört nur, daß das Wetter uns keinen Strich durch die Rechnung macht.

– Möglich wär's schon, es sieht heute Morgen etwas drohend aus; doch das kann sich auch wieder aufklären.

– Wenn wir hier nur nicht gar acht bis zehn Tage aufgehalten werden …

– Ja, sagte Carcante, da könnten wir leicht noch mit dem Ablösungstransport zusammentreffen.

– Das wollen wir nicht wünschen! rief Vargas. Wir sind nicht stark genug, mit einem Kriegsschiff fertig zu werden.

– Nein, aber die würden mit uns fertig werden, und zwar so, daß wir bald an den Rahenenden baumelten! antwortete Carcante, der seine Worte mit einem lästerlichen Fluche begleitete.

– Na, mit einem Worte, erwiderte der andre, ich schwämme am liebsten schon ein paar hundert Meilen weit draußen!

– Morgen, morgen, sag' ich dir, versicherte Carcante, wir müßten nun gerade einen Sturm bekommen, der den Guanakos die Hörner vom Kopfe wegbliese.«

Vasquez vernahm diese Worte; er verhielt sich mäuschenstill, er wagte kaum zu atmen. Die Leuchte in der Hand, wendeten sich Carcante und Vargas einmal hier- und einmal dorthin. Sie rückten verschiedene Gegenstände von ihrer Stelle und wählten andre aus, die sie sich handgerecht zur Seite legten. Manchmal näherten sie sich dem Winkel, worin Vasquez sich versteckt hielt, so weit, daß dieser nur hätte den Arm auszustrecken brauchen, um ihnen den Revolver an die Brust zu setzen.

Die Durchsuchung der Höhle währte eine halbe Stunde, dann rief Carcante den in der Schaluppe zurückgelassenen Mann herbei. Dieser kam eiligst herausgelaufen und half eifrig, die Packe und Ballen hinwegzuschaffen.

Carcante ließ noch einen letzten Blick durch die Höhle schweifen.

»Jammerschade, sagte Vargas, so vieles hier liegen lassen zu müssen!

– Es geht aber nicht anders, erkärte Carcante. Ja, wenn die

Goelette dreihundert Tonnen groß wäre!… Wir nehmen jedoch alles mit, was von besonderm Wert ist, und ich hoffe, damit wird sich da unten noch ein gutes Geschäft machen lassen.«

Vasquez verhielt sich mäuschenstill, er wagte kaum zu atmen.

Die Männer verließen hiermit die Höhle, und bald glitt die Schaluppe mit Rückenwind dahin und verschwand nach kurzer Zeit hinter einem Landvorsprung der Bucht.

Vasquez trat nun auch heraus und begab sich wieder nach seiner Grotte.

Nach achtundvierzig Stunden würde er also nichts mehr zu essen haben, denn bei ihrer Abfahrt würden Kongre und seine Leute jedenfalls auch alle Vorräte aus dem Lagerhause am Turm mit fortschleppen, so daß er auch da nichts mehr fände. Wie sollte er dann sein Leben fristen bis zur Rückkehr des Avisos, der, selbst wenn seine Fahrt keine Verzögerung erlitt, vor weitern vierzehn Tagen gar nicht eintreffen konnte?

Die Lage gestaltete sich für den Verlassenen also höchst ernsthaft. Bei allem Mute, aller Energie konnte Vasquez sie kaum bessern, er müßte sich denn mit Wurzeln, die er im Buchenhain ausgrub, oder mit Fischen ernähren können, die er vielleicht in der Bucht fangen konnte. Dann mußte die ›Maule‹ die Stateninsel aber vorher endgültig verlassen haben. Wurde sie durch irgendwelchen Umstand genötigt, noch mehrere Tage vor Anker zu liegen, so erlag Vasquez in seiner Grotte unvermeidlich dem Hungertode.

Die Stunden verstrichen; das Aussehen des Himmels wurde immer drohender. Mächtige graugelbe Wolkenmassen türmten sich im Osten empor. Die Stärke des Windes wuchs, je weiter er nach der Seite des offnen Meeres umschlug. Die kleinen Wellen, die anfänglich schnell über die Wasserfläche hinrollten, verwandelten sich bald in lange Wogen mit schaumgekröntem Kamme und schlugen donnernd gegen die Felswand des Kaps.

Wenn dieses Wetter anhielt, konnte die Goelette mit der Flut am nächsten Morgen jedenfalls noch nicht auslaufen.

Als der Abend herankam, war noch keine Änderung im Zustande der Atmosphäre eingetreten; der hatte sich im Gegenteil eher noch verschlimmert. Es handelte sich hier auch nicht um ein Gewitter, das sich vielleicht in wenigen Stunden austobte, nein, hier war ein regelrechter Sturm im Anzug. Man sah das an der Farbe des Himmels und des Meeres, an den zerzausten Wolken, die mit zunehmender Schnelligkeit dahinjagten, man erkannte es an dem Höllengebraus der von der Strömung durcheinandergewirbelten Wasserberge und an dem prasselnden Gurgeln, wenn diese zwischen den Klippen zerrissen wurden. Ein Seemann wie Vasquez konnte sich über die Verhältnisse nicht täuschen. Im Wohnhause am Leuchtturme war die Quecksilbersäule des Barometers ohne Zweifel unter die Marke »Sturm« herabgesunken.

Trotz des entsetzlich wütenden Windes war Vasquez doch nicht in seiner Grotte geblieben. Auf dem Ufergelände umhergehend, richtete er die Blicke nach dem sich mehr und mehr verfinsternden Horizont. Die letzten Strahlen der Sonne, die im Westen dem Untergange nahe war, erloschen nicht, ehe Vasquez eine schwarze Masse bemerkt hatte, die draußen vor der Insel hin- und hergeworfen wurde.

»Ein Schiff! rief er. Ein Schiff, das auf die Insel zuzusteuern scheint!«

Wirklich war es ein von Osten herankommendes Fahrzeug, das entweder in die Meerenge einlaufen oder im Süden vorübersegeln wollte.

Der Sturm tobte jetzt mit schrecklichster Gewalt, ja es war kaum mehr ein solcher, sondern einer der furchtbaren Orkane, denen nichts widersteht und die den größten und besten Schiffen Verderben und Untergang bringen. Wenn sie nicht »Flucht« (Seeräumte) genug haben – um hier einen schiffstechnischen Ausdruck zu gebrauchen – d. h. wenn sie Land nahe unter dem Winde haben, entgehen sie nur selten dem Schiffbruche.

»Und der Leuchtturm, dessen Feuer die Elenden nicht anzünden! rief Vasquez. Das Schiff da draußen, das nach ihm ausspäht, wird ihn nicht finden; es wird nicht wissen, daß nur wenige Seemeilen vor ihm eine gefährlicheKüste liegt. Der Sturm treibt es darauf zu… es wird, es muß an den Klippen zerschellen!«

Ja, hier war wieder ein schweres Unglück zu befürchten, ein Unglück, woran Kongre und seine Spießgesellen schuld waren. Ohne Zweifel hatten sie von der Höhe des Leuchtturms aus jenes Schiff gesehen, das seinen Kurs nicht einhalten konnte und mit dem Sturmwind im Rücken über das tief aufgeregte Meer fliehen mußte. Es lag auf der Hand, daß es dem Kapitän, der durch keinen Lichtschein – den er noch weiter im Westen suchen mochte – geleitet wurde, nicht gelingen würde, um das Kap Sankt-Johann zu segeln und in die Meerenge einzulaufen, oder die Severalspitze zu umschiffen, um im Süden der Insel vorbeizukommen. Vor Verlauf einer halben Stunde mußte das Fahrzeug auf die Klippen am Eingange der Elgorbucht geschleudert sein, ohne daß jemand darauf nur eine Ahnung von der Nähe eines Landes gehabt hatte, das in den letzten Tagesstunden ja nicht mehr zu erkennen gewesen war.

Der Sturm wütete mit furchtbarster Gewalt. Die Nacht drohte entsetzlich zu werden, und nach ihr ebenso der nächste Tag, denn es war gar nicht anzunehmen, daß das Unwetter sich schon in vierundzwanzig Stunden beruhigte.

Vasquez dachte jetzt nicht daran, sein schützendes Obdach aufzusuchen, seine Blicke hingen starr draußen am Horizont. Konnte er in der Finsternis auch vom Schiffe selbst kaum noch etwas erkennen, so leuchteten doch zuweilen dessen Positionslichter herüber, wenn es unter dem Riesendruck der Wogen bald nach dem einen, bald nach dem andern Bord geneigt wurde. Unter den vorliegenden Verhältnissen erschien es unmöglich, daß es dem Steuer noch gehorchte; vielleicht ließ es sich gar nicht mehr lenken, vielleicht war es seiner Segel und des Takelwerks zum Teil beraubt oder hatte gar die Masten eingebüßt. Jedenfalls ließ sich annehmen, daß es kaum noch ein Segel führte. Beim Kampfe der entfesselten Elemente wäre es keinem Fahrzeug möglich gewesen, auch nur eine Bugsprietstenge zu erhalten.

Da Vasquez immer nur ein rotes oder ein grünes Licht sah, mußte es sich hier um ein Segelschiff handeln; ein Dampfer hätte außerdem noch ein weißes Licht am Stagseile des Fockmastes getragen. Das da draußen hatte also keine Maschine, gegen den Sturm ankämpfen zu können.

Verzweifelt über seine Ohnmacht, den drohenden Schiffbruch nicht abwenden zu können, irrte Vasquez auf dem Strande hin und her. Jetzt wäre es so notwendig gewesen, daß vom Turm ein Lichtstrahl durch die Finsternis geleuchtet hätte. Vasquez wendete sich unwillkürlich der Elgorbucht zu. Seine Hand streckte sich vergeblich nach dem Leuchtturm hin aus. Dieser würde heute Nacht ebensowenig seinen Schein verbreiten, wie alle die Nächte in den verflossenen zwei Monaten, und das Schiff war deshalb verurteilt, an den Felsblöcken des Kaps Sankt-Johann mit Mann und Maus zugrunde zu gehen.

Da kam Vasquez noch ein Gedanke. Vielleicht konnte dieser Segler sich doch vom Lande fernhalten, wenn er von dessen Vorhandensein Kenntnis hätte. Selbst angenommen, daß es ihm unmöglich war, einen völlig richtigen Kurs zu halten, so gelang es ihm bei nur geringer Abweichung von der jetzigen Fahrtrichtung vielleicht doch, ein Anlaufen an das Ufer zu verhüten, das ja vom Kap Sankt-Johann bis zur Severalspitze nur eine Ausdehnung von acht Seemeilen hatte. Jenseits dieser Spitze lag dann wieder freies Wasser vor seinem Bug.

Er hatte ja Holz bei der Hand; Überreste von Strandtriften und Trümmer von Schiffsrümpfen lagen auf dem Strand umher. Wenn er nun etwas davon nach der äußersten Landspitze trug, zu einem Haufen zusammenschichtete, ein paar Hände trocknes Seegras dazwischen stopfte, dann das Gras entzündete und es dem Winde überließ, die Flammen anzufachen …

sollte das nicht ausführbar sein? Und mußte diese Flamme nicht auf dem Schiffe bemerkt werden, das, selbst wenn es nur noch eine Seemeile von der Küste entfernt war, dann doch vielleicht noch Zeit hatte, sich von dieser fern zu halten?

Verzweifelt irrte Vasquez auf dem Strande hin und her.

Vasquez ging sofort ans Werk. Er raffte mehrere Holzstücke zusammen und trug sie nach dem Ausläufer des Kaps. An dürrem Tang fehlte es nicht, denn wenn es auch stürmte, war bisher doch kein Regen gefallen. Als er dann den kleinen Scheiterhaufen fertig hatte, versuchte er ihn anzuzünden.

Zu spät … eben wurde eine gewaltige Masse in der Finsternis undeutlich sichtbar. Von ungeheuern Wogen emporgehoben, kam sie mit erschreckender Geschwindigkeit näher, und ehe Vasquez nur eine Bewegung machen konnte, stürzte sie donnernd wie eine Wasserhose auf den Riffgürtel.

Ein entsetzliches und kurzes Geräusch … einzelne bald erstickte Hilferufe … das war alles. Dann hörte man nichts weiter, als ein scharfes Pfeifen des Sturmwindes und das Dröhnen des Meeres, das im tollen Wirbel auf das Ufer hereinbrach.

Zehntes Kapitel.
Nach dem Schiffbruche.

Beim Sonnenaufgang des folgenden Tages wütete der Sturm noch mit ungeschwächter Kraft. Bis zum fernen Horizonte bildete das Meer einen brodelnden Kessel mit weißem Schaume. Am Ausläufer des Kaps wälzten sich die Wogen fünfzehn bis zwanzig Fuß in die Höhe, und ihre vom Winde abgerissenen Schaumsetzen flatterten gespensterhaft über den Rand der Steilküste hinweg. Die Flut war im Sinken und die am Ausgange der Bucht einander widerstrebenden Mächte des Wassers und des Windes begegneten sich hier mit unerhörter Gewalt. Kein Schiff hätte jetzt hier einsegeln, keines hätte auslaufen können. Dem Aussehen des noch wie früher drohenden Himmels nach schien es, als ob das Unwetter gleich mehrere Tage anhalten würde, was in der Umgebung des Magellanslandes übrigens keine Seltenheit ist.

Es lag also auf der Hand, daß die Goelette ihren Ankerplatz heute auf keinen Fall verlassen konnte, und daß dieser widrige Umstand den Ingrimm Kongres und seiner Bande erregen mußte, ist wohl leicht zu verstehen.

Das war die Lage der Dinge, die Vasquez beim ersten Frührot des nächsten Tages, wo der Sand noch immer umhergewirbelt wurde, auf den ersten Blick übersah.

Vor ihm lag aber folgendes Bild entrollt:

Zweihundert Schritt weit und auf der nördlichen Abdachung des Kaps, also noch außerhalb der Bucht, lag das verunglückte Fahrzeug, ein Dreimaster etwa von fünfhundert Tonnen. Von seinen Masten waren nur noch drei Stümpfe übrig, die kaum noch so hoch wie die Schanzkleidung über das Deck emporragten. Vielleicht hatte der Kapitän sich genötigt gesehen, die Masten zu kappen, um von diesen klar zu kommen, vielleicht waren sie bei der Strandung, als das Schiff auf die Felsblöcke aufschlug, kurz abgebrochen. Auf dem Meere schwammen übrigens keine Trümmer, jedenfalls hatte der heftige Wind diese tief in die Elgorbucht hineingetrieben.

War das der Fall, so mußte Kongre auch wissen, daß wieder ein Schiff an den Klippen des Kaps Sankt-Johann zugrunde gegangen war.

Vasquez hatte dann aber alle Ursache, möglichst vorsichtig zu sein und wagte sich nur hinaus, nachdem er sich überzeugt hatte, daß sich noch keiner von den Raubgesellen am Eingange der Bucht befand.

Nach wenigen Minuten hatte er den Schauplatz des Unfalls erreicht. Da jetzt Niedrigwasser war, konnte er um das gestrandete Schiff herumgehen, und da las er an dessen Stern die Bezeichnung: ›Century, Mobi le‹.

Es war also ein amerikanisches Segelschiff, beheimatet in der Hauptstadt des Staates Alabama, im Süden der Union und am Golf von Mexiko.

Die ›Century‹ war mit Mann und Maus verunglückt. Nirgends war ein Überlebender zu sehen, und der Schiffsrumpf bildete nur noch eine fast formlose Masse. Beim Aufstoßen war der Rumpf in zwei Stücke zersprengt worden. Die heranrollenden Wogen hatten die Ladung herausgespült und fortgeschwemmt. Auf den jetzt trotz des Sturmes frei aufragenden Klippen lagen da und dort Reste der Verplankung, Rippen, Rahen und Spieren verstreut. Kisten, Ballen und Fässer aller Art sah man längs des Kaps und auf dem Strande umherliegen.

Der Rumpf der ›Century‹ wurde jetzt nicht vom Wasser umspült, so daß Vasquez hineintreten konnte.

Hier war die Zerstörung eine vollständige. Die Wellen hatten alles zertrümmert, hatten die Deckplanken aufgerissen, die

Kabinen des Deckhauses zerschlagen, die Schanzkleidung abgesprengt und das Steuer zerbrochen … dann mochte der Stoß bei der Strandung das Zerstörungswerk vollendet haben.

Und kein lebendes Wesen zu sehen, keiner der Offiziere, kein Mann von der Besatzung.

Vasquez stieß einen lauten Ruf aus, erhielt aber keine Antwort. Er drang bis tief in den Frachtraum ein, fand aber auch hier nicht einmal eine Leiche. Entweder waren die Unglücklichen also vielleicht schon vorher von Sturzseen ins Meer gerissen worden, oder in dem Augenblicke ertrunken, wo die ›Century‹ auf den Felsblöcken in Trümmer ging.

Vasquez begab sich wieder nach dem Strande und überzeugte sich von neuem, daß weder Kongre noch einer seiner Gefährten auf dem Wege nach der Stelle des Schiffbruchs war. Dann ging er trotz des tobenden Sturmes bis zum Ende des Kaps Sankt-Johann hinaus.

»Vielleicht, sagte er sich, finde ich doch einen von den Leuten der ›Century‹, der noch schwache Lebenszeichen verrät und den ich noch retten könnte.«

Seine Nachsuchung blieb vergeblich. Ans Ufer zurückgekehrt, besichtigte Vasquez nun die verschiedenen Triften, die die Wellen dahin getragen hatten.

»Es wäre ja denkbar, meinte er, daß ich darunter eine Kiste mit Konserven fände, die meine Ernährung zwei bis drei Wochen sicherte!«

Bald entdeckte er denn auch ein größeres Faß und eine Kiste, die das Wasser bis über den Klippengürtel hereingetragen hatte. Eine Aufschrift deutete auf ihren Inhalt. Die Kiste war mit Schiffszwieback und das Faß mit schmackhaftem Corned-beef gefüllt … das war Fleisch und Brot … wenigstens für zwei Monate.

Vasquez trug zuerst die Kiste in seine Grotte, die höchstens zweihundert Meter weit entfernt lag, und rollte dann das Faß ebendahin.

Sofort nach dem Ausläufer des Kaps zurückgekehrt, ließ er den Blick über die Bucht schweifen. Er war überzeugt, daß Kongre von dem Schiffbruche Kenntnis haben mußte. Am Tage vorher hatte er, ehe es ganz dunkel wurde, das auf das Land zu treibende Schiff von der Höhe des Leuchtturms aus bemerken können. Da die ›Maule‹ den Landeinschnitt jetzt unmöglich verlassen konnte, eilte gewiß die ganze Bande bald nach dem Eingange der Elgorbucht, um sich die erwünschte Beute zu sichern. Wenn hier nun brauchbares, vielleicht auch besonders wertvolles Strandgut angetrieben war, wie hätten die Räuber sich diese Gelegenheit entgehen lassen können?

Als Vasquez um die Ecke der Steilküste herumkam, war er erstaunt über die Heftigkeit des Windes, der sich in der Bucht sozusagen sing.

Für die Goelette wäre es unmöglich gewesen, dagegen aufzukommen, wenn sie aber dennoch die Höhe des Kaps Sankt-Johann erreicht hätte, das offene Meer hätte sie doch niemals gewinnen können.

Da, als der Wind einen Augenblick schwieg, wurde eine schwache Stimme hörbar, der Hilferuf eines Unglücklichen, der vielleicht sein Ende nahen fühlte.

Vasquez ging der Stimme nach, die von der Seite der von ihm zuerst erwählten Höhle neben der von den Räubern als Lagerschuppen benutzten zu kommen schien.

Er hatte kaum fünfzig Schritte gemacht, als er einen am Fuße eines Felsblockes liegenden Mann erblickte, der wie hilfesuchend die Hand bewegte.

Binnen einer Sekunde stand Vasquez neben ihm.

Der Mann, der hier lag, mochte dreißig bis fünfunddreißig Jahre alt und schien von recht kräftiger Konstitution zu sein. In Seemannstracht, die Augen geschlossen, lag er da auf der rechten Seite mit keuchendem Atem und von krampfhaften Zuckungen geschüttelt. Er schien übrigens nicht verletzt zu sein, denn seine Kleidung zeigte keine Spur von Blut.

Der Mann, wahrscheinlich der einzige Überlebende von der ›Century‹, hatte Vasquez, als dieser zu ihm kam, nicht bemerkt. Als der Turmwärter ihm aber die Hand auf die Brust legte, machte er einen vergeblichen Versuch, sich aufzurichten, denn er sank vor Schwäche auf den Sand zurück. Wenige Sekunden hielt er jedoch die Augen offen und stöhnend kamen die Worte »Zu Hilfe! Zu Hilfe!« von seinen erblaßten Lippen. Vasquez kniete neben ihm, hob den Armen mit Vorsicht halb auf und lehnte ihn an den Felsen.

»Mut, Mut, guter Freund, redete er ihm zu, ich bin ja da, ich werde euch retten!«

Der Unglückliche vermochte nur die Hand ein wenig auszustrecken, dann verlor er wieder das Bewußtsein. Seine außerordentliche Schwäche erforderte sofort die sorgsamste Pflege.

»Gott gebe, daß es dazu noch nicht zu spät ist!« sagte Vasquez für sich.

Jetzt galt es zunächst, von dem Platze wegzukommen. Jeden Augenblick konnte die Räuberrotte mit dem Boote oder der Schaluppe landen oder auch zu Fuß längs des Ufers kommend hier auftauchen.

Vasquez sah ein, daß er den Mann nach seiner Grotte tragen mußte, und er tat das ohne Zögern.

Nach einem gegen hundert Toisen langen Wege verschwand er zwischen den beiden Steinpfeilern, den regungslosen Mann auf dem Rücken, und legte ihn dann auf eine Decke, den Kopf durch ein Bündel Kleidungsstücke gestützt, sorgsam nieder.

Der Schiffbrüchige war noch nicht wieder zu sich gekommen, doch atmete er wenigstens noch schwach. Wenn er auch keine äußern Verletzungen zeigte, so konnte er doch beim Rollen über die Klippen die Arme oder die Beine gebrochen haben. Das fürchtete Vasquez am meisten, da er außer stande gewesen wäre, dagegen genügende Hilfe zu leisten. Er betastete ihn also vorsichtig und machte mit seinen Gliedern einige schwache Bewegungen, und siehe da: der ganze Körper schien unverletzt zu sein.

»Mut, Mut, guter Freund, ich bin ja da, ich werde euch retten!«

Vasquez goß ein wenig Wasser in eine Tasse und setzte ihm einige Tropfen Branntwein zu, die sich noch in seiner Feldflasche vorfanden. Das Getränk brachte er dem Schiffbrüchigen zwischen die Lippen. Dann rieb er ihm die Arme und die

Brust ab, nachdem er seine durchnäßten Kleider mit andern, in der Höhle der Räuber gefundenen, vertauscht hatte.

Mehr konnte er für ihn vorläufig nicht tun.

Endlich bemerkte er zu seiner größten Freude, daß der Leidende allmählich zum Bewußtsein kam. Diesem gelang es schließlich, sich aufzurichten, und mit einem Blick auf Vasquez, der ihn noch in den Armen hielt, sagte er mit schwacher Stimme:

»Zu trinken!... Etwas zu trinken!«

Vasquez reichte ihm die Tasse mit Wasser und dem Branntweinzusätze.

»Nun, geht es etwas besser? fragte Vasquez.

– Ja... ach ja!« antwortete der Schiffbrüchige.

»Hier?... Ihr?... Wo bin ich?« fuhr er fort, als hätte er seine noch unklaren Erinnerungen an die letzten Ereignisse gesammelt, und schwach drückte er dazu die Hand seines Retters.

Er sprach englisch, eine Sprache, deren Vasquez auch mächtig war, und so erwiderte der Turmwärter:

»Ihr seid in Sicherheit. Ich habe euch nach dem Unfalle der ›Century‹ auf dem Strande gefunden.

– Der ›Century‹?... Ach ja, ich erinnere mich...

– Wie heißt ihr denn, guter Freund?

– Davis... John Davis.

– Wart ihr der Kapitän des Dreimasters?

– Nein, der Obersteuermann. Doch die andern... wie steht's mit den andern?

– Die sind alle umgekommen, antwortete Vasquez, alle! Ihr seid der einzige, der aus dem Schiffbruche mit dem Leben davongekommen ist.

– Sonst also alle?...

– Alle!«

John Davis erschien bei dieser Mitteilung wie vom Blitze getroffen. Er... der einzige Überlebende!... Und wem verdankte er, einem elenden Tode entrissen zu sein? Es wurde ihm klarer: der Unbekannte, der sich da mit liebevoller Sorge über ihn beugte, der hatte ihm das Leben gerettet.

»Dank … Dank euch! flüsterte er, während eine schwere Träne aus seinen Augen perlte.

– Habt ihr Hunger? … Wollt ihr ein wenig essen? … Etwas Zwieback oder Fleisch? fragte ihn Vasquez.

– Nein, nein … trinken, noch etwas zu trinken!«

Das frische Wasser mit zugemischtem Brandy tat John Davis sehr wohl; er war bald imstande, auf alle Fragen zu antworten.

Hier nur kurz wiedergegeben, berichtete er folgendes:

Der zum Hafen von Mobile gehörige Dreimaster ›Century‹, ein Segelschiff von fünfhundertfünfzig Tonnen, hatte vor zwanzig Tagen die amerikanische Küste verlassen. Seine Besatzung bestand aus dem Kapitän Harry Steward, dem Obersteuermann John Davis und zwölf Leuten, darunter ein Schiffsjunge und ein Koch. Er war, mit Nickel und allerlei Gut beladen, nach Melbourne in Australien bestimmt. Bis zum fünfundfünfzigsten Grade südlicher Breite verlief die Fahrt über den Atlantischen Ozean ganz nach Wunsch. Da erhob sich plötzlich der gewaltige Sturm, der schon gestern das Meer tief aufwühlte. Gleich zu Anfang verlor die von der ersten Bö überraschte ›Century‹ ihren Besanmast und das ganze hintere Segelwerk. Bald nachher wälzte sich eine ungeheure Sturzwelle über Backbord herein, fegte über das Deck hinweg, zertrümmerte einen Teil der Kajüte darauf und riß zwei Matrosen mit fort, die man unmöglich retten konnte.

Der Kapitän Steward hatte beabsichtigt, hinter der Stateninsel in der Le Mairestraße Schutz zu suchen. Er glaubte die Lage des Schiffes bezüglich der geographischen Breite genau zu kennen, da erst im Laufe desselben Tages ein Besteck gemacht worden war. Dieser Kurs erschien ihm mit Recht als der bessere, um das Kap Horn zu umschiffen und dann nordwestwärts nach der australischen Küste zu steuern.

In der Nacht verdoppelte sich die Gewalt des Sturmes. Alle Segel waren eingebunden, bis auf das dreimal gereffte Fock- und das obere Marssegel, und der Dreimaster trieb vor dem Winde noch immer pfeilschnell dahin.

Jener Zeit dachte der Kapitän, er sei wenigstens noch zwanzig Seemeilen vom Lande entfernt, er hielt es also nicht für gefährlich, so lange in derselben Richtung steuern zu lassen, bis er das Licht des Leuchtturms sehen könnte. Ließ er diesen dann weit im Süden liegen, so lief er keine Gefahr, auf den Klippenkranz des Kaps Sankt-Johann zu laufen, und er mußte ohne Schwierigkeiten in die enge Meeresstraße gelangen können.

Die ›Century‹ glitt also mit dem Wind im Rücken weiter, da Harry Steward überzeugt war, den Leuchtturm vor Verlauf einer Stunde nicht erblicken zu können, weil dessen Leuchtweite nur zehn Seemeilen betrug.

Dieses Licht kam ihm aber nicht vor Augen. Als er noch in großer Entfernung von der Insel zu sein glaubte, erfolgte plötzlich ein fürchterlicher Stoß. Drei in der Takelage beschäftigte Matrosen verschwanden mit dem Groß- und dem Fockmaste. Gleichzeitig donnerten die Wogen gegen den Schiffsrumpf, der völlig zerbarst, und der Kapitän, der Obersteuermann und die Überlebenden von der Mannschaft wurden in die schäumende Brandung geschleudert, aus der es so gut wie keine Rettung gab.

So war die ›Century‹ also mit Mann und Maus zugrunde gegangen … nur der Obersteuermann John Davis kam, dank der Hilfe durch Vasquez, mit dem Leben davon.

Auf welcher Küste die ›Century‹ aber ihren Untergang gefunden hatte, das war für John Davis ein ungelöstes Rätsel.

Er fragte deshalb Vasquez noch einmal:

»Wo sind wir überhaupt?

– Auf der Stateninsel.

– Der Stateninsel! rief John Davis, verblüfft über diese Antwort.

– Ja, auf der Stateninsel, wiederholte Vasquez, nahe beim Eingange zur Elgorbucht.

– Doch der Leuchtturm?

– Der war nicht angezündet.«

John Davis, in dessen Zügen sich die peinlichste Überraschung malte, erwartete von Vasquez eine Erklärung dieses Umstandes… Doch da sprang dieser plötzlich auf und horchte gespannt hinaus. Er hatte ein verdächtiges Geräusch zu vernehmen geglaubt und wollte sich überzeugen, ob die Räuberrotte hier in der Nachbarschaft umherschweifte.

Er schlüpfte also nochmals durch die Felsenpfeiler hinaus und ließ die Blicke über das Ufergelände bis zum Kap Sankt-Johann schweifen.

Alles war leer und verlassen. Der Orkan hatte noch nichts von seiner Stärke verloren. Die Wogen brausten noch wie vorher mit donnerndem Getöse heran, und die drohenden Wolken jagten eilig über den von Dunstmassen bedeckten Himmel hin.

Das Geräusch, das Vasquez gehört hatte, war die Folge einer geringen Verschiebung der ›Century‹ auf ihrem steinigen Bette. Unter dem Drucke des Windes hatte sich das Hinterteil des Rumpfes ein wenig gedreht und dieses dann, als er ins Innere hineindringen konnte, ein wenig nach dem Strande zu vorwärts gedrängt. Hier rollte es gleich einer ihres Bodens beraubten Tonne hin und her, und wurde endlich an einer Kante der Steilküste völlig zerschellt. An der von tausend Trümmern bedeckten Strandungsstelle lag jetzt nur noch die zweite Hälfte des Dreimasters.

Vasquez kehrte also zurück und streckte sich neben John Davis auf dem Sandboden aus. Der Obersteuermann der ›Century‹ gewann allmählich seine Kräfte wieder. Er hätte sich schon erheben und, auf den Arm seines Begleiters gestützt, nach dem Strande hinuntergehen können. Dieser hielt ihn jedoch zurück, und nun fragte John Davis nochmals, warum in der vergangnen Nacht das Leuchtfeuer nicht angezündet gewesen wäre.

Das Geräusch, das Vasquez gehört hatte, war eine Verschiebung der ,Century'.

Vasquez schilderte ihm darauf alle die abscheulichen Vorkommnisse, deren Schauplatz die Elgorbucht seit sieben Wochen gewesen war. Nach der Abfahrt des Avisos ›Santa-Fé‹ war mit dem Leuchtturm, dessen Bedienung ihm, Vasquez, und seinen zwei Kameraden, Felipe und Moriz, anvertraut worden war, etwa zwei Wochen lang alles in Ordnung gewesen. In diesem Zeitraume kamen verschiedene Schiffe in Sicht der Insel, gaben ihre Signale und erhielten auch die vorschriftsmäßige Antwort.

Am 26. Dezember war aber am Abend gegen acht Uhr eine Goelette an der Einfahrt der Bucht erschienen. Vom Wärterzimmer aus, wo Vasquez eben die Wache hatte, hatte er deren Positionslichter deutlich sehen können und das ganze Manöver des Schiffes beobachtet. Seiner Ansicht nach mußte der Kapitän, der das Fahrzeug führte, den Weg, den er zu verfolgen hatte, schon genau kennen, denn er steuerte ohne Zögern über die Fläche der Bucht hin.

Die Goelette erreichte schließlich einen kleinen Landeinschnitt dicht unter der Einfriedigung des Leuchtturmes und ging da vor Anker.

Daraufhin begaben sich Felipe und Moriz, die aus dem Wohnhause gekommen waren, an Bord, um dem Kapitän ihre Dienste anzubieten, hier wurden sie aber, ohne sich überhaupt wehren zu können, meuchlerisch ermordet.

»Die armen, unglücklichen Leute! rief John Davis.

– Ja, meine unglücklichen Gefährten! wiederholte Vasquez, in dem der Gram bei dieser schmerzlichen Erinnerung aufs neue erwachte.

– Und ihr, Vasquez? fragte John Davis weiter.

– Ich, ich hatte oben auf der Turmgalerie die Rufe meiner Kameraden gehört und durchschaute sofort, was geschehen war. Die Goelette war ein Seeräuberschiff. Wir waren hier drei Wärter; zwei davon hatten sie umgebracht und um den dritten machten sie sich offenbar keine besondere Sorge.

– Wie habt ihr den Mordgesellen aber entkommen können? fragte noch John Davis.

– Ich eilte schleunigst die Treppe des Leuchtturmes hinunter, flüchtete zunächst in unsre Wohnung, wo ich einige Kleidungsstücke und Nahrungsmittel zusammenraffte, und entfloh dann, was die Beine hergeben wollten, ehe die Mannschaft der Goelette ans Land gesetzt war.

– Die Elenden! … Die ruchlosen Schurken! rief John Davis wiederholt. Sie sind also die Herren des Leuchtturmes, den sie nicht mehr in Betrieb halten. Sie sind es, die an dem Schiffbruch der ›Century‹, an dem Tode meines Kapitäns und aller unsrer Leute die Schuld tragen!

– Ja, sie sind die Herren des Turmes, sagte Vasquez, und da es mir gelang, ein Gespräch des Anführers mit einem seiner Gefährten zu belauschen, habe ich kennen gelernt, was die Verbrecher im Schilde führten.«

John Davis erfuhr nun, wie die schon mehrere Jahre auf der Stateninsel hausenden Räuber Schiffe ins Verderben lockten und die Überlebenden von solchen Schiffbrüchen herzlos hinmordeten. Alles Strandgut nur von einigem Werte war dann in einer Höhle aufgespeichert worden in der Erwartung, daß Kongre sich noch einmal eines brauchbaren Schiffes bemächtigen könnte. Dann, als die Bauarbeiten für den Leuchtturm begannen, mußte die Bande die Elgorbucht verlassen und sich nach dem Kap Saint-Barthelemy am andern Ende der Stateninsel zurückziehen, wo niemand etwas von ihrer Anwesenheit ahnte.

Nach Vollendung der Arbeiten kehrten die Burschen zurück; es mußte mehr als ein Monat verstrichen sein, dann aber kam Kongre in Besitz einer vor dem Kap Saint-Barthelemy gestrandeten Goelette, deren Besatzung umgekommen war.

»Wie kommt es, daß das Schiff mit der Beute der Raubgesellen noch nicht abgesegelt ist? erkundigte sich John Davis.

– Das liegt daran, daß es durch unumgängliche Reparaturen bis heute hier zurückgehalten worden ist. Ich habe mich aber persönlich überzeugen können, Davis, daß die Ausbesserungen nun beendigt sind und alle Fracht verladen ist. Gerade für heute war die Abfahrt in Aussicht genommen.

– Und wohin?

– Nach irgendwelchen Inseln des Großen Ozeans, wo die Räuber sich in Sicherheit glauben und von wo aus sie ihre Plünderungszüge fortzusetzen gedenken.

– Die Goelette wird jedoch, so lange dieser Sturm anhält, nicht auslaufen können.

– Natürlich nicht, bestätigte Vasquez, und wie das Wetter aussieht, dürfte sich diese Verzögerung auf eine ganze Woche ausdehnen.

– Und so lange sie hier sind, Vasquez, wird der Turm sein Licht nicht wieder ausstrahlen?

– Nein, Davis.

– Und andre Schiffe werden Gefahr laufen, ebenso zu verunglücken, wie die ›Century‹ verunglückt ist?

– Leider nur zu wahr!

– Man könnte den Seefahrern also kein Zeichen geben, daß sie auf die Küste zu steuern, wenn sie sich in der Dunkelheit der Insel nähern?

– Doch… vielleicht dadurch, daß ein Feuer auf dem Strande vor dem Kap Sankt-Johann angezündet würde. Das habe ich auch schon versucht, um die ›Century‹ zu warnen. Ich wollte mit aufgelesenen Trümmerstücken und trocknem Tang einen Brand anfachen. Der Wind blies aber leider so heftig, daß es mir nicht gelang.

– Nun, was ihr nicht habt allein ausführen können, das werden wir beide tun, knurrte John Davis. An Holz wird's ja nicht fehlen. Die Trümmer meines armen Schiffes… und leider auch die von so vielen andern, werden solches in Überfluß liefern. Denn wenn sich die Abfahrt der Goelette noch einigermaßen verzögert und der Leuchtturm der Stateninsel von den vom hohen Meere kommenden Fahrzeugen nicht gesichtet werden kann, wer weiß, ob sich dann hier nicht gar noch weitere Schiffbrüche ereignen?

– Nun, jedenfalls, versicherte Vasquez, werden Kongre und seine Bande ihren Aufenthalt auf der Insel nicht mehr besonders verlängern können, und die Goelette wird, dessen bin ich sicher, auslaufen, sobald die Witterung ihr das irgend gestattet.

– Ja, warum denn? fragte John Davis.

– Weil sie ganz gut wissen, daß eine Ablösungsmannschaft für die Bedienung des Leuchtturmes in nächster Zeit eintreffen wird.

– Eine Ablösung?

– Ja, in den ersten Tagen des März, und wir haben heute den achtzehnten Februar.

– Zu dem Termine soll ein Schiff hierher kommen?

– Gewiß, der Aviso ›Santa-Fé‹ wird von Buenos-Aires aus eintreffen… am zehnten März, vielleicht noch etwas früher.«

John Davis hatte bei diesen Worten denselben Gedanken, der auch dem Wärter Vasquez aufgestiegen war.

»Ah, rief er fast freudig, das ändert ja die ganze Sachlage! Möge das schlimme Wetter ja bis dahin aushalten, und gebe der Himmel, daß die Schurken noch auf der Insel sind, wenn die ›Santa-Fé‹ ihren Anker auf den Grund der Elgorbucht sinken läßt!«

Elftes Kapitel.
Die Strandräuber.

Ein Dutzend Mann waren sie zur Stelle, Kongre und Carcante mit ihnen, alle angelockt durch die Aussicht auf einen erfolgreichen Raubzug.

Am Abend des vergangenen Tages, als die Sonne eben unter dem Horizonte verschwinden sollte, hatte Carcante von der Galerie des Leuchtturmes aus den von Osten heransegelnden Dreimaster beobachtet. Kongre, dem er das Auftauchen des Schiffes gemeldet hatte, glaubte, dieses wolle auf der Flucht vor dem Sturme die Le Mairestraße zu erreichen und an der Westküste der Insel Schutz suchen. Soweit es das Tageslicht gestattete, folgte er seinen Bewegungen, und als es finster geworden war, konnte er noch die Positionslichter des Fahrzeuges sehen. Er erkannte auch, daß seine Bemastung und Takelage arg beschädigt waren, und hoffte, daß es hier an dem ihm unsichtbaren Lande stranden werde. Hätte Kongre die Lampen des Leuchtturmes anzünden lassen, so wäre jede Gefahr ausgeschlossen gewesen. Das zu tun hütete er sich aber wohlweislich, und als die Bordlaternen der ›Century‹ erloschen, war er überzeugt, daß diese zwischen dem Kap Sankt-Johann und der Severalspitze mit Mann und Maus zugrunde gegangen sei.

Auch am folgenden Morgen tobte der Sturm noch mit ungebrochner Kraft. Es wäre ganz unmöglich gewesen, sich mit der Goelette hinauszuwagen. Eine Verzögerung war nicht zu vermeiden, eine Verzögerung, die recht gut mehrere Tage dauern konnte, und das machte bei dem nun drohenden Eintreffen der Ablösung die Lage immer ernster. So sehr Kongre und seine Leute auch darüber murrten, es blieb ihnen nichts übrig als zu warten, zu warten um jeden Preis. Übrigens war heute erst der 19. Februar. Bis zum Ende des Monats mußte sich das Unwetter doch wohl ausgetobt haben, und beim ersten Zeichen der Besserung sollte die ›Carcante‹ die Anker lichten und in See gehen.

Da jetzt aber noch ein Fahrzeug auf die Küstenklippen geworfen worden war, bot sich eine zu gute Gelegenheit, aus dem Schiffbruche Nutzen zu ziehen, von den Trümmern zusammenzuraffen, was irgend wertvoll erschien, und damit den Wert der Ladung zu erhöhen, die die Goelette mitnehmen sollte. Die Vermehrung der Beute konnte doch einigermaßen als Ausgleich für die durch die Verzögerung erhöhte Gefahr angesehen werden.

Die betreffende Frage wurde gar nicht weiter erörtert. Man hätte sagen können, daß dieser Schwarm von Raubvögeln wie mit einem einzigen Flügelpaare aufflatterte. Die Schaluppe wurde unverzüglich zur Abfahrt klar gemacht, und ein Dutzend der Leute mit ihrem Führer nahmen darin Platz. Freilich mußte mit aller Kraft gegen den Wind angerudert werden, der mit außerordentlicher Gewalt wehte und das Wasser von außen in die Bucht hineinwälzte. Anderthalb Stunden genügten jedoch, das äußerste Ufer zu erreichen, und später mußte die Rückfahrt mit Hilfe des Segels desto schneller von statten gehen.

Der Höhle gegenüber stieß die Schaluppe im Norden der Bucht ans Land. Alle stiegen aus und eilten dem Schauplatze des Schiffbruchs zu.

In diesem Augenblick war es, wo verschiedene Rufe das Gespräch zwischen Vasquez und John Davis jäh unterbrochen hatten.

Sofort kroch der Turmwärter mehr als er ging nach dem Eingange der Höhle, natürlich immer mit der Vorsicht, sich nicht sehen zu lassen.

Einen Augenblick später stand auch John Davis neben ihm.

»Wie… ihr? sagte Vasquez. Nein, laßt mich allein hier; ihr bedürft noch der Ruhe.

– O nein, erwiderte John Davis, ich bin jetzt wieder völlig wohl… nein, ich muß diese Bande von Räubern auch einmal sehen.«

Ein energischer Mann war es entschieden, dieser Obersteuermann von der ›Century‹, von nicht wenigerschnellem Entschlusse als Vasquez, ein Sohn Amerikas mit eisernem Temperamente, der, wie man im Volke zu sagen pflegte, »eine mit dem Leibe verbolzte Seele« haben mußte, so daß sich auch nach dem Schiffbruche die eine nicht von dem andern trennen konnte.

Gleichzeitig war er ein vortrefflicher Seemann. Vor seinem Übertritte zur Handelsflotte hatte er als Oberbootsmann in der Flotte der Vereinigten Staaten gedient, und jetzt, wo Harry Steward, der Kapitän der ›Century‹, sich nach der Rückkehr nach Mobile zur Ruhe zu setzen gedachte, wollten die Reeder des Schiffes ihm dessen Führung anvertrauen.

Dieses Zusammentreffen war für ihn ein weiterer Grund gerechtfertigten Zornes. Von dem Schiffe, das er bald hätte als Kapitän übernehmen sollen, sah er nur noch formlose Trümmer, und diese obendrein in der Gewalt einer Räuberbande. Wenn Vasquez einer Anfeuerung seines Mutes bedurfte… Davis war dazu der geeignete Mann.

Doch so entschlossen, so mutig und tüchtig auch beide waren, was hätten sie gegen Kongre und seine Rotte von Spießgesellen ausrichten können?

Hinter Felsblöcken versteckt, behielten Vasquez und John Davis das Ufer bis zum Ausläufer des Kaps Sankt-Johann scharf im Auge.

Kongre, Carcante und die Übrigen waren zuerst an dem Küstenwinkel stehen geblieben, wohin der Orkan die eine Rumpfhälfte der ›Century‹ geworfen hatte, die jetzt zu Stücken zerschmettert nahe dem Fuße des Steilufers lag.

Die Raubgesellen befanden sich weniger als zweihundert Schritt von der Höhle, so daß man ihre Gesichter gut erkennen konnte. Sie waren mit Röcken aus Wachsleinwand bekleidet, die an der Taille fest anschlossen, um dem Winde weniger Angriffsfläche zu bieten, und auf dem Kopfe trugen sie Südwester, die am Kinn mit einer starken Lasche befestigt waren. Es war deutlich zu sehen, daß sie sich gegen die wütenden Windstöße kaum aufrecht erhalten konnten, denn wiederholt mußten sie sich hinter einem Trümmerstück oder einem Felsblocke niederbeugen, um nicht umgeworfen zu werden.

Vasquez bezeichnete John Davis die darunter, die er von ihrem ersten Besuche der Höhle her kannte.

»Der Große dort, sagte er, der neben dem Vordersteven der ›Century‹, den nannten sie Kongre.

– Ist das ihr Anführer?

– Ohne Zweifel.

– Und der Mann, mit dem er spricht?

– Das ist Carcante, wie es scheint, sein Obersteuermann, und, wie ich vom Turme aus sehen konnte, einer von denen, die meine Kameraden ermordet haben.

– Und ihr… ihr würdet ihm gern den Schädel einschlagen, meinte John Davis.

– Ihm und seinem Vorgesetzten… wie einem Paare tollwütiger Hunde!« antwortete Vasquez.

Fast eine Stunde ging darüber hin, ehe die Räuber diesen Teil des Rumpfes vollständig durchsucht hatten, worin sie keinen Winkel unbeachtet ließen. Das Nickelerz, die Hauptladung der ›Century‹, womit sie nichts anzufangen wußten, sollte auf dem Strande liegen gelassen werden. Das andre auf dem Dreimaster verstreute Stückgut enthielt aber vielleicht Gegenstände, die ihnen willkommen waren. In der Tat sah man sie bald zwei oder drei größere Kisten und verschiedene Ballen herausschaffen, die Kongre auf die Schaluppe bringen ließ.

»Wenn die Schandbuben nach Gold, Silber, nach sonstigen Wertstücken oder nach Piastern suchen, werden sie sich gründlich täuschen, sagte John Davis.

Man sah sie verschiedene Kisten und Ballen herausschaffen.

– Ja, und gerade dergleichen würden sie am liebsten finden, antwortete Vasquez. Davon hatten sie nicht wenig in der Höhle versteckt, und die Schiffe, die hier gescheitert sind, müssen eine ziemliche Menge von Kostbarkeiten aller Art mitgeführt haben. Ihr könnt mir glauben, Davis, daß die Goelette in ihrer Fracht recht ansehnliche Schätze birgt.

– Und ich begreife, erwiderte dieser, daß sie es jetzt eilig haben, ihren Raub in Sicherheit zu bringen. Vielleicht gelingt ihnen das aber doch nicht!

– Dann müßte das schlechte Wetter freilich noch vierzehn Tage anhalten, bemerkte dazu Vasquez.

– Wenn es uns nicht auf andre Weise gelingt ... «

John Davis sprach seinen Gedanken nicht weiter aus. Und doch, wie sollte es möglich sein, die Goelette am Auslaufen zu hindern, wenn der Sturm seine Kraft erschöpft, das Wetter sich wieder gebessert hätte und wenn das Meer wieder ruhig geworden wäre?

Die Räuber wendeten sich eben von der einen Rumpfhälfte des Fahrzeugs der andern auf der eigentlichen Stelle des Schiffbruchs zu, die vorn an der Spitze des Kaps lag.

Von ihrem Versteck aus konnten Vasquez und John Davis sie noch, wenn auch in größerer Entfernung, beobachten.

Die Ebbe fiel weiter. Obgleich das Wasser vom Sturme zurückgedrängt wurde, trat doch schon eine große Strecke des Klippengürtels zutage; dadurch wurde es wesentlich erleichtert, zum Rumpfe des Wracks vorzudringen.

Kongre und zwei oder drei andre verschwanden bald in dessen Innerm, und zwar an der Rückseite des Fahrzeugs, wo sich – wie John Davis dem Turmwärter sagte – die Kombüse befand.

Jedenfalls war diese Kambüse von den überschlagenden Wellen ziemlich weit zerstört worden; immer hin konnte sich darin noch eine gewisse Menge Proviant in unbeschädigtem Zustande vorfinden.

Wirklich brachten einige der Männer daraus Kisten mit Konserven und auch Fässer und Tönnchen heraus, die sie dann über den Sand hinwegrollten und in die Schaluppe schafften.

Auch Pakete mit Kleidungsstücken wurden aus dem halbzerstörten Deckhause getragen und ebendahin befördert.

Die Nachsuchungen dauerten gegen zwei Stunden, dann schlugen Carcante und zwei von den andern Leuten mit Äxten auf das Hackbord los, das infolge der Neigung des Schiffes nur zwei bis drei Fuß über dem Erdboden lag.

»Was machen denn die Drei da? fragte Vasquez. Ist denn das Fahrzeug nicht schon genug zerstört? Warum, zum Teufel, es damit noch weiter treiben?

– O, mir ahnt, was sie beabsichtigen, antwortete John Davis, jedenfalls soll davon nichts mehr von seinem Namen und seiner Nationalität erkennbar bleiben, damit niemand erfahren könne, daß die ›Century‹ in dieser Gegend des Atlantischen Ozeans zugrunde gegangen ist.«

John Davis täuschte sich hierin nicht. Nur wenige Minuten später trat Kongre aus dem Deckhause mit der amerikanischen Flagge in der Hand, die er in der Kabine des Kapitäns gefunden hatte und die er in tausend Fetzen zerriß.

»Ah, der Schurke! rief John Davis, die Flagge… die Flagge meines Vaterlandes!«

Vasquez gelang es kaum noch, ihn am Arme zurückzuhalten, als Davis auf den Strand hinausstürzen wollte.

Nach vollendeter Plünderung – die Schaluppe mußte eine schwere Last zu tragen haben – wendeten sich Kongre und Carcante dem Fuße des Steilufers zu. Hin und her gehend, kamen sie zwei- oder dreimal vor den zwei Felsensäulen vorüber, hinter denen die Grotte lag. Vasquez und John Davis konnten dabei verstehen, was sie sprachen.

»Es wird immer noch unmöglich sein, morgen auszulaufen.

– Ja freilich; ich fürchte sogar, daß das Unwetter noch mehrere Tage anhält.

– Nun, wir haben ja durch die Verzögerung nichts verloren…

– Das wohl, doch ich hoffte, in einem Amerikaner von diesem Tonnengehalte noch mehr zu finden. Der letzte, den wir auf die Klippen verlockt haben, brachte uns fünfzigtausend Dollars ein.

– Ja, Schiffbrüche folgen einer auf den andern, sie gleichen einander aber nicht, entgegnete Carcante mit philosophischem Gleichmute. Hier haben wir's mit armen Teufeln zu tun gehabt … das ist alles!«

John Davis hatte in seiner Wut einen Revolver erhoben und hätte in überschäumendem Zorne dem Anführer der Bande den Schädel zerschmettert, wenn es Vasquez nicht gelungen wäre, ihn im letzten Augenblicke noch einmal zurückzuhalten.

»Ja, ihr habt recht, sagte John Davis etwas beruhigter. Ich kann aber den Gedanken nicht los werden, daß diese elenden Schurken unbestraft bleiben sollten. Und doch … wenn ihre Goelette die Insel einmal verlassen hat, wo könnte man sie wiederfinden, wo die Räuberrotte verfolgen?

– Der Sturm scheint sich noch nicht zu legen, bemerkte Vasquez. Selbst wenn der Wind stiege (d.h. von Süden nach Norden umschlüge), bliebe das Meer noch tagelang stark aufgewühlt. Nein, glaubt mir nur, sie sind vorläufig noch nicht fort von hier.

– Gewiß, Vasquez; doch eurer Rede nach wird der Aviso vor Anfang nächsten Monats nicht hier eintreffen.

– Vielleicht auch etwas eher, Davis, wer kann das wissen?

– Gott geb' es, Vasquez, Gott geb' es!«

Augenscheinlich nahm die Gewalt des Sturmes jetzt noch nicht im geringsten ab, und unter dieser Breite dauern derartige atmosphärische Störungen selbst in der guten Jahreszeit zuweilen volle vierzehn Tage an. Blies der Wind von Süden, so führte er die Dünste des antarktischen Eismeers herauf, und dann trat auch sehr bald eine winterliche Witterung ein. Schon mußten die Walfänger daran denken, die Polargegenden zu verlassen, denn vom März an bildet sich vor der Packeiswand bereits das neue Eis.

Trotzdem war zu befürchten, daß in der Atmosphäre binnen vier bis fünf Tagen Ruhe eintreten würde, die die Goelette dann jedenfalls zum Auslaufen benutzte.

Es war vier Uhr geworden, als Kongre und seine Leute sich wieder einschifften. Das Segel gehißt, verschwand die Schaluppe, die dem nördlichen Ufer folgte, schon nach sehr kurzer Zeit.

Gegen Abend verschlimmerten sich noch die Windstöße. Ein kalter, schneidender Regen strömte von den aus Südwesten herausgezogenen Wolken hernieder.

Vasquez und John Davis konnten ihre Höhle nicht verlassen. Die Kälte wurde so empfindlich, daß sie Feuer anzünden mußten, sich zu erwärmen; das taten sie tief im Hintergrunde der engen Grotte. Da das Ufergelände leer und es schon sehr dunkel war, hatten sie dabei nichts zu fürchten.

Eine schreckliche Nacht! Das Meer schlug bis an den Fuß des Steilufers heran. Man hätte glauben mögen, daß sich ein Mascaret (eine riesige Welle, die in manche Flüsse urplötzlich eindringt) oder ein mächtiger Springflutstrom über die Küste der Insel hinwälzte.

Dabei brauste der Sturm heulend bis zum Hintergrunde der Bucht hinein, so daß Kongre die größte Mühe hatte, die ›Carcante‹ an ihrem Ankerplatz zu halten.

»Wenn sie dabei doch in Stücke ginge, rief John Davis wiederholt, damit ihre Trümmer mit der nächsten Ebbe ins Meer hinausgespült würden!«

Vom Rumpfe der ›Century‹ waren am nächsten Morgen nur noch Trümmer übrig, die zwischen den Felsen eingekeilt oder auf dem Strande zerstreut umherlagen.

Vasquez und sein Gefährte beeilten sich, beim ersten Morgengrauen zu entdecken, ob der Sturm nun wohl den Gipfel seiner Heftigkeit erreicht hätte.

Nein, das war noch nicht der Fall. Es erschien fast unmöglich, sich einen solchen Aufruhr der Elemente vorzustellen. Das Wasser vom Himmel vereinigte sich tatsächlich mit dem vom Meere. Auch den ganzen Tag und die darauffolgende Nacht trat hierin keine Änderung ein. Im Laufe dieser achtundvierzig Stunden zeigte sich kein Schiff in der Nähe der Insel, denn selbstverständlich hielten sich alle Seefahrer um jeden Preis fern von diesen gefährlichen Küsten des Magellanslandes, die den Sturm sozusagen aus erster Hand bekamen. Weder in der Magellans- noch in der Le Mairestraße hätten sie vor der Wut eines solchen Orkans genügenden Schutz gefunden. Ihr Heil lag einzig in der Flucht und sie mußten die freie Meeresfläche vor ihrem Steven zu behalten suchen.

Wie John Davis und Vasquez es vorausgesehen hatten, war der Rumpf der ›Century‹ vollständig zerschlagen, und zahllose Trümmer davon bedeckten den Strand bis zum Grunde des Steilufers.

Glücklicherweise brauchte die Frage nach ihrer Ernährung Vasquez und seinem Gefährten keine Sorge zu machen. Mit den aus der ›Century‹ herrührenden Konserven hätten sie sich auch einen Monat lang bequem sättigen können. Bis dahin, vielleicht schon in zehn bis zwölf Tagen, mußte die ›Santa-Fé‹ aber in Sicht der Insel aufgetaucht sein. Das schreckliche Unwetter war dann jedenfalls vorüber, und dem Aviso konnte es keine Schwierigkeit bereiten, das Kap Sankt-Johann zu erkennen.

Von dem so sehnsüchtig erwarteten Fahrzeuge sprachen die Beiden sehr häufig.

»Möchte nur der Sturm andauern, um die Goelette am Auslaufen zu verhindern, nur so lange, bis die ›Santa-Fé‹ hier eingetroffen ist, das ist mein einzigster Wunsch! rief Vasquez seinem Genossen zu.

– O, erwiderte John Davis, wenn wir über Wind und Wasser zu gebieten hätten, wäre das eine leichte Sache.

– Leider liegt das aber allein in Gottes Hand.

– Er wird jedoch nicht wollen, daß diese Elenden der Strafe für ihre Schandtaten entgehen!« versicherte John Davis, der sich annähernd derselben Worte bediente, die Vasquez früher gebraucht hatte.

Beide waren erfüllt von demselben Hass, demselben Durst nach Vergeltung, beide nährten nur einen Gedanken: Rache!

Am 21. und 22. änderte sich die Lage der Dinge nicht, wenigstens nicht merkbar. Höchstens verriet der Wind Neigung, nach Nordosten umzuschlagen. Nach einer Stunde zeitweiligen Wechselns ging er aber wieder zurück und überschüttete die Insel aufs neue mit seinem Gefolge von Regenströmen und Windstößen.

Natürlich war von Kongre oder einem der Seinigen unter diesen Umständen noch nichts wieder zu sehen gewesen. Diese waren jedenfalls in Anspruch genommen, die Goelette in dem Landeinschnitte, den die vom Sturme noch mehr angeschwellte Flutwoge bis zum Uferrande füllte, vor neuen Havarien zu bewahren.

Am Morgen des 23. besserten sich die Witterungsverhältnisse ein wenig. Nach einigem Schwanken schien der Wind aus Nordnordost stetiger zu werden. Erst seltnere und kleinere, später ausgedehntere helle Stellen legten den südlichen Horizont mehr frei. Der Regen hörte allmählich auf, und wenn auch der heftige Wind fortbestand, so klärte er doch nach und nach den Himmel. Das Meer freilich war noch furchtbar aufgewühlt, und donnernd brachen sich noch immer die Wogenberge am Ufer. Auch der Eingang zur Bucht war kaum befahrbar, und jedenfalls konnte die Goelette weder an diesem noch am nächsten Tage abfahren.

Sollten nun Kongre und Carcante die etwas ruhigere Zeit nutzen, sich nach dem Kap Sankt-Johann zu begeben, um das Meer zu besichtigen? Das war möglich, sogar wahrscheinlich, und deshalb durfte keine Vorsicht vernachlässigt werden.

Gar so früh am Morgen war ihr Erscheinen aber kaum zu erwarten. John Davis und Vasquez wagten sich daraufhin auch aus ihrer Höhle, die sie seit achtundvierzig Stunden nicht verlassen hatten.

»Wird sich der Wind, wie er jetzt ist, halten? fragte Vasquez.

– Das fürchte ich, antwortete John Davis, den sein seemännischer Instinkt kaum jemals täuschte. Wir hätten aber noch zehn Tage schlechtes Wetter behalten müssen … zehn Tage … und nun wird das nicht der Fall sein.«

Mit gekreuzten Armen dastehend, betrachtete er den Himmel und das Meer.

Da sich Vasquez aber einige Schritte weit entfernt hatte, ging er ihm längs der Uferwand nach.

Plötzlich stieß er mit dem Fuße nahe an einem Felsblocke an einen halb im Sande begrabenen Gegenstand, der dabei einen metallischen Klang hören ließ. Er bückte sich und erkannte sofort einen Behälter von seinem Schiffe, der sowohl Pulver für Gewehre, als auch solches für die vier Karonaden enthielt, die die ›Century‹ zu Signalschüssen gebraucht hatte.

»Wir können leider nichts damit anfangen, sagte er. Ach, wenn es möglich wäre, das im Rumpfe der Goelette zu entzünden, die jene Raubgesellen trägt!

– Daran ist nicht zu denken, antwortete Vasquez mit Kopfschütteln. Doch gleichviel, ich nehme die Eisenkiste auf dem Rückwege mit und bringe sie in Schutz in der Höhle.«

Beide gingen auf dem Strande weiter und wandten sich dann dem Kap zu, bis zu dessen Ende sie aber nicht vordringen konnten, so wütend stürmten, jetzt zur Zeit der Flut, die Wogen daran heraus. Da bemerkte Vasquez in einer Felsenspalte eins der kleinen Feuerrohre, das nach dem Schiffbruche der ›Century‹ samt seiner Lafette bis hierher gerollt worden war.

»Da… das gehört euch, sagte er zu John Davis, ebenso wie die Kugeln, die die Wellen dorthin gewälzt haben.«

Und wie das erste Mal äußerte John Davis darauf nur:

»Wir können leider nichts damit anfangen!

– Wer weiß das? entgegnete Vasquez. Da wir nun die Möglichkeit haben, diese Karonade zu laden, bietet sich ja vielleicht Gelegenheit, uns ihrer zu bedienen.

– Das möcht' ich doch bezweifeln, meinte sein Gefährte.

– Ja, warum denn nicht, Davis? Da das Leuchtturmfeuer nicht angezündet wird, könnten wir, wenn ein Schiff in der Nacht der Küste zu nahe käme und sich in derselben Notlage wie die ›Century‹ befände, doch durch einen Kanonenschuß ein Warnungssignal geben.«

John Davis sah seinem Gefährten auffallend fest ins Gesicht. Vielleicht war ihm eben ein ganz andrer Gedanke aufgestiegen. Er antwortete aber nur:

»Also dieser Gedanke ist euch gekommen, Vasquez?

– Jawohl, Davis, und ich meine, daß er nicht schlecht ist. Gewiß würde der Krach auch tief drinnen in der Bucht vernommen werden und würde unsre Anwesenheit auf der Insel verraten. Die Raubgesellen suchten uns dann jedenfalls aufzufinden, sie würden uns schließlich wohl auch entdecken, und damit wäre unser Leben verspielt. Doch wie viele Leben hätten wir mit dem Opfer des unsrigen gerettet, und am Ende hätten wir damit doch nur unsre Pflicht getan!

– Es gibt aber vielleicht noch eine andre Art und Weise, unsre Pflicht zu erfüllen«, murmelte John Davis, ohne sich weiter zu erklären. Er erhob jedoch keine weitern Einwendungen, und in Übereinstimmung mit Vasquez wurde das kleine Geschützrohr nach der Höhle geschleppt und dann die Lafette, sowie endlich der Pulverkasten nebst einer Anzahl Kugeln dahin gebracht. Das machte immerhin ziem lich große Mühe und erforderte recht lange Zeit. Als John Davis und Vasquez dann zum letzten Male zurückgekehrt waren, um nun zu frühstücken, erkannten sie an der Höhe der Sonne über dem Horizonte. daß es etwa zehn Uhr sein mochte.

Kaum waren aber beide außer Sicht, als Kongre, Carcante und der Zimmermann Vargas um die Ecke des Steilufers gebogen kamen. Die Schaluppe hätte gegen den Wind und die Flut, die in die Bucht einzuströmen begann, zu schwer anzukämpfen gehabt. So waren die Drei am Ufer hingewandert … diesmal freilich nicht, um zu plündern.

Wie Vasquez es vermutet hatte, hatte sie angesichts des besseren Wetters das Verlangen getrieben, sich über den Zustand des Himmels und des Meeres zu unterrichten. Jedenfalls mußten sie sich dabei überzeugen, daß es für die ›Carcante‹ mit größter Gefahr verknüpft gewesen wäre, schon aus der Bucht auslaufen zu wollen, und daß diese gegen die mächtigen, aus der offenen See heranrollenden Wasserberge nicht hätte ankämpfen können. Ehe sie nach der Meerenge kam oder nur um nach Westen hin zu wenden, wo sie später Rückenwind bekommen hätten, mußte sie um das Kap Sankt-Johann segeln, doch auf die Gefahr hin, dabei zu kentern oder mindestens die schlimmsten Sturzseen überzunehmen.

Das sahen Kongre und Carcante auch ohne weitres ein. An der Strandungsstelle stehend, wo nur noch einzelne Überreste von dem hintern Teile der ›Century‹ umherlagen, konnten sie sich kaum gegen den Wind aufrecht halten.

Die Räuber sprachen lebhaft miteinander, gestikulierten heftig, wiesen mit der Hand nach dem Horizonte und sprangen zuweilen ein Stück zurück, wenn eine zu große schaumgekrönte Welle an der Spitze anbrandete.

Weder Vasquez noch sein Gefährte ließ sie die halbe Stunde, in der sie den Eingang zur Bucht beobachteten, aus den Augen. Endlich brachen sie auf, wandten sich aber noch vielmals um, bis sie an der Ecke des Steilufers verschwanden und den Weg auf den Leuchtturm zu einschlugen.

»Da sind ja die Schurken weg, rief Vasquez. Tausend Millionen Donnerwetter, müßten sie doch noch nach mehreren Tagen wiederkehren, sich das Meer draußen vor der Insel anzusehen!«

John Davis schüttelte dazu mit dem Kopfe. Er erkannte zu gut, daß der Sturm binnen weitern achtundvierzig Stunden ausgetobt haben würde. Dann hatte sich der Wogenschlag, wenn auch noch nicht gänzlich, doch mindestens hinreichend gelegt, der Goelette die Umschiffung des Kaps Sankt-Johann zu gestatten.

Diesen Tag verweilten Vasquez und John Davis größtenteils auf dem Strande. Die Besserung der atmosphärischen Verhältnisse machte weitere Fortschritte. Der Wind hielt sich von Nordnordosten, und ein Schiff würde nicht mehr gezögert haben, die Reffe aus dem Focksegel losbinden und ein Marssegel hissen zu lassen, um auf die Le Mairestraße zuzusteuern.

Als der Abend herankam, zogen sich Vasquez und John Davis in ihre Höhle zurück, wo sie ihren Hunger mit Schiffszwieback nebst Corned-beef und ihren Durst mit Wasser stillten, dem etwas Brandy zugesetzt war. Dann wollte sich Vasquez schon in seine Decke hüllen, als ihn sein Gefährte noch einmal unterbrach.

»Ehe wir schlafen gehen, Vasquez, hört noch einen Vorschlag an, den ich euch zu machen habe.

– So sprecht euch aus, Davis.

– Euch, Vasqurz, verdanke ich mein Leben, und ich möchte nichts unternehmen ohne eure ausdrückliche Zustimmung. Nun möchte ich euch jetzt noch einen Gedanken unterbreiten. Prüft ihn und antwortet mir darauf ohne jede Besorgnis, mich dadurch etwa zu kränken.

– Nun, ich bin ganz Ohr, lieber Davis.

– Das Wetter schlägt um, der Sturm ist vorüber und das Meer wird sich bald beruhigen. Ich erwarte deshalb, daß die

Goelette höchstens binnen achtundvierzig Stunden zur Abfahrt bereit sein wird.

– Das ist leider nur zu wahrscheinlich«, erwiderte Vasquez, der seine Worte mit einer Handbewegung begleitete, die seine Ansicht »Leider können wir nichts dagegen tun« ausdrücken sollte.

John Davis nahm wieder das Wort.

»Ja, nach zwei Tagen wird sie hinten in der Bucht erscheinen, wird auslaufen, das Kap umschiffen, wird im Westen verschwinden, in die Meerenge hineinsteuern, und niemand wird sie wieder zu sehen bekommen, eure Kameraden aber, Freund Vasquez, und mein Kapitän, meine Kameraden von der ›Century‹ werden ungerächt sein und bleiben!« …

Vasquez hatte den Kopf gesenkt; als er ihn wieder erhob, sah er John Davis an, dessen Gesicht die letzten flackernden Flammen des Feuers beleuchteten.

Dieser fuhr fort:

»Ein einziger Umstand könnte die Abfahrt der Goelette verhindern oder wenigstens verzögern, bis der Aviso eintrifft: sie müßte durch eine Havarie genötigt werden, tief in die Bucht zurückzukehren. Nun seht, wir haben ja eine Kanone, haben auch Pulver und Geschosse. Da wollen wir doch an der Ecke des Steilufers das Rohr auf seine Lafette legen, wollen es laden, und wenn die Goelette vorübersegelt, jagen wir ihr eine Kugel in die Seite. Wahrscheinlich wird sie deshalb nicht gleich untergehen, auf eine längere Fahrt, die sie jedenfalls vorhat, wird sich ihre Besatzung mit der neuen Havarie aber nicht hinauswagen. Die Schurken werden gezwungen sein, nach der Ankerstelle umzukehren, um den Schaden auszubessern. Sie müssen dazu die Fracht nochmals löschen … das beansprucht vielleicht eine volle Woche, und bis dahin könnte die ›Santa-Fé‹ … «

John Davis schwieg; er ergriff die Hand seines Gefährten und drückte sie warm.

Ohne zu zögern, antwortete Vasquez nur:
»So geschehe, was ihr wollt!«

»Da… das gehört euch.«

Zwölftes Kapitel.
Beim Auslaufen aus der Bucht.

Wie das oft nach starken Stürmen zu beobachten ist, war der Himmel am Morgen des 25. Februar durch Dunstmassen verschleiert. Mit dem Umschlagen des Windes war dieser jedoch abgeflaut und die Zeichen einer weitern Änderung des Wetters traten immer deutlicher hervor.

Am nämlichen Tage war beschlossen worden, daß die Goelette ihren Ankerplatz verlassen sollte, und Kongre ließ alles klar machen, um am Nachmittage auslaufen zu können, da anzunehmen war, daß die Sonne bis dahin den Nebeldunst zerstreut haben würde. Die Ebbe, die gegen sechs Uhr abends einsetzen mußte, erleichterte dann die Ausfahrt aus der Bucht. Gegen sieben Uhr konnte die Goelette auf der Höhe des Kaps Sankt-Johann angelangt sein, und die lange Dämmerung dieser hohen Breiten würde es ihr ermöglichen, das Kap noch hinter sich zu bringen.

Sie hätte auch schon mit der Ebbe am Morgen abfahren können, wenn es da nicht so neblig gewesen wäre. In der Tat war an Bord dazu alles bereit gewesen, die Ladung verstaut und Nahrungsmittel in Überfluß vorhanden, da ja die von der ›Century‹ genommenen ebenso mit eingeschifft waren, wie die, die man aus dem Lagerhause des Leuchtturms herangebracht hatte. In den Nebengebäuden des Leuchtturms waren nur die Möbelstücke und die Werkzeuge zurückgelassen worden, da Kongre seinen fast ohnehin überfüllten Frachtraum damit nicht belasten wollte. Obwohl von einem Teile des frühern Ballastes befreit, tauchte die Goelette jetzt doch um mehrere Zoll über ihre normale Schwimmlinie, und es wäre nicht ratsam gewesen, diese noch weiter zu überschreiten.

Als Carcante kurz nach Mittag innerhalb der Einfriedigung ein wenig auf und ab ging, sagte er zu Kongre:

»Der Nebel beginnt zu steigen, und wir werden draußen auf dem Meere einen klaren Fernblick haben. Mit solchen Dünsten legt sich der Wind gewöhnlich und das Meer beruhigt sich dann sehr schnell.

– Ich glaube auch, daß wir jetzt endlich fortkommen, antwortete Kongre, und daß nichts unsre Fahrt bis zur Meerenge hindert.

– Und darüber hinaus auch nicht, setzte Carcante hinzu. Die Nacht wird freilich recht finster werden, Kongre. Wir haben kaum das erste Mondviertel, und die dünne Sichel wird fast gleichzeitig mit der Sonne untergehen.

– Das tut nichts, Carcante, ich brauche weder Mond noch Sterne, den Weg an der Insel hin zu finden. Die ganze Nordküste ist mir gut bekannt, und ich denke, die kleinen Neujahrsinseln und das Kap Calnett in sichrer Entfernung von ihren Klippen zu umschiffen.

– Morgen, Kongre, sind wir mit dem Rückenwinde und vollen Segeln dann schon weit weg.

– Morgen werden wir bereits das Kap Saint-Bar thelemy aus dem Gesicht verloren haben, und ich hoffe stark darauf, daß am Abend die ganze Stateninsel wenigstens zwanzig Seemeilen hinter uns liegt.

– Das ist auch nicht zu zeitig, Kongre, wenn man die lange Zeit bedenkt, die wir darauf zugebracht haben.

– Bedauerst du's etwa, Carcante?

– Nein, jetzt, wo es vorüber ist, gewiß nicht, denn hier haben wir uns ein Vermögen gemacht, wie man zu sagen pflegt, nun möge ein gutes Schiff uns mit unsern Schätzen davon wegtragen! Alle Teufel, ich hatte aber doch geglaubt, daß alles verloren wäre, als die ›Maule‹ ... nein, die ›Carcante‹ mit einem Leck in die Bucht einlief. Wenn wir das nicht hätten ausbessern können, wer weiß, wie lange wir dann auf der Insel noch hätten aushalten müssen! Sobald der Aviso eintraf, wären wir da wieder genötigt gewesen, nach dem Kap Saint-Barthelemy zurückzuweichen, und das … wahrlich, das hatte ich schon früher gründlich satt.

– Jawohl, antwortete Kongre, dessen wilde Gesichtszüge sich noch mehr verdüsterten, und unsre Lage wäre auch in andrer Hinsicht eine bedrohtere geworden. Sobald der Kommandant der ›Santa-Fé‹ sah, daß die Turmwärter fehlten, würde er seine Maßregeln getroffen und Nachforschungen veranlaßt haben. Dann wäre die ganze Insel abgesucht und unser Zufluchtsort doch vielleicht entdeckt worden. Außerdem konnte sich ihm ja auch der dritte Wärter, der uns entwischt ist, zugesellen.

– Das war wohl kaum zu befürchten, Kongre; wir haben zwar niemals eine Spur von ihm gefunden, doch wie hätte er, von allen Hilfsmitteln entblößt, die letzten zwei Monate sein Leben fristen können? Es sind ja ziemlich zwei Monate verstrichen, seit die ›Carcante‹ – o, diesmal hab' ich ihren neuen Namen nicht vergessen – in der Elgorbucht vor Anker gegangen war, und wenn dieser wackre Wärter die ganze Zeit über nicht von rohen Fischen und Wurzeln gelebt hat …

– Na, alles in allem, unterbrach ihn Kongre, wir werden vor der Ankunft des Avisos abgefahren sein, das steht fest.

– Nach den Angaben des Leuchtturmjournals kann der vor Verlauf von acht Tagen nicht hier eintreffen, erklärte Carcante.

– Und in acht Tagen. fuhr Kongre fort, sind wir schon weit über das Kap-Horn hinaus und auf dem Wege nach den Salomonsinseln oder den Neuen Hebriden.

– Das hoffe ich auch, Kongre. Ich will nur noch ein letztes Mal nach der Turmgalerie hinausgehen, um Umschau über das Meer zu halten. Wenn gerade ein Schiff in Sicht wäre …

– O, was ficht das uns an? erwiderte Kongre. Der Atlantische und der Stille Ozean gehören jedermann. Die ›Carcante‹ hat ihre Papiere in Ordnung, in dieser Hinsicht, du kannst dich darauf verlassen, ist das Erforderliche geschehen. Selbst wenn die ›Santa-Fé‹ ihr noch an der Einfahrt zur Bucht begegnete, würden wir vor dieser salutieren, denn eine Höflichkeit ist der andern wert!«

Wie sich hieraus ergibt, zweifelte Kongre nicht im geringsten am Gelingen seiner Pläne; es schien vielmehr, als gestaltete sich alles zu seinen Gunsten.

Während sein Kapitän nun nach dem Landeinschnitt hinunterging, erstieg Carcante die Treppe des Turmes und blieb auf dessen Galerie eine Stunde lang auf Ausguck.

Der Himmel war jetzt völlig dunstfrei, und die etwa zwölf Seemeilen zurückliegende Linie des Horizontes zeigte sich in voller Schärfe. Das allerdings noch erregte Meer hatte doch keine sich überstürzenden Wogen mehr, und wenn auch noch eine starke Dünung herrschte, konnte diese der Goelette doch nicht gefährlich werden. Sobald dann die Meerenge erreicht war, kam sie in stilleres Wasser, worauf sie unter dem Schutze des Landes und mit dem Winde im Rücken wie auf einem Strome hinsegeln konnte.

Draußen auf dem offnen Meere war kein Schiff sichtbar, außer einem Dreimaster, der gegen zwei Uhr auf kurze Zeit auftauchte, sich aber in so großer Entfernung hielt, daß Carcante seine Takelung selbst mit dem Fernrohre nicht erkennen konnte. Er steuerte übrigens in nördlicher Richtung, hielt also seinen Kurs nach dem Stillen Ozean ein und verschwand bald auch gänzlich.

Eine Stunde später bemächtigte sich Carcantes jedoch eine gewisse Unruhe und er fragte sich, ob er über deren Ursache Kongre nicht gleich Mitteilung machen sollte.

Im Nordnordosten zeigte sich, wenn auch in weiter Ferne, ein Rauchstreifen; dort befand sich also ein Dampfer, der nach der Stateninsel oder der Küste des Feuerlandes steuerte.

Ein schlechtes Gewissen ist leicht beunruhigt: hier genügte schon die Rauchfahne, Carcante mit peinlicher Angst zu erfüllen.

»Sollte das der Aviso sein?« murmelte er für sich.

Heute schrieb man ja erst den 25. Februar, und die ›Santa-Fé‹ sollte vor den ersten Tagen des März nicht eintreffen. Wenn sie nun aber früher abgefahren war? … Und wenn es sich hier um die ›Santa-Fé‹ handelte, würde sie binnen zwei Stunden vor dem Kap Sankt-Johann liegen … dann war alles verloren … sollten sie auf die Freiheit verzichten, die sie eben zu erlangen hofften, und wieder nach dem Kap Saint-Barthelemy flüchten, dort ein erbärmliches Leben weiterzuführen?

Zu seinen Füßen sah Carcante die Goelette, die graziös hin und her schaukelte, gerade als ob sie seiner spotten wollte. Alles war ja fertig; sie brauchte nur den Anker einzuholen, um abzusegeln. Und doch hätte sie das nicht gekonnt wegen des widrigen Windes und entgegen der ansteigenden Flut, die ihren höchsten Stand erst nach zweiundeinhalb Stunden erreichte.

Es war also unmöglich, vor dem Dampfer die offne See zu gewinnen, und wenn das der Aviso war …

Carcante entrang sich ein halberstickter Fluche. Er wollte jedoch Kongre, der mit den letzten Vorbereitungen beschäftigt war, auf keinen Fall eher stören, als bis er seiner Sache ganz sicher wäre, und so blieb er allein auf der Galerie des Leuchtturmes, um den fernern Verlauf der Dinge zu beobachten.

Von der Strömung und dem Winde unterstützt, kam das unbekannte Fahrzeug schnell näher. Sein Kapitän ließ offenbar ein scharfes Feuer unterhalten, denn aus dem Schornstein, den Carcante wegen des dichten Segelwerks noch nicht sehen konnte, wirbelten dicke Rauchwolken hervor. Das Schiff lag ziemlich stark über Steuerbord geneigt. Wenn es dieselbe Geschwindigkeit weiter einhielt, mußte es sich in kurzer Zeit vor dem Kap Sankt-Johann befinden.

Carcante legte das Fernrohr gar nicht mehr aus der Hand,

und seine Unruhe wuchs im gleichen Verhältnis mit der Annäherung des Dampfers. Diese verringerte sich bald bis auf wenige Seemeilen, so daß der Rumpf des Fahrzeugs allmählich sichtbar wurde.

Doch gerade als die Befürchtungen Carcantes am schlimmsten waren, sollten sie plötzlich zerstreut werden.

Der Dampfer machte eine Schwenkung, ein Beweis, daß er der Meerenge zusteuern wollte, und damit bot sich Carcante ein Überblick über seine gesamte Takelung.

Es war ein Dampfschiff von zwölf- bis fünfzehnhundert Tonnen, das mit der ›Santa-Fé‹ gar nicht zu verwechseln war.

Carcante kannte, ebenso wie Kongre und dessen Leute, den Aviso gut genug, hatten ihn doch alle während seines längern Verweilens in der Elgorbucht wiederholt gesehen. Er (Carcante) wußte, daß dieser als Goelette getakelt war, der sich nähernde Dampfer war dagegen ein Dreimaster.

Wie erleichtert fühlte sich jetzt Carcante, und wie beglückwünschte er sich, die ganze Räuberbande aus ihrer Ruhe nicht unnütz aufgescheucht zu haben. Noch eine weitre Stunde blieb er auf der Galerie und sah den Dampfer im Norden von der Insel, doch drei bis vier Meilen von ihr entfernt, vorübergleiten, d. h. zu weit von ihm, als daß das Schiff seinen Namen und seinen Heimathafen hätte signalisieren können, ein Signal, das übrigens aus begreiflichem Grunde unbeantwortet geblieben wäre.

Vierzig Minuten später verschwand der Dampfer, der in der Stunde mindestens zwölf Knoten zu laufen schien, hinter der Calnettspitze.

Carcante stieg nun hinab, nachdem er sich überzeugt hatte, daß bis zum Horizonte kein andres Schiff zu sehen war.

Inzwischen kam die Stunde des Gezeitenwechsels heran, und mit ihm sollte die Abfahrt der Goelette erfolgen. Alle Vorarbeiten dazu waren vollendet und die Segel bereit, gehißt zu werden. Einmal in die richtige Lage gebracht, mußten sie den jetzt nach Ostsüdost umgeschlagenen Wind von der Seite bekommen, und die ›Carcante‹ konnte damit bequem zum hohen Meere hinaussteuern.

Um sechs Uhr waren Kongre und die meisten der Leute an Bord. Das Boot brachte noch die, die sich an der Turmeinfriedigung aufgehalten hatten, und dann wurde auch dieses auf seine Ausholer hinausgewunden.

Die Flut begann nun langsam abzulaufen. Schon lag die Stelle trocken, nach der man die Goelette wegen der nötigen Ausbesserungen geschleppt hatte. Auf der andern Seite des Landeinschnittes traten die spitzen obern Teile von Felsblöcken hervor. Der Wind pfiff durch Spalten des Steilufers herein und am Ufer zeigte sich eine leichte Brandung.

Der Augenblick der Abfahrt war gekommen, und Kongre gab Befehl, das Ankerspill zu drehen. Die Kette spannte sich an, knarrte in den Klüsen, und als sie senkrecht lag, wurde der Anker aus dem Grunde gebrochen und auf seine Kranbalken gehoben, wo man ihn für eine bevorstehende längre Fahrt sorgsam festlegte. Danach wurden die Segel eingestellt, und unter ihrem Focksegel, dem Großsegel, dem Mars-, einem Top- und den Klüversegeln begann die Goelette sich mit Backbordhalfen zu wenden und damit dem Meere zuzusteuern.

Da der Wind aus Ostsüdosten kam, mußte die ›Carcante‹ das Kap Sankt-Johann ohne Schwierigkeiten umschiffen können. Übrigens lag auch keine Gefahr darin, daß sie vorläufig sehr nahe am Steilufer hinsegelte.

Kongre wußte das. Er kannte die Bucht vollständig. Am Steuer stehend, ließ er die Goelette ohne Bedenken noch ein Stück beidrehen, um ihre Fahrschnelligkeit so viel wie möglich zu erhöhen.

Die ›Carcante‹ kam im allgemeinen doch nur etwas unregelmäßig vorwärts: langsamer, wenn der Wind zeitweise nachließ, schneller, wenn er ihre Segel straffer aufblähte. Sie überholte jedoch immer den Ebbestrom und ließ einen Kielwasserstreifen hinter sich zurück, ein gutes Zeichen für ihre Schwimmlinie und auch ein günstiges Vorzeichen für die weitere Reise.

Halb sieben Uhr befand sich Kongre nur noch eine Seemeile hinter dem Ende der Bucht und vor ihm breitete sich schon das Meer bis zum Horizont hin aus. Die Sonne sank auf der entgegengesetzten Seite, und bald mußten die Sterne im Zenit aufleuchten, der sich unter dem Schleier der Dämmerung verdunkelte.

Da trat Carcante an Kongre heran.

»Endlich sind wir nun bald aus der Bucht heraus, sagte er mit deutlicher Befriedigung.

– In zwanzig Minuten, antwortete Kongre, werde ich die Schoten nachschießen lassen und das Ruder nach Steuerbord legen, um das Kap Sankt-Johann zu umschiffen.

– Werden wir, in der Meerenge angelangt, vielleicht noch kreuzen müssen?

– Das glaube ich nicht, meinte Kongre. Gleich hinter dem Kap Sankt-Johann wechseln wir die Halsen, und dabei wird es bis zum Kap Horn bleiben können. Wir sind schon ein Stück in das neue Jahr hinein, und deshalb erwarte ich, daß der Wind im allgemeinen eine östliche Richtung behalten wird. In der Meerenge selbst tun wir, was die Umstände erfordern, ich fürchte jedoch nicht, daß wir eine so widrige Brise bekommen, uns gar schleppen lassen zu müssen.«

Wenn Kongre es, wie er hoffte, vermeiden konnte, die Halsen nochmals zu wechseln, gewann er entschieden nicht wenig Zeit. War er dazu gezwungen, so sollten die viereckigen Segel eingebunden, und nur die lateinischen, die Brigantine, die Stag- und die Klüversegel, beibehalten werden.

In diesem Augenblicke rief ein am Kranbalken stehender Mann:

»Achtung… nach vorn!

– Was gibt es denn?« fragte Kongre.

Carcante lief zu dem Manne hin und beugte sich über die Reling hinaus.

»Stopp!... Stopp!... Vorsichtig!« rief er Kongre zu.

Die Goelette schwamm jetzt gegenüber der Höhle, die der Bande so lange als Zufluchtsort gedient hatte.

Nahe bei ihr trieb, von der Strömung dem Meere zu getragen, ein Bruchstück des Kiels von der ›Century‹ hin. Ein Zusammenprall damit hätte üble Folgen haben können, und es war schon hohe Zeit, von dieser Trift klar zu kommen.

Kongre legte das Steuerruder dazu ein wenig nach Backbord um. Die Goelette drehte bei und glitt so längs des Kielstückes hin, das ihren Rumpf nur ganz schwach streifte.

Das kurze Manöver hatte zur Folge, daß die ›Carcante‹ sich dem nördlichen Ufer noch etwas mehr näherte, doch wurde sie baldigst wieder in die frühere Richtung gebracht. Etwa noch zwanzig Toisen, dann war die Ecke des Steilufers passiert und Kongre konnte das Steuerruder nachlassen und einen Kurs nach Norden einschlagen.

In diesem Augenblicke zerriß die Luft ein scharfes Pfeifen und der Rumpf der Goelette erzitterte unter einem Stoße, dem ein donnernder Knall folgte.

Gleichzeitig stieg vom Ufergelände ein weißlicher Rauch auf, der, vom Winde getrieben, nach dem Innern der Bucht abzog.

»Was war das? rief Kongre bestürzt.

– Man hat auf uns geschossen, antwortete Carcante.

– Hier... nimm du das Ruder!« befahl Kongre.

Damit stürmte er schon nach Backbord, und über die Reling hinunterblickend, bemerkte er, kaum einen halben Fuß über der Schwimmlinie, ein Loch in der Schiffswand.

Die ganze Mannschaft war ebenfalls nach derselben Seite am Vorderteil der Goelette geeilt.

Ein Angriff, der von dieser Seite des Ufers erfolgt war!... Eine Kanonenkugel, die im Augenblicke der Abfahrt in die

Flanke der ›Carcante‹ eingeschlagen war, und die, wenn sie das Schiff nur etwas tiefer unten getroffen hätte, es unausweichlich hätte zum Sinken bringen müssen. So wie jedermann auf der Goelette über einen solchen Angriff erschrocken war, empfand jeder fast noch mehr die ganz unerwartete Überraschung.

Kongre und die meisten der Leute waren an Bord.

Was konnten aber Kongre und seine Gefährten dagegen tun? Die Seisinge des Bootes schießen lassen, sich einschiffen und vielleicht an das Land eilen, dahin wo der Pulverdampf aufgestiegen war, dort sich derer zu bemächtigen suchen, die den Schuß abgefeuert hatten, oder sie wenigstens von dieser Stelle vertreiben? Doch wußten sie denn, ob die Angreifer ihnen gegenüber nicht in der Mehrzahl wären, und erschien es nicht ratsamer, jetzt nicht vom Schiffe wegzugehen und zuerst den Umfang der Beschädigung zu untersuchen?

Das erwies sich um so dringender, als die Karonade kurz darauf noch einmal Feuer gab. Wieder erhob sich eine Rauchwolke an derselben Stelle. Die Goelette erhielt einen zweiten Stoß… wiederum war sie von einem Geschosse dicht hinter dem ersten getroffen worden.

»Das Ruder in den Wind legen!… Die Segel umstellen!… Fertig zum Wenden!« schrie Kongre, während er nach dem Hinterteile auf Carcante zustürmte, der seinen Befehlen schleunigst nachzukommen bemüht war.

Sobald das Steuer umgelegt war, luvte die Goelette an und neigte sich über Steuerbord. Nach kaum fünf Minuten entfernte sie sich schon von dem gefährlichen Ufer und befand sich bald außer Schußweite von dem Geschütz, das auf sie gerichtet war.

Von einem weitern Schuß war übrigens nichts zu hören. Der Strand lag bis zur Spitze des Kaps öde und verlassen da, man durfte also annehmen, daß sich der Angriff nicht erneuern werde.

Jetzt galt es vor allem, den Zustand des Rumpfes zu untersuchen. Von innen her wäre das kaum ausführbar gewesen, weil dann erst die Fracht umgeladen werden mußte. Nur über eines herrschte von vornherein kein Zweifel: daß die beiden Kugeln die Seitenwand durchschlagen und sich im Frachtraume irgendwo verloren hatten.

Das Boot wurde also klar gemacht, während die ›Carcante‹ gegenbraßte und nur von dem sinkenden Wasser etwas weiter geführt wurde.

Kongre und der Zimmermann stiegen ins Boot hinunter und besichtigten den Rumpf, um zu erkennen, ob die Havarie an Ort und Stelle ausgebessert werden könnte.

Dabei sahen sie, daß zwei etwa vierpfündige Geschosse die Goelette getroffen und die Bordwand durchbohrt und teilweise zerschmettert hatten. Zum Glück waren die lebenswichtigsten Teile des Schiffes verschont geblieben. Die beiden Löcher befanden sich oberhalb des kupfernen Bodenbeschlags und sehr nahe an der Schwimmlinie. Nur wenige Zentimeter weiter unten, und durch die Geschosse wäre ein Leck entstanden, das zu schließen die Besatzung kaum Zeit gefunden hätte. Der Laderaum wäre bald voll Wasser gelaufen und die ›Carcante‹ am Eingange der Bai rettungslos untergegangen.

Ohne Zweifel hätten Kongre und seine Spießgesellen das Ufer noch im Boote erreichen können, die Goelette aber wäre vollständig verloren gewesen.

Gewiß war die Havarie nicht besonders schwer, sie verhinderte die ›Carcante‹ aber immerhin, sich aufs offne Meer zu wagen. Lag sie nach Backbord nur ein wenig geneigt, so mußte das Wasser ins Innere eindringen. Es war also unumgänglich, die zwei durch die Geschosse entstandenen Löcher zu schließen, ehe an eine Fortsetzung der Fahrt zu denken war.

»Wer ist aber der Schurke, der uns diesen Streich gespielt hat? fragte Carcante wiederholt.

– Vielleicht der Turmwärter, der uns entwischt ist! anwortete Vargas. Und vielleicht auch noch ein Überlebender von der ›Century‹, den dieser Wärter gerettet haben mochte. Um Geschosse hinauszuschleudern, muß man aber allemal eine Kanone haben, und die Kanone hier ist doch nicht vom Monde heruntergefallen!

– Natürlich nicht, stimmte ihm Carcante zu. Kein Zweifel,

sie rührt vom Dreimaster her. Es ist recht ärgerlich, daß wir sie nicht unter den Trümmern gefunden haben!

– Das kommt hier alles nicht in Betracht, fiel Kongre kurz angebunden ein. Jetzt heißt's nur, so schnell wie möglich reparieren, was zu reparieren ist!«

Tatsächlich konnte es sich im Augenblicke nicht darum handeln, die nähern Umstände bei dem Angriffe auf die Goelette zu erörtern, sondern nur darum, die Ausbesserungen sofort vorzunehmen. Im Notfalle konnte man ja das Schiff nahe an das andre Ufer der Bucht nach der Diegospitze überführen. Dazu hätte eine Stunde genügt. An dieser Stelle wäre es aber den Winden von der Seeseite zu sehr ausgesetzt gewesen, und bis zur Severalspitze fand sich an der Küste sonst kein geschützter Punkt. Beim ersten schlechten Wetter wäre die Goelette auf den Klippen zertrümmert worden. Kongre entschloß sich deshalb, noch denselben Abend nach dem Hintergrund der Elgorbai zurückzukehren, wo die Arbeit in Ruhe und mit größter Beschleunigung ausgeführt werden konnte.

Augenblicklich herrschte jedoch der Ebbestrom, und die Goelette wäre gegen diesen schwerlich aufgekommen. Es mußte also die nächste Flut abgewartet werden, die noch vor Verlauf von drei Stunden einsetzen sollte.

Bei der noch vorhandnen Dünung rollte die ›Carcante‹ jedoch recht bedenklich und kam, von der Strömung fortgetragen, in Gefahr, bis zur Severalspitze getrieben zu werden und sich inzwischen mit Wasser zu füllen. Schon hörte man zuweilen das Gurgeln des Wassers, das bei jeder stärkeren Rollbewegung durch die Schußöffnungen an der Seite eindrang. Kongre mußte sich damit begnügen, einige Kabellängen vor der Diegospitze den Anker hinabsenken zu lassen.

Die Lage gestaltete sich alles in allem recht beunruhigend. Schon kam die Nacht, und bald mußte alles in tiefer Finsternis liegen. Es bedurfte der ganzen gründlichen Kenntnis, die

Kongre von der hiesigen Gegend hatte, um eine Strandung auf einem der zahlreichen, der Küste vorgelagerten Risse zu vermeiden.

Gegen zehn Uhr machte sich die Flut endlich bemerkbar. Der Anker wurde wieder an Bord geholt, und noch vor Mitternacht lag die ›Carcante‹, nachdem sie tausend Gefahren glücklich entgangen war, wieder an ihrem alten Ankerplatze tief im Hintergrunde der Elgorbucht.

Dreizehntes Kapitel.
Die drei nächsten Tage.

Welche Erbitterung sich Kongres, Carcantes und der Übrigen jetzt bemächtigt hatte, kann man sich ja leicht vorstellen. Gerade in dem Augenblicke, wo sie die Insel für immer verlassen wollten, mußte das an einem unerwarteten Hindernisse scheitern! Und jetzt konnte der Aviso schon binnen vier bis fünf Tagen vor der Einfahrt zur Elgorbucht erscheinen. Wären die Havarien der Goelette weniger schwer gewesen, so hätte Kongre jedenfalls nicht gezaudert, einen andern Ankerplatz aufzusuchen, zum Beispiel den Hafen Sankt-Johann, der an der Rückseite des Kaps ziemlich tief in die Nordküste der Insel einschneidet. Bei dem tatsächlichen Zustande des Fahrzeugs wäre es aber eine unverantwortliche Torheit gewesen, die Fahrt dahin unternehmen zu wollen. Das Schiff wäre untergegangen, ehe es nur die Höhe des Kapausläufers erreichte. Auf dem Teile der Fahrt, der mit vollem Rückenwind hätte zurückgelegt werden müssen, käme das Schiff jedenfalls in starkes Rollen von einer Seite zur andern, und dabei hätte es sich unzweifelhaft mit Wasser gefüllt, mindestens wäre seine Fracht unwiderbringlich verloren gewesen.

Es blieb also nichts weiter übrig, als nach dem Landeinschnitte beim Leuchtturm zurückzukehren, und Kongre tat klug daran, sich dazu zu entschließen.

Die folgende Nacht, wo an Bord kaum jemand schlief, mußte die Mannschaft Wache beziehen, und jede Minute aufmerksam Umschau halten. Wer konnte wissen, ob nicht noch ein neuer Angriff erfolgte? … Ob vielleicht eine zahlreiche, der Bande Kongres überlegene Truppe an einer andern Stelle der Insel gelandet wäre? … Ob die Anwesenheit dieser

Räuberrotte nicht schließlich in Buenos-Aires bekannt geworden wäre und die argentinische Regierung beschlossen hätte, die Übeltäter zu vernichten?

Auf dem Hinterdeck sitzend, besprachen Kongre und Carcante diese Möglichkeiten, wobei eigentlich nur der zweite das Wort führte, da Kongre viel zu sehr in Nachsinnen versunken war, als daß er anders als mit einer kurzen Gegenrede hätte antworten können.

Carcante hatte dabei gleich zu Anfang die Vermutung ausgesprochen, daß nach der Stateninsel Soldaten zur Verfolgung Kongres und seiner Gefährten abgesandt worden wären. Nahm man jedoch an, daß niemand von seiner (Kongres) Landung hier gewußt hätte, so würde eine regelrechte Truppe schwerlich in der Weise, wie es geschehen war, vorgegangen sein. Sie wäre zu einem offnen Angriff übergegangen, oder wenn es an Zeit zu einem solchen fehlte, hätte sie eine Anzahl Boote am Eingange der Bucht zurückgelassen, die der Goelette aufgelauert und sich dieser noch am nämlichen Abend entweder mit offner Gewalt bemächtigt oder sie doch gehindert hätten, ihre Fahrt fortzusetzen. Jedenfalls würde eine Soldatenabteilung sich nicht nach einer Art Scharmützel hinter Erdwällen verkrochen haben, wie die unbekannten Angreifer, deren Vorsicht auf ihre Schwäche schließen ließ. Carcante gab seine erste Vermutung also auf und schloß sich der an, die Vargas ausgesprochen hatte.

»Ja … die, welche die Schüsse abgegeben haben, bezweckten zweifellos nur, die Goelette an der Abfahrt von der Insel zu hindern, und wenn es sich um mehrere handelt, so sind das Leute, die den Schiffbruch der ›Century‹ überlebt haben. Dann haben sie wahrscheinlich den Turmwärter getroffen und von ihm gehört, daß der Aviso nun bald ankommen müsse. Die benutzte Kanone ist eine Trift, die sie gefunden und aufs Land hinaufgeschafft haben.

– Noch ist der Aviso nicht zur Stelle, sagte Kongre mit vor

Wut zitternder Stimme. Ehe er eintrifft, wird die Goelette weit weg sein.«

Wirklich war es, selbst angenommen, daß der Wärter Schiffbrüchige von der ›Century‹ gefunden hatte, höchst unwahrscheinlich, daß es deren mehr als höchstens zwei bis drei Mann gewesen wären. Wie hätte man glauben können, daß bei einem so gewaltigen Sturm noch mehr hätten ihr Leben retten können? Was vermochte aber eine solche Handvoll Leute gegen eine zahlreiche und wohlbewaffnete Bande auszurichten! Nach Ausbesserung ihrer Schäden würde die Goelette einfach wieder unter Segel gehen, sich dabei aber auf der Fahrt nach dem offnen Meere in der Mitte der Bucht halten. Was vorher einmal möglich gewesen war, würde sich dann nicht wiederholen können.

Alles war also nur eine Frage der Zeit: wie viel Tage würde die Reparatur der neuen Havarie beanspruchen?

Im Laufe der Nacht kam es zu keiner Störung, und am nächsten Tage ging die Mannschaft an die Arbeit.

Zunächst galt es da, die Ladung im Frachtraume, die an der Backbordwand anlag, wegzuschaffen, und es bedurfte nicht weniger als eines halben Tages, die große Menge von Gegenständen auf dem Deck niederzulegen. Eine weitere Entladung machte sich ebensowenig nötig, wie ein Überholen der Goelette auf die Sandbank. Die Kugellöcher befanden sich ein wenig über der Schwimmlinie, und es gelang jedenfalls, sie von einem darunter festgelegten Boote aus ohne besondre Mühe zu verschließen. Freilich kam hierbei viel darauf an, ob von den Geschossen auch die Rippen des Fahrzeugs beschädigt worden waren oder nicht.

Kongre und der Zimmermann begaben sich also in den Frachtraum hinunter und bei einer sorgfältigen Untersuchung fanden sie folgendes:

Die Goelette war von einem zweiten Geschosse getroffen worden.

Die Goelette war von einem zweiten Geschosse getroffen worden.

Die beiden Kugeln hatten nur die Beplankung getroffen und diese fast in gleicher Höhe durchschlagen. Sie fanden sich auch wieder, als man noch einige Frachtstücke entfernte. Die benachbarten Spanten waren davon nur gestreift, in ihrer Haltbarkeit aber nicht beeinträchtigt worden. Die zwei bis drei Fuß voneinander entfernten Löcher hatten so glatte Ränder, als wären sie mit einer Säge herausgeschnitten Sie mußten sich mit Zapfen verschließen lassen, die von mehreren zwischen den Spanten eingeschalteten Holzstücken gehalten werden sollten, während man an der Außenseite noch eine Planke darüber zu legen gedachte.

Alles in allem waren das keine besonders schweren Havarien Sie hatten mit dem guten Zustande des Rumpfes kaum etwas zu tun und sollten jedenfalls in kurzer Zeit ausgebessert sein.

»Wann denn? fragte Kongre.

– Ich werde zuerst die querlaufenden Innenhölzer zurechtmachen, und die würden noch diesen Abend eingesetzt werden können, antwortete Vargas.

– Und die Verschlußzapfen?

– Die fertige ich morgen früh an, so daß wir sie noch am Nachmittag an Ort und Stelle eintreiben können.

– Dann könnten wir am Abend also die Fracht wieder verstauen und übermorgen früh abfahren?

– Jedenfalls,« versicherte der Zimmermann.

Hiernach sollten für die Reparaturen also sechzig Stunden ausreichen, und die Abfahrt der ›Carcante‹ würde sich nur um zwei Tage verzögern.

Sie waren bereit, sobald die Goelette vorübersegelte, Feuer zu geben.

Carcante fragte dann Kongre, ob er, am nächsten Morgen oder Nachmittage, nicht gewillt wäre, sich nach dem Kap Sankt-Johann zu begeben …

»Um sich einmal davon zu überzeugen, wie es dort aussieht, sagte er.

– Was sollte das nützen? erwiderte Kongre. Wir wissen ja gar nicht, mit wem wir es dort zu tun bekämen. Wir müßten in größrer Zahl, wenigstens zu zehn bis zwölf Mann, dahin gehen und könnten folglich nur zwei oder drei Mann zur Bewachung der Goelette zurücklassen. Wer weiß aber, was sich während unsrer Abwesenheit ereignen könnte?

– Das ist ja richtig, stimmte ihm Carcante zu, und was würden wir überdies dabei gewinnen? Mögen die Burschen, die auf uns geschossen haben, sich irgendwo anders aufbaumeln lassen! Für uns ist es das Wichtigste, die Insel zu verlassen, und zwar so schnell wie möglich.

– Übermorgen früh schwimmen wir draußen auf dem Meere,« erklärte Kongre mit voller Zuversicht.

Sie waren bereit, sobald die Goelette vorübersegelte, Feuer zu geben.

Danach war also alle Aussicht vorhanden, daß von dem erst nach mehreren Tagen fälligen Aviso vor der Abfahrt nichts zu sehen sein werde.

Hätten sich Kongre und seine Gefährten übrigens nach dem Kap Sankt-Johann begeben, so würden sie doch keine Spur von Vasquez und John Davis gefunden haben.

Dort war es wie folgt zugegangen:

Der Nachmittag des vorigen Tages hatte beide bis zum Abend beschäftigt, den von John Davis ausgegangenen Vorschlag auszuführen. Der für die Aufstellung der Karonade gewählte Platz lag unmittelbar an der Ecke des Steilufers. Zwischen Felsblöcken, die neben diesem verstreut lagen, konnten Vasquez und John Davis die Lafette bequem aufstellen, eine Arbeit, die leicht auszuführen war. Viele Mühe machte es dagegen, das Geschützrohr ebendahin zu schleppen. Es mußte erst auf dem Ufersande hingezogen, dann aber über eine von Felsenköpfen durchbrochene Strecke befördert werden, wo es nicht mehr weitergezogen werden konnte. Hier blieb nichts andres übrig, als es mit Hebeln immer und immer wieder emporzuheben, was natürlich Zeit und Anstrengung kostete.

So war es fast sechs Uhr geworden, als das Rohr endlich auf seiner Lafette lag und nun nach dem Buchteingange gerichtet werden konnte.

John Davis begann darauf mit der Ladung und steckte eine große Kartusche hinein, die mit einem Bündel trocknen Werges festgestopft wurde, über das endlich die Kugel zu sitzen kam. Dann wurde das Zündloch des Geschützes mit einer Lunte versehen, die nur angezündet zu werden brauchte, zu beliebiger Zeit den Schuß abzugeben.

Da sagte John Davis noch zu Vasquez:

»Ich habe mir reiflich überlegt, was wir zu tun haben. Es kann uns nicht darauf ankommen, die Goelette in den Grund zu bohren. Alle die Schurken darauf würden doch wohl das Ufer erreichen, und wir könnten ihnen vielleicht nicht entgehen. Nein, die Hauptsache bleibt es, die Goelette zur Rückkehr auf den frühern Ankerplatz zu zwingen und sie dort zur Ausbesserung ihrer Beschädigungen einige Tage zurückzuhalten.

– Gewiß, meinte Vasquez, doch ein Kanonenkugelloch kann an einem Vormittag schon wieder verschlossen werden.

– Nein, entgegnete John Davis, in diesem Falle deshalb nicht, weil sie genötigt sein werden, ihre Fracht umzuladen. Das dauert meiner Schätzung nach allein mindestens achtundvierzig Stunden, und heute haben wir den achtundzwanzigsten Februar.

– Wenn der Aviso aber nun erst in einer Woche eintrifft, wendete Vasquez ein, wäre es da nicht besser, auf die Maste und die Takelage als auf den Schiffsrumpf zu schießen?

– Ganz recht, Vasquez; ihres Fock- oder ihres Großmastes beraubt – ich sehe nicht, wie sie dafür Ersatz schaffen könnten – würde die Goelette sehr lange zurückgehalten werden. Leider ist es nur weit schwieriger, einen Mast zu treffen, als einen Schiffsrumpf, und unsre Kugeln dürfen vor allem nicht fehlgehen.

– Ja freilich, antwortete Vasquez, und obendrein werden die Schurken erst mit der Ebbe am Abend abfahren, und dann wird es nicht mehr besonders hell sein. Tut also nur euer Bestes, Davis.«

Nachdem nun alles vorbereitet war, hatten Vasquez und sein Gefährte nur noch zu warten, und so setzten sie sich zur Seite des Geschützes nieder, bereit, Feuer zu geben, sobald die Goelette vorübersegelte.

Der Erfolg dieser Kanonade und der Zustand, in dem die ›Carcante‹ ihren Ankerplatz wieder aufsuchen mußte, ist dem Leser ja schon bekannt. Vasquez und John Davis verließen die Stelle des Angriffs auch nicht eher, als bis sie das Fahrzeug hatten hinten in der Bucht verschwinden sehen.

Dann gebot ihnen aber die Klugheit, einen Zufluchtsort anderswo auf der Insel zu suchen.

Wie Vasquez sagte, lag ja die Wahrscheinlichkeit nahe, daß Kongre mit einem Teile seiner Leute nach dem Kap Sankt-Johann käme. Vielleicht wollten sie die Verfolgung der unbekannten Angreifer aufnehmen.

Ihr Entschluß war bald gefaßt: sie wollten die Höhle verlassen und an der Küste ein oder zwei Meilen weiterhin ein neues, so gelegenes Versteck suchen, daß sie von ihm aus jedes von Norden kommende Schiff bemerken könnten. Wenn die ›Santa-Fé‹ auftauchte, wollten sie ihr Signale geben, nachdem sie zum Kap Sankt-Johann zurückgeeilt wären. Dann schickte der Kommandant Lafayate jedenfalls ein Boot ab, nahm sie an Bord und er sollte sofort über die Lage der Dinge unterrichtet werden … eine Lage, die nun endlich geklärt werden würde, ob die Goelette nun zu dieser Zeit sich noch in dem kleinen Landeinschnitt befand, oder ob sie – was ja leider möglich war – schon das offne Meer erreicht hatte.

»Gebe Gott, daß ihr das nicht gelingt!« riefen John Davis und Vasquez wiederholt.

Mitten in der Nacht brachen sie auf und nahmen einigen Mundvorrat, ihre Waffen und das noch vorhandne Pulver mit. Sechs Meilen weit auf dem Wege um den Hafen Sankt-Johann folgten sie dem Ufer des Meeres. Nach mehrfachen Nachsuchungen entdeckten sie endlich an der andern Seite dieses Golfs eine Aushöhlung, die geeignet erschien, ihnen bis zur Ankunft des Avisos Schutz zu gewähren.

Gelang es der Goelette, noch vorher abzufahren, so konnten sie ja noch immer nach der früher bewohnten Höhle zurückkehren.

Den ganzen Tag über beobachteten Vasquez und John Davis das Meer vor ihnen. Die ganze Zeit, wo die Flut anstieg, wußten sie, daß die Goelette nicht absegeln konnte, und fühlten sich darüber also beruhigt. Sobald aber der

Ebbestrom einsetzte, befiel sie die Furcht, daß die Reparaturen vielleicht schon in der Nacht vollendet worden sein könnten, dann verzögerte Kongre die Abfahrt gewiß nicht länger, nicht um eine Stunde, wenn er glaubte, absegeln zu können. Mußte er nicht besorgen, die ›Santa-Fé‹ erscheinen zu sehen, deren Ankunft John Davis und Vasquez so sehnlich herbeiwünschten?

Gleichzeitig behielten diese Beiden auch das Ufergelände im Auge, doch weder Kongre noch einer seiner Spießgesellen ließ sich blicken.

Wir wissen ja, daß Kongre sich dafür entschieden hatte, keine Zeit mit Nachsuchungen zu verlieren, die wahrscheinlich doch nutzlos wären. Die Arbeit zu beschleunigen, die Reparaturen in möglichst kurzer Zeit ausführen zu lassen, das war seine Hauptaufgabe, die er auch nicht versäumte. Wie der Zimmermann Vargas gesagt hatte, wurde das neue Holzstück am Nachmittag zwischen die Innenhölzer eingefügt. Am nächsten Tage sollten, wie er versprochen hatte, die Zapfen zugearbeitet und in den Löchern befestigt werden.

Vasquez und John Davis wurden also am 1. März durch nichts aus ihrer Ruhe gestört; doch wie unendlich lang erschien ihnen dieser Tag.

Am Abend zogen sie sich, nachdem sie immer nach der Goelette ausgespäht und sich überzeugt hatten, daß diese noch auf ihrem Ankerplatze liegen müsse, in die Höhle zurück, wo sie bald in einen sanften, erquickenden Schlummer fielen, den sie gar sehr brauchten.

Am nächsten Tage waren sie schon mit dem Morgengrauen auf den Füßen.

Ihre ersten Blicke richteten sich hinaus nach dem Meere.

Kein Schiff war in Sicht. Die ›Santa-Fé‹ erschien nicht, und keine Rauchfahne zeigte sich am Horizonte.

Sollte die Goelette nun mit dem Gezeitenwechsel in See stechen? Schon machte sich die Ebbe bemerkbar. Wenn das

Räuberschiff sie benutzte, konnte es binnen einer Stunde das Kap Sankt-Johann umsegelt haben …

An eine Wiederholung des gestrigen Handstreichs konnte John Davis gar nicht denken. Kongre würde schon auf seiner Hut sein und einen vom Ufer so entfernten Kurs steuern, daß die Kugeln ihn nicht erreichen konnten.

Es ist wohl leicht verständlich, welche Ungeduld, welche Unruhe John Davis und Vasquez bis zum Ablauf der Ebbe erfüllte. Endlich, gegen sieben Uhr machte sich die Flut bemerkbar… nun konnte Kongre bis zur nächsten Ebbe am Abend nicht abfahren.

Das Wetter war schön, der wieder umgeschlagene Wind wehte jetzt aus Nordosten. Das Meer hatte sich nach dem letzten Sturme wieder geglättet. Die Sonne strahlte glänzend zwischen leichten, hohen Wolken, an die die Brise nicht hinausreichte.

Noch ein nicht enden wollender Tag für Vasquez und John Davis; ebenso wie der gestrige ohne jeden Zwischenfall. Die Bande hatte die kleine Einbuchtung nicht verlassen. Daß sich einer der Raubgesellen am Vor- oder am Nachmittage von da entfernte, hatte wenig Wahrscheinlichkeit für sich.

»Das beweist, daß die Burschen alle bei ihrer Arbeit sind, sagte Vasquez.

– Jawohl, sie beeilen sich damit, antwortete John Davis. Die Kugellöcher werden bald genug geschlossen sein, und dann hält sie nichts mehr zurück.

– Und vielleicht … noch diesen Abend … trotz des späten Eintritts der Ebbe, bemerkte Vasquez. Freilich, diese Bucht ist ihnen ja gründlich bekannt; sie bedürfen keines Feuers zu ihrer Beleuchtung; sind ja schon letzte Nacht tief hineingefahren. Wollen sie in der nächsten Nacht hinaussteuern … ihre Goelette wird sie schon sicher hinaustragen. Ach, welches Unglück, schloß er halb verzweifelt, daß ihr das Räuberschiff nicht entmastet habt?

– Ja, was denkt ihr denn, Vasquez, gab Davis zur Antwort, wir haben doch alles getan, was in unsrer Macht stand. Gott der Herr möge das Übrige tun.

– Wir werden ihm aber helfen!« murmelte Vasquez, der plötzlich einen kühnen Entschluß gefaßt zu haben schien, mehr zwischen den Zähnen vor sich hin.

Eine Beute seiner Gedanken, ging John Davis, die Augen nach Norden gerichtet, auf dem Strande hin und her. Nichts am Horizonte … nichts!

Plötzlich blieb er stehen. Dann trat er an seinen Gefährten heran und sagte: »Hört, Vasquez, wenn wir nun einmal fortgingen, zu sehen, was die da unten machen?

– Nach dem Hintergrunde der Bucht, Davis?

– Ja … da sähen wir doch, ob die Ausbesserung vollendet und die Goelette segelklar ist.

– Und wozu sollte uns das dienen?

– O, zu wissen, wie die Sache steht, Vasquez. Ich brenne vor Ungeduld … ich kann mich nicht mehr beherrschen … mein Verlangen ist stärker als ich!«

Und wahrlich, der Obersteuermann der ›Century‹ war nicht mehr Herr seiner selbst.

»Wie weit ist es von hier bis zum Leuchtturm, Vasquez? fuhr er fort.

– Höchstens drei Seemeilen, wenn man über die Hügel in gerader Linie nach dem Hintergrunde der Bucht geht.

– Nun denn … so werde ich gehen, Vasquez. Gegen vier Uhr mache ich mich auf den Weg … vor sechs Uhr kann ich am Ziel sein … dort schleiche ich mich vor, so weit wie möglich. Wohl dürfte es noch heller Tag sein … doch mich soll niemand sehen … aber ich … ich werde sehen, was ich brauche!«

Es wäre vergeblich gewesen, John Davis abzureden. Vasquez versuchte es auch gar nicht erst, und als sein Gefährte zu ihm sagte:

»Ihr bleibt inzwischen hier und behaltet das Meer im Auge. Am Abend bin ich zurück. Ich gehe allein!… antwortete er entschlossen.

– Nein, ich begleite euch, Davis. Auch ich werde gar nicht böse darüber sein, einmal wieder in die Nähe des Leuchtturms zu kommen.«

Die Sache war hiermit entschieden und sollte ausgeführt werden.

In den wenigen Stunden, die bis zur Zeit des Aufbruchs noch verlaufen sollten, verblieb Vasquez, der seinen Gefährten auf dem Strande allein ließ, in der Höhle, die ihnen als Zufluchtsort gedient hatte, und nahm hier recht geheimnisvolle Dinge vor. Der Obersteuermann von der ›Century‹ überraschte ihn einmal dabei, als er im Begriff war, sein großes Messer an einer Felsenkante sorgsam zu schärfen, und ein andermal, als er ein Hemd in Streifen zerriß, aus denen er nachher eine Art Schlinge herstellte.

Auf die an ihn darüber gerichteten Fragen gab Vasquez nur ausweichende Antworten und versicherte, er werde sich, wenn es Abend würde, über sein Verhalten deutlicher aussprechen. John Davis drang auch nicht weiter in ihn.

Um vier Uhr machten sich beide, mit ihren Revolvern bewaffnet, auf den Weg, nachdem sie noch etwas Schiffszwieback und ein Stück Corned-beef gegessen hatten.

Eine enge Schlucht erleichterte ihnen das Ersteigen der Hügel, deren Kamm sie ohne große Anstrengung erreichten.

Vor ihnen dehnte sich hier eine dürre, nur da und dort mit einzelnen Sauerdornbüschen bestandne Hochebene aus… nicht ein einziger Baum so weit das Auge reichte. In Scharen nach Süden fliehend, flogen einige schreiende und kreischende Seevögel über die Einöde hin.

Was die einzuhaltende Richtung, den hintern Teil der Elgorbucht zu erreichen, anging, so ergab diese sich ganz von selbst.

»Dort!« sagte Vasquez und wies dabei nach dem Leuchtturm, der sich etwa in der Entfernung von zwei Meilen erhob.

»Also vorwärts!« antwortete John Davis.

Beide schritten nun schnell dahin. Eine gewisse Vorsicht zu beobachten, hatten sie ja erst nötig, wenn sie dem Landeinschnitte näher kamen. Erst nach einem halbstündigen Gewaltmarsche hielten sie schwer atmend einmal inne, von Müdigkeit verspürten sie aber nichts. Jetzt hatten die Wandrer noch eine halbe Seemeile zurückzulegen, und nun hieß es, etwas vorsichtig sein für den Fall, daß Kongre oder einer seiner Leute, um nach allen Seiten zu spähen, auf der Turmgalerie gewesen wäre. In dieser nur mäßigen Entfernung konnten sie recht gut bemerkt worden sein.

Bei dem hellen Wetter war die Galerie deutlich sichtbar. Darauf befand sich in diesem Augenblicke zwar niemand, Carcante oder einer der andern hielt sich vielleicht aber im Wachzimmer auf, von wo aus man durch die schmalen, nach den Haupthimmelsgegenden gerichteten Fenster die Insel in weitem Umkreise übersehen konnte.

John Davis und Vasquez schlüpften zwischen den hier in chaotischer Unordnung zerstreuten Felsblöcken hin. Sie sprangen schnell von einem zum andern oder krochen sogar weiter, wenn eine größre offne Stelle zu überschreiten war. Auf dem letzten Teile des Weges kamen sie deshalb auch nur langsam vorwärts.

Fast sechs Uhr war es, als sie den Rand der Hügel erreichten, die den Landeinschnitt einrahmten. Jetzt richteten sie die Blicke nach diesem hinunter.

Es war kaum möglich, daß sie hier gesehen werden konnten, wenn nicht einer von der Bande selbst den Hügel erstieg, wo sie sich befanden. Selbst von der Höhe des Leuchtturms aus konnten sie nicht entdeckt werden, so gut waren sie durch die Felsmassen der Umgebung gedeckt.

Da lag die Goelette, in dem Landeinschnitte schwimmend, vor ihnen, Masten und Rahen in bester Ordnung und die sonstige Takelage in tadellosem Zustande. Die Mannschaft war beschäftigt, den Teil der Ladung, der einstweilen auf dem Deck niedergelegt worden war, wieder im Frachtraume unterzubringen. Am Hinterteile schaukelte das von seinem Seile gehaltene Boot, und da es nicht mehr dicht an der Backbordsverplankung anlag, wies das darauf hin, daß die Arbeiten beendigt, die Kugellöcher wieder dicht verschlossen waren.

»Sie sind seeklar, murmelte John Davis, der mit Mühe einen sich ihm aufdrängenden Zornesausdruck zurückhielt.

– Ja, wer weiß, ob sie nicht noch vor dem Eintritt der Ebbe, vielleicht in zwei bis drei Stunden, abzufahren denken.

– Und nichts dagegen tun zu können ... nichts!« murrte John Davis.

Der Zimmermann Vargas hatte richtig Wort gehalten; seine Arbeit war schnell und gut beendet worden. Von der Havarie sah man keine Spur mehr, die beiden Tage hatten hingereicht, jede Andeutung daran zu verwischen. Lag die Fracht wieder an Ort und Stelle und waren die Luken geschlossen, so war die ›Carcante‹ nach allen Seiten fertig, wieder abzufahren.

Inzwischen verflossen die Stunden, die Sonne sank allmählich und verschwand endlich ganz; es wurde Nacht, ohne daß irgend ein Anzeichen darauf hingedeutet hätte, daß die Goelette vielleicht in der nächsten Zeit absegeln sollte. In ihrem Versteck hörten John Davis und Vasquez allerlei Laute, die von der Bucht bis zu ihnen hinauf schallten. Da vernahmen sie lautes Lachen, Geschrei, lästerliche Flüche und das Knarren der Warenpacken, die über das Deck hin geschleift wurden. Gegen zehn Uhr vernahm man deutlich das Zudecken einer Luke. Dann wurde es still.

Voll ängstlicher Spannung warteten Davis und Vasquez

noch länger. Die Arbeiten waren beendigt… offenbar kam der Augenblick der Abfahrt heran. Doch nein, die Goelette wiegte sich noch weiter im Hintergrunde des kleinen Einschnitts, der Anker lag noch fest im Grunde und die Segel blieben eingebunden wie bisher. Noch eine weitre Stunde verging. Der Obersteuermann der ›Century‹ faßte Vasquez an der Hand.

Die Goelette lag, in dem Landeinschnitte schwimmend, vor ihnen.

»Die Strömung wechselt, sagte er. Da… da haben wir wieder Flut!

– Sie werden nicht abfahren!

– Heute nicht. Doch morgen?…

– Weder morgen noch jemals, versicherte Vasquez. Kommt mit!« rief er seinem Gefährten zu, während er schon zwischen den Felsblöcken, die sie verborgen hatten, hinaustrat.

Davis folgte Vasquez voller Spannung, als dieser vorsichtig auf den Leuchtturm zuschritt. In kurzer Zeit standen sie am Fuße der Erderhöhung, von der der Turm aufragte. Hier rückte Vasquez nach einigem Nachsuchen einen größern Steinblock, den er ohne große Anstrengung wie um eine Achse drehte, von seiner Stelle.

»Schlüpft da hinein, flüsterte er Davis zu, indem er mit der Hand nach einem Raume unter dem Felsen hinwies. Hier ist ein Versteck, das ich durch Zufall entdeckt habe, als ich beim Leuchtturm tätig war. Da kam mir gleich der Gedanke, daß das einmal von Nutzen werden könnte. Eine Höhle kann man's ja nicht nennen, es ist nur ein Loch, worin wir zwei nur mit Mühe Platz finden werden. Hier können aber andre tausendmal an unsrer Tür vorübergehen, ohne zu ahnen, daß das Haus bewohnt ist.«

Davis ließ sich auf diese Aufforderung hin in die Aushöhlung hinuntergleiten und Vasquez folgte ihm augenblicklich nach. Aneinandergedrückt, so daß sie sich kaum rühren konnten, sprachen sie gedämpften Tones miteinander.

»Nun hört meinen Plan, begann Vasquez. Ihr werdet mich hier erwarten

– Euch erwarten? fragte Davis verwundert.

– Ja, denn ich… ich werde mich nach der Goelette begeben.

– Wie? Nach der Goelette? wiederholte Davis erstaunt.

– Ich hab' es mir vorgenommen, die Schurken nicht abfahren zu lassen,« erklärte Vasquez mit Bestimmtheit.

Dabei brachte er aus seiner Jacke zwei Pakete und ein Messer hervor.

»Hier ist eine Kartusche, fuhr er fort, die ich aus unserm Pulver und einem Stück eines Hemdes hergestellt habe. Aus einem andern Stück des Hemdes und dem noch übrigen Pulver hab' ich eine Lunte gemacht… da ist sie. Das Ganze nehme ich auf den Kopf und schwimme bis zur Goelette hin. Dort klettre ich am Steuer hinauf und bohre mit diesem Messer ein Loch in die Beplankung zwischen Steuerruder und Hintersteven. Da hinein stecke ich meine Kartusche, zünde die Lunte an und schwimme sofort zurück. Da… nun kennt ihr meinen Plan, von dessen Ausführung mich nichts in der Welt abhalten wird.

– Vortrefflich ausgedacht! rief Davis voller Begeisterung. Einer solchen Gefahr gegenüber werde ich euch aber nicht allein gehen lassen. Nein, ich begleite euch!

– Wozu? erwiderte Vasquez. Ein Mann kommt besser durch, wenn er allein ist, und einer genügt auch auszuführen, was ich vorhabe.«

Davis mochte noch so dringlich auf seinem Verlangen bestehen, Vasquez blieb doch bei seiner Weigerung. Der Gedanke ging von ihm aus, und er allein wollte ihn auch zur Ausführung bringen. Des Wettstreits müde, mußte Davis wohl oder übel nachgeben.

In der dunkelsten Stunde der Nacht kroch Vasquez, nachdem er sich seiner Kleider entledigt hatte, aus dem Loche und schlich vorsichtig die Seite der kleinen Erhöhung hinunter. Am Ufer angelangt, sprang er ins Wasser und schwamm mit kräftigem Arme auf die Goelette zu, die in der Entfernung einer Kabellänge sanft hin und her schwankte.

Je näher er herankam, desto düstrer und massiger erschien ihm das Fahrzeug. An Bord regte sich nichts, obwohl man dort gewiß Wache hielt. Der Schwimmer unterschied trotz der Finsternis auch bald die Gestalt des Wachpostens. Auf dem Vorderkastell sitzend und die Beine über dem Wasser hinaushängend, pfiff der Matrose leise ein Seemannslied vor sich hin, dessen Melodie bei der Stille der Nacht doch deutlich vernehmbar war.

Vasquez beschrieb einen Bogen und wurde, während er sich dem Stern des Schiffes näherte, desto unsichtbarer, je mehr er in den tiefdunkeln Schatten des Rumpfes kam. Jetzt lag das Steuerruder über ihm. Er packte dessen schlüpfrige Fläche fest mit beiden Händen und es gelang ihm, indem er sich an den Eisenbeschlag klammerte, sich mit übermenschlicher Kraft daran emporzuziehen. Als es ihm gelungen war, rittlings auf die Hacke (den obersten Teil) des Ruders zu gelangen, schloß er die Knie fest daran, wie der Reiter auf seinem Pferde. Da er hiermit die Hände frei bekam, erfaßte er nun den auf seinem Kopfe befestigten Sack, hielt ihn zwischen den Zähnen und holte daraus den Inhalt hervor. Mit dem Messer begann er sofort seine Arbeit. Allmählich wurde das Loch, das er zwischen Ruderhacke und Hintersteven ausgrub, größer und tiefer. Nach einstündiger Bemühung drang das Messer zur Innenseite der Beplankung hindurch. Als die Öffnung groß genug geworden war, steckte Vasquez die Kartusche hinein, befestigte die Lunte daran und suchte im Sacke nach seinem Feuerzeuge.

In diesem Augenblicke verloren seine ermüdeten Knie auf eine Viertelsekunde ihren Halt. Er fühlte, daß er abglitt, und abgleiten, das war gleichbedeutend mit einem Fehlschlag seines Unternehmens. Wurde sein Feuerzeug einmal durchnäßt, so war es für die Folge unbrauchbar. Bei der unwillkürlichen Bewegung, sich wieder ins Gleichgewicht zu bringen, schwankte der Sack auf seinem Kopfe, und das Messer, das er schon wieder in diesen gesteckt hatte, glitt heraus und fiel hinunter, wodurch das Wasser geräuschvoll aufspritzte.

Das Lied des Wachpostens wurde plötzlich unterbrochen. Vasquez hörte, wie er vom Vorderkastell herabstieg, über das

Deck hinging und auf dem Hinterdeck erschien. Sein Schattenbild lag deutlich auf der Fläche des Meeres. Über die Schanzkleidung hinausgebeugt, suchte der Matrose offenbar die Ursache des ungewöhnlichen Geräusches zu erkennen, das seine Aufmerksamkeit erregt hatte. Lange blieb er in dieser Lage, während Vasquez, die Knie fest geschlossen und die Nägel in das schlüpfrige Holz fast eingedrückt, seine Kräfte allmählich schwinden fühlte.

Durch die herrschende Stille beruhigt, entfernte sich der Matrose endlich und begann, nach dem Vorderteile zurückgekehrt, sein Lied aufs neue.

Vasquez zog das Feuerzeug aus dem Sacke und schlug mit dem Steine kräftig an den Stahl. Da sprühten einige Funken hervor. Die Lunte fing Feuer und glimmte lautlos weiter.

Sofort ließ sich Vasquez am Ruder hinabgleiten, tauchte wieder ins Wasser und schwamm mit unhörbaren Bewegungen dem Lande zu.

In dem Versteck, wo er allein zurückgeblieben war, war Davis die Zeit unendlich lang geworden. Eine halbe Stunde, dreiviertel, eine ganze Stunde verrann. Davis, der sich nicht mehr bezwingen konnte, kroch aus dem Loche hervor und blickte voller Angst nach dem Wasser hinaus. Was konnte Vasquez zugestoßen sein? Wäre sein Unternehmen vielleicht mißglückt? Jedenfalls konnte er nicht entdeckt worden sein, da sich keinerlei Geräusch hören ließ.

Plötzlich donnerte, von dem Echo der Hügel wiederholt, eine dumpfe Explosion durch die Stille der Nacht, eine Explosion, der ein betäubendes Getrappel von Füßen und ein wildes Geschrei folgte. Wenige Augenblicke später tauchte ein von Wasser und Schlamm triefender Mann auf, der in vollem Laufe näher kam, Davis beiseite schob, dann mit ihm in das Loch schlüpfte und endlich mit dem Steinblocke den Eingang dazu verbarg.

Fast gleichzeitig stürmte aber auch ein Trupp von Männern schreiend vorüber. Wie laut auch deren grobe Schuhe auf den steinigen Boden schlugen, sie übertönten doch nicht die Stimmen der Leute.

»Fest!… Vorwärts! rief einer. Den bekommen wir!

– Ich habe ihn gesehen, wie ich dich vor mir sehe, sagte ein andrer. Er ist allein.

– Und hat keine hundert Meter Vorsprung.

– O, dieser Hallunke! Doch, den fassen wir!«

Der Lärm wurde schwächer und schwieg endlich ganz.

»Es ist also gelungen? sagte Davis leise.

– Jawohl, bestätigte Vasquez.

– Und ihr glaubt, mit vollem Erfolge?

– Das hoffe ich,« erwiderte der Turmwärter.

Beim Tagesanbruche verscheuchte ein Klappern von Hammerschlägen hierüber jeden Zweifel. Da man so emsig an Bord der Goelette arbeitete, mußte diese einen größern Schaden erlitten haben und der tollkühne Versuch des Turmwärters gelungen sein. Welchen Umfang diese Beschädigungen hatten, konnte freilich weder der eine noch der andre wissen.

»Möchten sie nur so schwerer Art sein, die Burschen einen Monat lang in der Bucht zurückzuhalten, rief Davis, ohne daran zu denken, daß in diesem Falle sein Gefährte und er in ihrem Verstecke Hungers gestorben wären.

– Still! Still!« raunte ihm Vasquez, seine Hand ergreifend, zu.

Ein neuer, diesmal schweigender Trupp näherte sich dem Versteck. Vielleicht kamen die Männer von ihrer unfruchtbaren Verfolgung zurück. Jedenfalls sprachen alle, die dazu gehörten, kein einziges Wort.

Man vernahm nichts als das Hämmern der Schuhabsätze auf dem Erdboden. Den ganzen Morgen hörten Vasquez und Davis in gleicher Weise das Vorüberkommen einzelner Gruppen, die gewiß zur Aufspürung des unergreifbaren Attentäters ausgesandt waren. Je weiter die Zeit fortschritt, desto mehr schien diese Verfolgung jedoch zu erlahmen. Schon längere Zeit hatte nichts das Schweigen in der Umgebung unterbrochen, als gegen Mittag drei oder vier Männer kaum zwei Schritte weit vor dem Loche stehen blieben, worin Davis und Vasquez versteckt waren.

»Entschieden ist der nicht zu finden! sagte der eine von ihnen, während er sich auf das Felsstück setzte, das die kleine Aushöhlung bedeckte.

– Ja, es ist wohl besser, wir verzichten darauf, äußerte ein andrer. Unsre Kameraden sind schon an Bord zurückgekehrt.

– Und wir werden dasselbe tun, um so mehr, da der Anschlag des Schuftes doch nicht ganz geglückt ist.«

Vasquez und Davis erschracken hierüber und lauschten womöglich mit noch größrer Spannung.

»Ja, ließ sich ein Vierter vernehmen. Ihr habt doch gesehen, daß er das Steuer hat absprengen wollen.

– Die Seele und das Herz jedes Schiffes.

– Da hätte uns der Kerl, wie man sagt, hübsch lahme Beine gemacht!

– Zum Glück ist seine Kartusche mehr nach Back- und nach Steuerbord hin wirksam gewesen. So beschränkt sich der Schaden auf ein Loch in den Planken und auf einen abgerissnen Eisenbeschlag. Was den Pfosten des Ruders betrifft, ist das Holz kaum angekohlt.

– Das wird im Laufe des heutigen Tages noch alles ausgebessert sein, sagte der, der zuerst gesprochen hatte. Wenn's erst Abend ist und vor Eintritt der Flut… an das Spill, Jungens! Nachher mag der andre vor Hunger elend umkommen, wenn ihm das so paßt.

– Na, Lopez, hast du denn nun endlich ausgeruht? wurde er durch eine rauhe Stimme rücksichtslos unterbrochen. Was nützt unser Schwatzen? Zurück an Bord!

– Zurück!« sagten auch die drei Andern. während sie schon davongingen.

In dem Versteck, worin sie verborgen waren, sahen Vasquez und Davis, entmutigt durch das eben Gehörte, schweigend einander an. Dem Wärter Vasquez quollen zwei dicke Tränen aus den Augen und glitten an den Lidern hinunter, ohne daß der harte Seemann sich irgendwie bemühte, dieses Zeichen seiner ohnmächtigen Verzweiflung zu verbergen. Da wußte er ja nun, zu welch lächerlichem Erfolge sein heldenhaftes Unternehmen geführt hatte. Höchstens zwei Stunden Verzögerung, das war der ganze Nachteil, den die Räuberbande zu spüren hatte. Noch am nämlichen Abend würde die Goelette nach der Reparatur der Havarien aufs weite Meer hinaussegeln und unter dem Horizont verschwinden.

Der vom Ufer her schallende Lärm von Hammerschlägen bewies, daß Kongre eifrig daran arbeiten ließ, die ›Carcante‹ wieder in seetüchtigen Zustand setzen zu lassen. Gegen ein viertel sechs Uhr hörte der Lärm, zur großen Beunruhigung der beiden Versteckten, plötzlich auf. Sie schlossen daraus, daß die Arbeit mit dem letzten Hammerschlage beendigt worden sei. Wenige Minuten später bestätigte das Knirschen der durch die Klüsen gezognen Kette diese unwillkommene Vermutung. Kongre ließ den Anker einholen, der Augenblick der Abfahrt war gekommen.

Vasquez konnte sich nicht zurückhalten. Er drehte die Steindecke etwas beiseite und wagte vorsichtig einen Blick nach draußen.

Gegen Westen vergoldete die sinkende Sonne noch die Gipfel der Berge, die die Aussicht nach dieser Seite abschlossen. Jetzt, so nahe der Herbst-Tag- und Nachtgleiche, mußte es aber noch eine Stunde dauern, ehe sie wirklich unterging.

Auf der andern Seite lag die Goelette vorläufig noch immer an ihrem Anker tief hinten in dem kleinen Landeinschnitte. Von den neuen Havarien war daran keine Spur zu sehen. An

Bord schien alles in bester Ordnung zu sein. Die, wie Vasquez vermutet hatte, schon lotrecht angespannte Kette verlangte nur noch einen letzten Zug, den Anker im gewünschten Augenblicke aus dem Grunde zu brechen. Jede Vorsicht außer acht lassend, hatte sich der Turmwärter mit halbem Leibe über das Loch hinausgehoben. Hinter ihm drängte sich Davis gegen seineSchulter, und beide starrten, nach Atem ringend, hinaus. Die meisten der Raubgesellen befanden sich schon wieder an Bord, nur einige trotteten noch auf dem Lande umher. Unter diesen erkannte Vasquez deutlich Kongre, der mit Carcante innerhalb der Einfriedigung des Leuchtturms auf und ab ging.

Fünf Minuten später trennten sich die Beiden, und Carcante schritt auf die Tür des Nebengebäudes zu.

»Achtung! sagte Vasquez mit gedämpfter Stimme, der wird jedenfalls auf den Turm hinaufsteigen wollen.«

Beide glitten wieder nach dem Grunde ihres Versteckes zurück.

Wirklich bestieg Carcante den Leuchtturm noch zum letzten Male; die Goelette sollte nun in kürzester Frist abfahren. Er wollte nur noch den Horizont überblicken und nachsehen, ob ein Schiff in Sicht der Insel vorüberkäme.

Übrigens schien eine ruhige Nacht bevorzustehen; der Wind hatte sich am Abend fast ganz gelegt, und das versprach bei Sonnenaufgang schönes Wetter.

Als Carcante die Galerie erreicht hatte, konnten Davis und Vasquez ihn sehr deutlich sehen. Er ging um den Turm herum und richtete sein Fernrohr nach allen Seiten des Horizontes hinaus.

Plötzlich entrang sich seinem Munde ein grauenvoller Aufschrei. Kongre und die andern hatten den Kopf nach ihm gewendet. Mit lauter, für alle vernehmbarer Stimme rief Carcante:

»Der Aviso!... Der Aviso!«

Vierzehntes Kapitel.
Der Aviso ›Santa-Fé‹.

Wie die Aufregung schildern, deren Schauplatz jetzt der Hintergrund der Bucht wurde! Der Ruf »der Aviso… der Aviso!« hatte wie ein Blitzstrahl eingeschlagen, wie ein Todesurteil über die Rotte von elenden Schurken. Die ›Santa-Fé‹, das war die unbestechliche Gerechtigkeit, die nach der Insel kam, die drohende Bestrafung für so viele Verbrechen, der die Buben nun nicht mehr entgehen konnten.

Aber hatte sich Carcante nicht schließlich doch getäuscht? War das Schiff, das da herandampfte, wirklich der Aviso von der argentinischen Flotte? Sollte es wirklich in die Elgorbucht einfahren oder nicht vielmehr nach der Le Mairestraße oder nach der Severalspitze steuern, um einem Kurse südlich um die Insel zu folgen?

Sobald Kongre den Alarmruf Carcantes gehört hatte, erstieg er eiligst die kleine Erhöhung nach dem Standplatze des Leuchtturmes, stürmte dessen Treppe hinauf und befand sich nach weniger als fünf Minuten auf der Galerie.

»Wo ist das Schiff? fragte er.

– Dort… dort im Nordnordosten.

– Wie weit entfernt?

– Etwa noch zehn Seemeilen von hier.

– Es kann also vor dem Dunkelwerden wohl kaum am Eingange der Bucht sein?

– Nein… schwerlich!«

Kongre hatte ein Fernrohr ergriffen. Ohne ein Wort zu äußern, beobachtete er das Schiff mit gespannter Aufmerksamkeit.

Eins war unzweifelhaft, daß man es hier mit einem Dampfer zu tun hatte, denn man sah deutlich den in dichten Wirbeln hervorquellenden Rauch, ein Zeichen, daß das Kesselfeuer kräftig unterhalten wurde.

Daß dieser Dampfer aber wirklich der Aviso wäre, darüber konnten sich Kongre und Carcante kaum einen Augenblick unklar sein. Hatten sie dieses Schiff doch während der Bauarbeiten oft genug gesehen, wenn es bei der Stateninsel eintraf oder von ihr wegfuhr. Überdies steuerte der Dampfer gerades Wegs auf die Bucht zu. Hätte sein Kapitän beabsichtigt, in die Le Mairestraße einzulaufen, so hätte er einen mehr westlichen Kurs einschlagen müssen, oder einen mehr südlichen für den Fall, daß er die Severalspitze umschiffen wollte.

»Ja, sagte Kongre endlich, das ist bestimmt der Aviso!

– Verdammtes Pech, das uns bis heute hier zurückgehalten hat! wetterte Carcante wütend. Ohne die unsichtbaren Schurken, die unsre Abfahrt zweimal verhindert haben, schwämmen wir jetzt schon weit draußen auf dem Großen Ozean!

– Da nützt nun freilich alles Reden nicht mehr, erwiderte Kongre. Hier heißt es, zu einem Entschlusse kommen.

– Recht schön … doch zu welchem?

– Abzufahren.

– Wann denn?

– Auf der Stelle.

– Doch bevor wir nur einigermaßen weit weg sind, wird der Aviso vor der Bucht liegen.

– Mag sein; doch er wird auch davor liegen bleiben.

– Warum denn?

– Weil er kein Leuchtturmfeuer sehen und sich danach richten kann; er wird es aber nicht wagen, im Finstern dem Landeinschnitte zuzudampfen.«

Die Vermutung, die Kongre hier aussprach, war ja ganz richtig; auch John Davis und Vasquez waren derselben Ansicht. Sie wollten aber von der Stelle, wo sie sich befanden, nicht weggehen, so lange sie von der Galerie aus noch gesehen werden konnten. In ihrem engen Schlupfwinkel sprachen sie jedoch dieselben Gedanken aus, wie der Anführer der Räuberbande. Das Leuchtfeuer des Turmes hätte jetzt, wo die Sonne eben untergegangen war, schon angezündet sein müssen. Ohne daß er diesen Lichtschein sah, würde es der Kommandant Lafayate, obwohl er die Formation der Insel gewiß hinlänglich kannte, kaum gewagt haben, seine Fahrt vorläufig fortzusetzen. Und da er sich das Ausbleiben des Lichtes doch nicht würde erklären können, kreuzte er voraussichtlich die ganze Nacht auf freiem Wasser. Freilich war er schon zehnmal in die Elgorbucht eingefahren, doch immer nur am Tage, und da ihm jetzt der Leuchtturm als leitendes Seezeichen fehlte, wagte er sich jedenfalls nicht in die finstre Bucht hinein. Außerdem mußte ihm doch wohl der Gedanke kommen, daß die Insel der Schauplatz ernster Vorfälle gewesen sein müsse, da die Turmwärter nicht auf ihrem Posten waren.

»Wenn der Kommandant nun aber, sagte Vasquez, das Land vor sich überhaupt noch nicht gesehen hat, und in der Erwartung, das Leuchtfeuer in Sicht zu bekommen, weiter fährt, kann ihm da nicht dasselbe geschehen, was der ›Century‹ widerfahren ist? Läuft er nicht Gefahr, an den Klippen des Kaps Sankt-Johann zugrunde zu gehen?«

John Davis antwortete nur durch eine ausweichende Handbewegung. Es war nur zu richtig, daß alles so kommen könnte, wie Vasquez es ausgesprochen hatte. Gewiß herrschte jetzt kein Sturm, und die ›Santa Fé‹ befand sich deshalb nicht ganz in derselben Lage, wie seinerzeit die ›Century‹. Wenn es das Unglück wollte, war eine Katastrophe aber immerhin nicht ausgeschlossen.

»Wir wollen schnell nach dem Ufer hinuntergehen. Binnen zwei Stunden können wir schon am Kap sein. Vielleicht ist es da noch Zeit genug, ein Feuer zu entzünden, um die Nähe des Landes erkennbar zu machen.

– Nein, entgegnete John Davis, dazu ist es zu spät. Vor Verlauf einer Stunde liegt der Aviso vielleicht schon an der Einfahrt zur Bucht.

– Was sollen wir dann aber beginnen?

– Warten … ruhig warten!« antwortete John Davis.

Es war jetzt weit über sechs Uhr, und die Insel verschwand schon allmählich in der Dämmerung.

Die Vorbereitungen zur Abfahrt waren auf der ›Carcante‹ inzwischen mit größtem Eifer betrieben worden. Kongre wollte um jeden Preis von hier wegzukommen versuchen. Von quälender Unruhe verzehrt, war er entschlossen, den Ankerplatz unverzüglich zu verlassen. Geschah das erst mit dem Gezeitenwechsel am Morgen, so setzte er sich der Gefahr aus, dem Aviso in den Weg zu kommen. Wenn der Kommandant das Schiff aber aus der Bucht herauskommen sah, würde er es jedenfalls nicht weiterfahren lassen, sondern ihm befehlen, gegenzubrassen, und dann würde er dessen Kapitän ausfragen. Ohne Zweifel suchte er dabei zu erfahren, warum das Leuchtfeuer in der Laterne des Turmes nicht angezündet wäre. Die Anwesenheit der ›Carcante‹ mußte ihm ja mit Recht verdächtig erscheinen. Hatte er die Goelette dann zum Halten veranlaßt, so würde er zu ihr an Bord gehen, hier Kongre kommen lassen und auch dessen Mannschaft besichtigen. Da mußte ihm aber schon das wilde Aussehen der Leute den begründetsten Verdacht erwecken. Daraufhin zwang er das Schiff voraussichtlich. umzukehren und ihm zu folgen, und dann würde er es gewiß bis zur weitern Klärung der Sachlage in dem kleinen Landeinschnitte zurückgehalten haben.

Fand der Kommandant der ›Santa-Fé‹ nun die drei Turmwärter hier nicht wieder, so konnte er sich deren Verschwinden jedenfalls nicht anders als durch einen unvermuteten Angriff erklären, dem sie zum Opfer gefallen sein mußten. Und führte ihn das dann nicht auf den Gedanken, daß die Angreifer die Leute des Schiffes gewesen sein möchten, das hier allem Anscheine nach zu entfliehen sachte? Endlich kam hierzu noch eine weitre Erschwerung der Sachlage.

So gut wie Kongre und seine Bande die >Santa-Fé< draußen vor der Insel gesehen hatten, mußte man als wahrscheinlich, ja als gewiß annehmen, daß auch die sie bemerkt hätten, die die >Carcante< zweimal angegriffen hatten, als sie schon im Begriff war abzusegeln. Jene unbekannten Feinde waren sicherlich allen Bewegungen des Avisos gefolgt, sie würden bei dessen Einlaufen in den Landeinschnitt zur Stelle sein, und wenn sich darunter, wie doch anzunehmen war, der dritte Turmwärter befand, so konnten sich Kongre und die Seinigen der Strafe für ihre Verbrechen auf keine Weise mehr entziehen.

Kongre hatte alle diese Möglichkeiten und deren unausweichliche Folgen ins Auge gefaßt. Das hatte ihn auch zu dem einzigen, vielleicht noch Rettung versprechenden Entschlusse gebracht, ohne Säumen abzufahren, und da der von Norden kommende Wind günstig war, die Nacht zu benutzen, um mit vollen Segeln womöglich noch das offne Meer zu erreichen. Dann konnte die Goelette, wenn sie den Ozean vor sich hatte, noch vor dem Tagesgrauen mehr in Sicherheit sein. Bei der Unmöglichkeit, den Leuchtturm zu sichten, befand sich der Aviso, der sich in der Dunkelheit dem Lande voraussichtlich nicht zu sehr nähern wollte, von der Stateninsel auch ziemlich weit entfernt. Wenn nötig, wollte dann Kongre zu noch größrer Sicherheit statt nach der Le Mairestraße zu steuern, einen Kurs nach Süden einschlagen, die Severalspitze umschiffen lassen und sich dann hinter der Südküste verborgen zu halten suchen. Er drängte also zum schleunigsten Aufbruch.

John Davis und Vasquez, die die Absicht der Räuber errieten, beratschlagten, wie sie diese zum Scheitern bringen könnten, erkannten aber bald voller Verzweiflung, daß sie das gar nicht vermöchten.

Gegen halb acht Uhr ließ Carcante die wenigen noch auf dem Lande weilenden Leute heranrufen. Sobald die Mannschaft vollzählig an Bord war, wurde das Boot aufgehißt, und Kongre gab den Befehl, den Anker emporzuwinden.

John Davis und Vasquez hörten den regelmäßigen Aufschlag des Sperrkegels, während sich die Kette durch die Drehung des Spills einrollte.

Nach fünf Minuten lag der Anker auf seinem Kranbalken. Sofort setzte sich die Goelette langsam in Bewegung. Sie trug jetzt alle Leinwand, die obern und die untern Segel, um die allmählich abflauende Brise so gut wie möglich auszunutzen. Sanft wiegend glitt sie aus dem Landeinschnitte heraus und hielt sich, um mehr Wind abzufangen, möglichst in der Mitte der Bucht. Bald boten sich ihrer Fahrt jedoch gewisse Schwierigkeiten. Da es schon bald Niedrigwasser war, wurde die Goelette von keiner Strömung mehr unterstützt, und bei dem dreiviertel Backstagswind kam sie kaum noch vorwärts. Ja sie gewann an Weg jedenfalls gar nichts mehr, oder glitt vielleicht gar wieder etwas rückwärts, wenn – nach zwei Stunden – die Flut einsetzte. Selbst unter sonst noch so günstigen Umständen, konnte sie vor Mitternacht nicht dem Kap Sankt-Johann gegenüber angelangt sein.

Das machte indes nicht viel aus. So lange die ›Santa-Fé‹ nicht in die Bucht hereindampfte, brauchte Kongre kein Zusammentreffen mit ihr zu befürchten. Ehe dann die nächste Ebbe bei Tagesanbruch eintrat, durfte er hoffen, schon ziemlich weit draußen zu sein.

Die Mannschaft tat ihr Möglichstes, die Fahrt der ›Carcante‹ zu beschleunigen, sie war aber wehrlos gegen die recht ernste Gefahr, aus dem Kurse verschlagen zu werden. Nach und nach trieb der Wind das Fahrzeug näher an das südliche Ufer. Kongre kannte das zwar nur unzulänglich, wußte aber, daß es mit dem langen Streifen von Felsblöcken, der sich davor hinzog, sehr gefährlicher Natur war. Eine Stunde nach der Abfahrt glaubte er auch, ihm so bedenklich nahe zu sein, daß er vor dem Winde wenden ließ, um sich davon fern zu halten.

Die Kursänderung war bei dem in der Nacht noch weiter abnehmenden Winde nicht ohne Mühe auszuführen.

Das Manöver gestattete jedoch keinen Aufschub. Das Steuer wurde umgelegt, die Schoten im Hinterdeck spannte man weiter an und ließ gleichzeitig die am Vorderdeck nachschießen Wegen Mangel an Fahrt luvte die Goelette aber trotzdem nicht an, sondern trieb langsam weiter auf das Ufer zu.

Kongre erkannte die vorliegende Gefahr, der gegenüber ihm nur noch ein einziges Mittel übrig blieb, das er denn auch zur Anwendung brachte. Das Boot wurde hinuntergelassen, sechs Mann, die eine Trosse mitnahmen, stiegen hinein, und mit Hilfe von Rudern gelang es ihnen, die Goelette zu drehen, die nun Steuerbordhalfen führte. Eine Viertelstunde später konnte sie ihren ersten Kurs wieder aufnehmen, ohne die Gefahr, auf die Klippen am Südufer geworfen zu werden.

Unglücklicherweise machte sich jetzt fast gar kein Wind mehr bemerkbar; die Segel klatschten unregelmäßig an die Masten. Es wäre ein vergeblicher Versuch gewesen, die ›Carcante‹ vom Boot bis zur Mündung der Bucht schleppen zu lassen. Da war nun nichts andres zu tun, als während der Flut, deren Strömung schon fühlbar wurde, vor Anker liegen zu bleiben. An ein Aufkommen gegen diese war gar nicht zu denken. Sollte Kongre nun wirklich gezwungen sein, hier an der Stelle, nur zwei Seemeilen vom Landeinschnitt, still zu liegen?

Gleich nach der Abfahrt hatten John Davis und Vasquez sich erhoben; sie gingen zum Ufer hinunter und beobachteten von hier aus die Bewegungen der Goelette. Da der Wind jetzt gänzlich eingeschlafen war, sagten sie sich, daß Kongre genötigt wäre, an der Stelle, wo er lag, so lange auszuhalten, bis wieder Ebbe eintrat. Dabei blieb ihm aber noch immer Zeit, den Eingang zur Bucht zu erreichen, ehe es Tag wurde, und er hatte dann die beste Aussicht, unbemerkt zu entkommen.

»Nein … wir halten ihn zurück! rief Vasquez plötzlich.

– Doch wie? fragte John Davis.

– Kommt … kommt nur mit mir!«

Vasquez zog seinen Gefährten schnell in der Richtung auf den Leuchtturm mit sich fort.

Seiner Ansicht nach mußte die ›Santa-Fé‹ vor der Insel kreuzen. Sie konnte dieser sogar ziemlich nahe sein, was bei dem ruhigen Meere ja keine besondere Gefahr bot. Ohne Zweifel hielt sich der Kommandant Lafayate, der über das Erloschensein des Leuchtturms gewiß erstaunt war, stets unter Dampf, um mit Tagesanbruch zum Einlaufen bereit zu sein.

Dieser Gedanke kam Kongre zwar auch, er sagte sich aber, daß er doch die besten Aussichten hätte, den Aviso noch rechtzeitig aufzuspüren. Sobald die Ebbe das Wasser der Bucht wieder dem Meere zuführte, sollte die ›Carcante‹ ihre Fahrt wieder aufnehmen, und dann genügte jedenfalls eine Stunde, aufs offne Meer zu kommen.

Hatte er die Bucht hinter sich, so wollte Kongre auf keinen Fall weit hinausfahren. Ihm würden die kurzen Windstöße genügen, die sich von Zeit zu Zeit, selbst in den stillsten Nächten, zu erheben pflegen, in Verbindung mit der nach Süden abziehenden Strömung, in der sehr dunkeln Nacht ungesehen – und unbestraft – längs der Küste hinzusegeln. Sobald die Goelette die höchstens sieben bis acht Seemeilen entfernte Severalspitze umschifft hätte, würde sie hinter dem Steilufer geschützt sein und nichts mehr zu fürchten haben. Die einzige Gefahr lag nur darin, von den Wachtposten der ›Santa-Fé‹ vorher bemerkt zu wer den, wenn das Kriegsschiff sich nahe bei der Insel und nicht auf der Höhe des Kaps Sankt-Johann befand. Ganz sicher würde der Kommandant Lafayate, wenn die Ausfahrt der ›Carcante‹ aus der Bucht gemeldet wurde, diese sich nicht weiter entfernen lassen, und wäre es auch nur, um ihren Kapitän wegen des Leuchtturms zu befragen. Mit Hilfe des Dampfes hätte er das etwa fliehende Fahrzeug leicht eher eingeholt, als das hinter den Höhen des Südens verschwinden konnte.

Es war jetzt neun Uhr vorüber. Kongre mußte sich darauf beschränken, dem Flutstrom gegenüber so lange vor Anker zu liegen, bis die Ebbe wieder fühlbar wurde. Das dauerte aber gegen sechs Stunden; erst um drei Uhr des Morgens konnte wieder eine ihm günstige Strömung eintreten. Die Goelette schweite (d. h. drehte auf) vor der Flut, so daß ihr Vordersteven nach dem offnen Meere zu lag. Das Boot war wieder aufgehißt worden. Kongre wollte, wenn die Zeit dazu herankam, keinen Augenblick verlieren, weiter zu fahren.

Plötzlich stießen seine Leute einen so lauten Aufschrei aus, daß er an beiden Ufern hörbar sein mußte.

Ein langer Lichtstreifen brach glänzend durch die Finsternis, das Feuer des Leuchtturms brannte so hell wie je zuvor und beleuchtete auch noch das Wasser vor der Insel.

»O, die Schurken! … Sie sind da oben! rief Carcante.

– Schnell ans Land!« kommandierte Kongre.

Der so nahe liegenden Gefahr, die ihn jetzt bedrohte, konnte er in der Tat nur auf eine Weise entgegentreten: ans Land gehen, hieß sie, nur eine kleine Anzahl der Männer an Bord zurücklassen, nach der Einfriedigung stürmen, in den Anbau eindringen, die Treppe des Turmes ersteigen, den Eingang in die Wachtstube erzwingen, sich auf den Wärter und auf seine Gefährten, wenn er solche hatte, stürzen, sich ihrer entledigen und die Lampen des Turms sofort löschen. War der Aviso dann auch schon auf dem Wege in die Bucht, so würde er jedenfalls stoppen. Befand er sich bereits darin, so würde er wahrscheinlich wieder hinauszugelangen suchen, da ihm dann das Licht gefehlt hätte, ihn nach dem Landeinschnitte zu leiten. Schlimmsten Falls würde er vor Anker gehen und so den Tag abwarten.

Kongre ließ das Boot klar machen. Carcante und zwölf von den Leuten nahmen mit ihm darin Platz. Alle hatten sich mit Gewehren, Revolvern und großen Messern versehen. Binnen einer Minute waren sie ans Ufer gestoßen und stürmten sofort auf die kaum anderthalb Seemeilen entfernte Einfriedigung zu.

Das Feuer des Leuchtturms brannte so hell wie je zuvor.

Die Strecke bis dahin wurde in fünfzehn Minuten zurückgelegt, wobei sich alle dicht beieinander gehalten hatten. Die ganze Rotte befand sich – abgesehen von den an Bord zurückgebliebenen zwei Männern – vereint am Fuße des Erdhügels.

Ja… John Davis und Vasquez waren da. Im Laufschritt, und jede Vorsicht aus den Augen lassend, da ihnen ja niemand begegnen konnte, hatten sie die Erhöhung erstiegen und waren in die Einfriedigung eingedrungen. Vasquez beabsichtigte, das Leuchtturmfeuer wieder anzuzünden, damit der Aviso, ohne den Tag abwarten zu müssen, in den Landeinschnitt einlaufen könnte. Er hegte nur die eine Furcht – eine Furcht, die nagend an ihm zehrte – daß Kongre die Linsen zertrümmert, die Lampen zerstört haben könnte, so daß der Leuchtapparat nicht mehr zu fungieren vermöchte. Dann würde die Goelette freilich aller Wahrscheinlichkeit nach noch entfliehen können, ohne auf der >Santa-Fé< bemerkt worden zu sein.

Beide Männer stürzten in das Wohnhaus, drangen in den Verbindungsgang ein und stießen die Tür zur Treppe auf, die sie hinter sich schlossen und mit den schweren eisernen Riegeln sicherten. Dann eilten sie die vielen Stufen hinauf und erreichten das Wachtzimmer…

Die Laterne war im guten Zustande, die Lampen befanden sich an ihrem Platze und hatten auch noch die Dochte und reichlichen Ölvorrat seit dem Tage, wo sie ausgelöscht worden waren. Nein… Kongre hatte den dioptrischen Apparat der Laterne nicht zertrümmert, sondern offenbar nur beabsichtigt, den Leuchtturm so lange außer Tätigkeit zu setzen, wie er sich im Hintergrunde der Elgorbucht aufhielt. Wie hätte er auch die Verhältnisse voraussehen können, unter denen er genötigt sein würde, die Bucht zu verlassen?

Jetzt strahlte aber der Turm sein Licht von neuem hinaus! Der Aviso konnte ohne Mühe und Gefahr seinen alten Ankerplatz wieder aufsuchen.

Da donnerten gewaltsame Schläge am Fuße des Turmes. Die ganze Rotte drängte sich gegen die Tür, um nach der Galerie hinauszueilen und die Lampen zu löschen. Alle setzten unbesorgt ihr Leben aufs Spiel, um die Ankunft der ›Santa-Fé‹ wenigstens zu verzögern. Innerhalb der Einfriedigung und im Wohnhause hatten sie niemand gefunden. Die, die sich oben im Wachtzimmer befanden, konnten unmöglich zahlreich sein, mit ihnen würden sie leicht fertig werden. Sie wollten sie töten, und dann strahlte der Turm diese Nacht sein verderbenbringendes Licht nicht weiter aus.

Die Tür zwischen der Treppe und dem Verbindungsgange bestand, wie früher erwähnt, aus dicken Eisenplatten. Die Riegel an der Treppenseite mit Gewalt zu beseitigen, erwies sich von vornherein als unmöglich; ebenso unmöglich, die Tür mit Spaten oder Axtschlägen zu zertrümmern. Carcante versuchte das zwar, sah aber bald ein, daß es vergeblich war. Nach einigen nutzlosen Versuchen schloß er sich Kongre und den Übrigen im Leuchtturmhose wieder an. Was nun beginnen?… Gab es kein Mittel, von außen nach der Laterne des Leuchtturms zu gelangen?… Wenn sich kein solcher Ausweg fand, blieb der Räuberrotte nichts übrig, als nach dem Innern der Insel zu entfliehen, um dem Kommandanten Lafayate und seiner Mannschaft nicht in die Hände zu fallen. An Bord der Goelette zurückzukehren, wäre ja augenblicklich ganz nutzlos gewesen, und dazu fehlte es obendrein an Zeit. Kein Zweifel, daß der Aviso jetzt bereits in der Bucht war und auf den Landeinschnitt zudampfte.

War der Leuchtturm im Gegenteil nach einigen Minuten wieder gelöscht, so würde die ›Santa-Fé‹ ihre Fahrt nicht allein nicht weiter fortsetzen können, sondern auch vielleicht gezwungen sein, wieder zurückzusteuern, und dann konnte es der Goelette wohl gelingen, an ihr vorbeizukommen.

Nun… ein Mittel gab es wirklich, nach der Galerie zu gelangen.

»Der Strang des Blitzableiters!« rief Kongre.

In der Tat verlief längs des Turmes ein metallischer Strang, der in Abständen von drei zu drei Fuß von eisernen Krampen gehalten wurde. Kletterte man von einer solchen zur andern hinauf, so mußte es jeden falls möglich sein, die Galerie zu erreichen und vielleicht die zu überraschen, die sich in der Wachtstube aufhielten.

Kongre wollte dieses letzte Rettungsmittel erproben; Carcante und Vargas kamen ihm aber dabei zuvor. Beide erstiegen den Anbau des Turmes, packten das Metallseil und klommen einer hinter dem andern in die Höhe, überzeugt, daß sie bei der herrschenden Finsternis nicht zu früh bemerkt werden würden.

Endlich erreichten sie die Brüstung der Galerie und wollten sich an deren Geländer emporziehen … sie brauchten sich fast nur noch darüber zu schwingen …

In diesem Augenblicke krachten zwei Revolverschüsse …

John Davis und Vasquez standen zur Verteidigung bereit.

In den Kopf getroffen, ließen die Banditen die Geländerstäbe los und lagen nach wenigen Sekunden zerschmettert auf dem Dache des Wohnhauses.

Da ertönten schrille Pfiffe in der Nähe des Leuchtturms. Der Aviso war im Landeinschnitte eingetroffen und weithin schallten die ohrzerreißenden Töne seiner Dampfpfeife.

Jetzt war es die höchste Zeit, zu entfliehen. In wenigen Minuten mußte die ›Santa-Fé‹ an ihrer gewohnten Ankerstelle liegen.

Kongre und seine Gefährten sprangen, als sie einsahen, daß hier nichts mehr zu tun sei, den Erdhügel hinunter und retteten sich ins Innere der Insel.

Als der Kommandant eine Viertelstunde später seinen Anker in den Grund senken ließ, traf die wiedergefundene Wärterschaluppe nach wenigen Ruderschlägen an der Seite des Kriegsschiffs ein.

John Davis und Vasquez waren an Bord des Avisos.

Sie wollten sich an deren Geländer emporziehen...

Fünfzehntes Kapitel.
Schluß.

Der Aviso ›Santa-Fé‹ hatte, mit der Ablösungsmannschaft für die Stateninsel an Bord, Buenos-Aires am 19. Februar verlassen. Von Wind und Meer begünstigt, hatte er eine sehr schnelle Reise gemacht. Der fast acht volle Tage anhaltende, entsetzliche Sturm war über die Magellanstraße hinaus nicht fühlbar gewesen. Der Kommandant Lafayate hatte von ihm also nichts zu leiden gehabt, und war vielmehr drei Tage früher als erwartet an seinem Bestimmungsorte eingetroffen.

Zwei Stunden später wäre die Goelette schon weit weg gewesen, und dann hätte man darauf verzichten müssen, die Bande Kongres und ihren Anführer zu verfolgen.

Der Kommandant Lafayate ließ die Nacht nicht verstreichen, ohne sich über alles unterrichtet zu haben, was seit drei Monaten auf der Insel vorgefallen war.

Wenn Vasquez an Bord war, so fehlten doch seine Kameraden Moriz und Felipe. Seinen jetzigen Begleiter kannte niemand, weder von Person noch dem Namen nach.

Der Kommandant Lafayate ließ beide nach der Kajüte vor sich rufen. Sein erstes Wort lautete:

»Die Lampen auf dem Leuchtturm sind heute zu spät angezündet worden, Vasquez.

– Sie haben schon neun Wochen lang nicht mehr gebrannt, antwortete der Wärter.

– Neun Wochen?... Was soll das heißen?... Wo sind denn eure Kameraden?

– Felipe und Moriz sind tot!... Seit einundzwanzig Tagen nach der Abfahrt der ›Santa-Fé‹ hatte der Leuchtturm nur noch einen einzigen Wächter, Herr Kommandant!«

Vasquez schilderte nun die Ereignisse, deren Schauplatz die Stateninsel gewesen war. Eine Rotte von Seeräubern hatte sich unter dem Befehl eines Anführers mit Namen Kongre schon seit mehreren Jahren in der Elgorbucht eingenistet, wo sie nahe kommende Schiffe auf die Klippen vor dem Kap Sankt-Johann zu verlocken wußte, dann die Wracks beraubte und die etwa überlebenden Schiffbrüchigen kaltblütig ermordete. Während der Dauer der Bauarbeit für den Leuchtturm ahnte niemand ihre Anwesenheit, denn die Schurken hatten sich damals nach dem Kap Saint-Barthelemy zurückgezogen, das am westlichen Ende der Insel liegt. Als dann die ›Santa-Fé‹ wieder abgefahren war und nur die drei Wärter zur Bedienung des Leuchtturms hier zurückgelassen hatte, erschien die Kongresche Räuberbande wieder, diesmal aber auf einer Goelette, die ihr durch Zufall in die Hände gefallen war. Nur wenige Minuten nach deren Einlaufen in den Landeinschnitt hier, wurden Moriz und Felipe an ihrem Bord meuchlerisch hingeschlachtet. Und wenn Vasquez demselben Schicksal entging, lag das daran, daß er sich gerade auf dem Turm als Wache befand. Nachdem er heruntergeeilt war, hatte er sich längs des Ufers nach dem Kap Sankt-Johann geflüchtet. Dort glückte es ihm, sich von den Vorräten aus einer Höhle zu ernähren, worin die Strandräuber ihren Überfluß aufgespeichert hatten.

Weiter erzählte Vasquez, wie es ihm nach der Strandung der ›Century‹ gelungen war, den Obersteuermann dieses Schiffes zu retten, und wie beide, während sie das Eintreffen der ›Santa-Fé‹ erwarteten, ihr Leben gefristet hatten. Ihr heißester Wunsch war da immer nur gewesen, daß die durch notwendige und umfassende Reparaturarbeiten zurückgehaltene Goelette nicht eher möchte aufs offne Meer auslaufen und die Gewässer des Großen Ozeans erreichen können, als bis der Aviso in den ersten Tagen des März hier eingetroffen wäre.

Diese würde aber doch von der Insel abgesegelt sein, wenn die zwei Geschosse, die John Davis ihr in den Rumpf gejagt hatte, sie nicht nochmals mehrere Tage aufgehalten hätten. Vasquez beendete hiermit seinen Bericht; er schwieg bescheiden über das, was ihm persönlich zur Ehre gereicht hätte. Da nahm aber John Davis das Wort.

»Was Vasquez Ihnen. Herr Kommandant, mitzuteilen vergessen hat, sagte er, ist, daß unsre beiden Kugeln, trotz der Löcher, die sie in die Beplankung der Goelette gerissen hatten, den beabsichtigten Zweck doch keineswegs erreichten.

Die ›Maule‹, so hieß die Goelette, wäre trotzdem noch an jenem Morgen in See gegangen, wenn Vasquez nicht auf die Gefahr seines Lebens hin zu ihr hingeschwommen wäre und eine Kartusche zwischen dem Steuer und dem Hintersteven des Fahrzeuges befestigt hätte. Leider erreichte er auch damit nicht gar was wir wünschten und erwarteten. Die durch das Sprengmittel verursachten Havarien waren nur leichterer Art und konnten in zwölf Stunden ausgebessert werden. Diese zwölf Stunden sind es jedoch, die es Ihnen ermöglicht haben, die Goelette noch in der Bucht vorzufinden. Das Verdienst dafür fällt Vasquez zu, ebenso wie das, nach Erkennung des Avisos nach dem Leuchtturm geeilt zu sein und dessen seit so langer Zeit erloschene Lampen wieder angezündet zu haben.«

Der Kommandant Lafayate dankte John Davis und Vasquez mit einem warmen Händedruck, hatten die beiden es doch durch ihre erfinderischen Eingriffe der ›Santa-Fé‹ erst ermöglicht, noch vor der Abfahrt der Goelette zur Stelle zu sein. Dann erzählte der Offizier, unter welchen Verhältnissen der Aviso eine Stunde vor dem Untergange der Sonne die Insel in Sicht bekommen hätte.

Der Kommandant Lafayate war sich über die Lage seines Schiffes klar, da er erst am Morgen das Besteck gemacht hatte. Der Aviso brauchte nur auf das Kap Sankt-Johann zuzusteuern, das er noch vor dem Dunkelwerden in Sicht bekommen mußte.

So kam es auch; ehe die Dämmerung den Himmel zu verschleiern anfing, gewahrte der Kommandant Lafayate deutlich, wenn auch nicht die Küste der Insel, so doch die höhern Berggipfel, die hinter dieser aufragten. Er befand sich damals noch in der Entfernung von etwa zehn Seemeilen von der Insel und rechnete darauf, binnen zwei Stunden an seinem alten Ankerplatze zu liegen.

Zur gleichen Zeit war es gewesen. wo John Davis und Vasquez die ›Santa-Fé‹ zuerst bemerkt hatten, und wo Carcante oben vom Leuchtturm aus ihr Erscheinen Kongre meldete, der sofort Anstalten traf, unverzüglich abzufahren, um die Bucht verlassen zu haben, ehe die ›Santa-Fé‹ in diese eingelaufen wäre.

Inzwischen dampfte die ›Santa-Fé‹ weiter auf das Kap Sankt-Johann zu. Das Meer war ruhig; kaum spielten darauf kleine Wellen, die der letzte Hauch des Abendwindes von der See her dahintrieb.

Vor der Zeit, wo der Leuchtturm am Ende der Welt errichtet worden war, wäre der Kommandant Lafayate gewiß nicht so unvorsichtig gewesen, sich dem Lande im Dunkeln so weit zu nähern, noch weniger natürlich, in die Elgorbucht einzulaufen, um den kleinen Landeinschnitt aufzusuchen.

Da Küste und Bucht jetzt aber beleuchtet werden mußten, erschien es ihm nicht notwendig, bis zum Morgen zu warten.

Der Aviso setzte also seinen Weg nach Südwesten fort, und als es vollständig Nacht geworden war, lag er kaum noch eine Seemeile vor dem Eingange zur Elgorbucht. Der Aviso hielt sich unter Dampf, in der Erwartung, daß der Leuchtturm bald angezündet werden müßte.

Eine Stunde verging. Kein Lichtschein blitzte von der Insel her auf. Über seine Lage konnte sich der Kommandant

Lafayate doch gar nicht täuschen... ohne Zweifel lag hier die Elgorbucht vor dem Bug seines Schiffes und er befand sich unbedingt in der Tragweite des Leuchtfeuers... und doch, der Leuchtturm blieb dunkel wie bisher.

Was hätte man auf dem Aviso anders vermuten können, als daß eine Störung am Leuchtapparate vorgekommen wäre?

Vielleicht war während des letzten, so ungewöhnlich heftigen Sturmes etwas an der Laterne zerbrochen, das Linsensystem beschädigt oder die Lampen selbst waren unbrauchbar geworden. Niemals... nein, niemals wäre jemand die Ahnung gekommen, daß die drei Wärter hätten können von einer Räuberbande überfallen worden sein, daß zwei von ihnen unter den Streichen von Mordbuben gefallen wären, und daß der dritte sich gezwungen gesehen hätte zu entfliehen, um demselben Schicksale zu entgehen.

»Ich wußte nun nicht, was ich tun sollte, sagte der Kommandant Lafayate weiter. Die Nacht war so finster, daß es ein zu tolles Wagnis gewesen wäre, in die Bucht selbst einzulaufen. Ich mußte also bis zum Morgen draußen davor liegen bleiben Meine Offiziere, meine Mannschaft, alle wurden wir von tödlicher Unruhe gepeinigt, da wir nun doch darauf gefaßt sein mußten, daß hier ein Unglück geschehen wäre. Endlich, erst nach neun Uhr, leuchtete der Turm auf. Die Verspätung konnte nur auf einen Unfall zurückzuführen sein. Ich ließ. mehr Dampf, machen und das Schiff wurde dem Buchteingange zugewendet.

Eine Stunde später dampfte die >Santa-Fé< durch diesen ein. Anderthalb Meilen vor dem Landeinschnitte sah ich eine Goelette vor Anker liegen, die dem Anscheine nach verlassen war. Eben wollte ich einige Mann dahin an Bord schicken, als wir Schüsse knattern hörten, die von der Galerie des Leuchtturmes aus abgegeben wurden. Da begriffen wir, daß unsre Wärter dort oben angegriffen wurden, und daß sie sich – wahrscheinlich doch gegen die Mannschaft der verankerten

Goelette – verteidigten. Da ließ ich die Sirene ertönen, um die Angreifer zurückzuschrecken, und eine Viertelstunde später lag die ›Santa-Fé‹ auf ihrem Ankerplatze.

Er befand sich unbedingt in der Tragweite des Leuchtfeuers.

– Gerade noch zur rechten Zeit, Herr Kommandant, sagte dazu Vasquez.

– Ja, fuhr der Kommandant Lafayate fort, was aber nicht

möglich gewesen wäre, wenn Sie, Vasquez, nicht das Leben daran gewagt hätten, das Leuchtfeuer anzuzünden. Jetzt würde die Goelette sonst schon auf dem Meere schwimmen. Wir hätten sie beim Auslaufen aus der Bucht schwerlich bemerkt, und diese Rotte von Missetätern wäre uns entschlüpft.«

Was wir hier eben wiedergaben, verbreitete sich in einem Augenblicke an Bord des Avisos, und natürlich wurden Vasquez und John Davis mit den wärmsten Glückwünschen überhäuft.

Die Nacht verlief ungestört, und am nächsten Tage machte Vasquez sich mit den drei als Ablösung eingetroffenen Wärtern bekannt, die die ›Santa-Fé‹ nach der Stateninsel gebracht hatte.

Selbstverständlich war noch in der Nacht eine starke Matrosenabteilung nach der Goelette beordert worden, von dieser Besitz zu nehmen. Geschah das nicht, so hätte Kongre doch wahrscheinlich versucht, sich darauf einzuschiffen, und hätte, wenn das gelang, mit dem Ebbestrom das offene Meer gewiß bald erreicht.

Um die Sicherheit der neuen Wärter zu gewährleisten, konnte jetzt der Kommandant Lafayate nur ein Ziel verfolgen: die Insel von den Banditen zu säubern, die hier hausten, und von denen, ihren der Verzweiflung verfallenen Anführer eingerechnet, nach Carcantes und des Zimmermanns Vargas Tode, noch dreizehn Mann übrig waren.

Bei der großen Ausdehnung der Insel drohte deren Verfolgung freilich lange zu dauern und vielleicht nicht einmal von vollem Erfolge zu sein. Wie wäre es auch der Mannschaft von der ›Santa-Fé‹ möglich gewesen, Statenland vollständig abzusuchen. Jedenfalls begingen Kongre und seine Spießgesellen nicht die Unklugheit, zum Kap Saint-Barthelemy zurückzukehren, da das Geheimnis dieses Schlupfwinkels ja bekannt geworden sein konnte. Dafür stand ihnen jedoch die ganze übrige Insel offen, und vielleicht vergingen Wochen, ja sogar Monate, ehe es gelang, die Bande bis auf den letzten Mann abzufangen. Dennoch würde sich der Kommandant Lafayate auf keinen Fall entschlossen haben, die Stateninsel zu verlassen, ehe er die Wärter vor jeder Möglichkeit eines Überfalls und auch die regelmäßige Funktion des Leuchtturms gesichert wußte.

Einen schnellern Erfolg nach dieser Seite konnte freilich der Umstand herbeiführen, daß sich Kongre und seine Gefährten bald von allen Hilfsmitteln zur Lebenserhaltung entblößt sehen mußten Von Proviant hatten sie weder in der Höhle am Kap Saint Barthelemy noch in der an der Elgorbucht etwas übrig. Von Vasquez und John Davis nach dieser geführt, überzeugte sich der Kommandant Lafayate früh am nächsten Tage, daß die zweite Höhle weder an Schiffszwieback oder Pöckelfleisch, noch an irgend welchen Konserven andrer Art einen Vorrat enthielt. Was an Lebensmitteln noch vorhanden gewesen war, hatten die Räuber schon auf die Goelette geschafft, und diese wurde jetzt von den Seeleuten des Avisos nach dem Landeinschnitte zurückbugsiert. In der Höhle lagen zuletzt nur noch wertlose Überbleibsel umher; Bettzeug, Kleidungsstücke und Werkzeuge wurden nach dem Wohnhause am Leuchtturm befördert Angenommen, Kongre hätte sich in der Nacht noch einmal nach der Niederlage seiner geraubten Beute zurückgeschlichen, so würde er darin nicht mehr das geringste gefunden haben, was zur Ernährung seiner Bande hätte dienen können. Er konnte nicht einmal Jagdgewehre im Besitz haben, wenigstens nach der Anzahl derartiger Flinten und der zugehörigen Munition, die man an Bord der ›Carcante‹ entdeckt hatte. Damit sah er sich aber auf die Ausbeute des Fischfangs beschränkt. Unter diesen Umständen sahen sich seine Spießgesellen und er entweder gezwungen, sich zu ergeben, oder sie mußten vor Hunger elend umkommen.

Die Nachsuchungen wurden nichtsdestoweniger sofort

aufgenommen. Einzelne Matrosenabteilungen wandten sich, unter der Führung eines Offiziers oder eines Bootsmanns, die einen dem Inselinnern, die andern der Küste zu. Der Kommandant Lafayate selbst begab sich nach dem Kap Saint-Barthelemy, konnte hier aber keine Spur von der Räuberbande entdecken.

So vergingen mehrere Tage, ohne daß einer der Banditen aufgespürt worden wäre, als am Morgen des 10. März sieben elend aussehende, abgezehrte, er schöpfte und vom Hunger gequälte Pescherähs vor der Einfriedigung erschienen. Man brachte sie von hier sofort an Bord der ›Santa-Fé‹, reichte ihnen einige Nahrung, versetzte sie aber auch in die Unmöglichkeit, etwa wieder zu entfliehen.

Vier Tage später stieß der erste Steuermann Riegal, der die Südküste in der Umgebung des Kaps Webster absuchte, auf fünf Leichen, von denen Vasquez noch zwei Chilenen der Bande erkennen konnte.

Die auf der Erde rings um die Toten verstreuten Reste zeigten, daß die Leute versucht hatten, sich mit Fischen und Schaltieren zu ernähren; doch nirgends fanden sich Spuren von einer Feuerstätte, nirgends verkohlte Holzreste oder Asche. Sie hatten offenbar kein Mittel besessen, sich Feuer zu verschaffen. Endlich, am Abend des nächsten Tages, tauchte kurz vor Sonnenuntergang ein Mann zwischen den Felsen auf, die weniger als fünfhundert Meter vom Leuchtturm den Landeinschnitt umgaben.

Der Mann befand sich fast auf derselben Stelle, von der aus John Davis und Vasquez, die die bevorstehende Abfahrt der Goelette befürchteten, ihn am Tage vor der Ankunft des Avisos beobachtet hatten, an jenem Abend, wo der Mann sich entschlossen hatte, einen letzten verzweifelten Rettungsversuch zu wagen.

Dieser Mann war Kongre.

Vasquez, der mit den neuen Turmwärtern innerhalb der

Einfriedigung auf und ab ging, erkannte ihn auf den ersten Blick und rief:

»Da ist er, da ist er!«

Auf diesen lauten Ausruf hin beeilte sich der Kommandant Lafayate, der mit dem ersten Steuermann am Strande hinging, sofort herbeizukommen.

John Davis und einige Matrosen hatten sich schon zur Verfolgung des Mannes aufgemacht, und auf dem Erdhügel versammelt, konnten alle den einzigen überlebenden Anführer der von ihm befehligten Bande sehen.

Was wollte dieser aber hier?... Warum zeigte er sich freiwillig?... Beabsichtigte er vielleicht, sich zu ergeben?... Dann durfte er sich aber über das Los, das seiner harrte, keiner Täuschung hingeben. Er würde natürlich nach Buenos-Aires übergeführt werden und hier mit dem Kopfe für sein Räuber- und Mörderleben zu büßen haben.

Kongre stand regungslos auf einem die andern überragenden Felsen, an dessen Fuße sich die Wellen sanft murmelnd brachen. Seine Blicke schweiften über den Landeinschnitt hin. Neben dem Aviso konnte er hier die Goelette liegen sehen, die ein blinder Zufall ihm am Kap Barthelemy in die Hände gespielt und die ein widriges Zusammentreffen von Umständen ihm wieder geraubt hatte. Welche Gedanken mochten sich in dem Hirne des Strandräubers kreuzen! Welche Klagen und heimlichen Verwünschungen! Ohne das Eintreffen des Avisos befände er sich schon lange auf der Wasserwüste des Großen Ozeans, wo es ihm so leicht gewesen wäre, sich jeder Verfolgung zu entziehen und sich Straflosigkeit zu sichern.

Begreiflicherweise lag dem Kommandanten Lafayate alles daran, sich Kongres zu bemächtigen. Er gab diesbezügliche Befehle, und der erste Steuermann Riegal schlüpfte, von einem halben Dutzend Matrosen begleitet, aus der Einfriedigung, um nach dem Buchenwäldchen zu schleichen, von wo aus es ihnen, wenn ein Teil der Verfolger sich längs des Felsendammes hinschlich, leicht sein müßte, den Banditen zu fangen.

Vasquez führte die kleine Truppe auf dem kürzesten Wege dahin.

Sie waren aber kaum hundert Schritte über die kleine Erderhöhung um den Leuchtturm hinausgekommen, als ein Schuß ertönte und ein Menschenkörper, über den Uferrand hinausfliegend, ins Meer hinabstürzte, das schäumend um den Selbstmörder aufspritzte.

Ein Schuß ertönte.

Kongre hatte einen Revolver aus seinem Gürtel gezogen und sich ihn an die Stirn gesetzt. Der Schurke hatte sich gerichtet, und jetzt trug die Ebbe seine Leiche schon aufs hohe Meer hinaus.

Das war die Schlußszene dieses Dramas der Stateninsel.

Selbstverständlich war der Leuchtturm seit der Nacht vom 3. zum 4. März wieder ununterbrochen in Betrieb gewesen. Vasquez hatte die neuen Wärter über ihre Obliegenheiten eingehend unterrichtet.

Jetzt war kein einziger Mann von der Räuberbande mehr übrig.

John Davis und Vasquez schifften sich beide bald auf dem Aviso ein, der nach Buenos-Aires zurückkehrte; von da wollte der erste sich wieder nach seiner Heimat Mobile begeben, wo er ohne Zweifel in kurzer Zeit einen Kapitänsposten erhielt, den er für seine Entschlossenheit, seinen Mut und seinen persönlichen Wert überhaupt ja reichlich verdiente.

Vasquez wollte nach seiner Vaterstadt gehen und da von so vielem, herzhaft ertragenem Ungemach ausruhen. Er würde aber allein dahin kommen, seine armen Kameraden kehrten ja nicht mehr mit ihm zurück.

Am Nachmittage des 18. März war es, wo der Kommandant Lafayate, der wegen der Sicherheit der neuen Wärter nun völlig beruhigt war, den Befehl zur Abfahrt gab.

Die Sonne war im Versinken, als das Schiff aus der Bucht hinausdampfte. Bald glänzte hinter ihm über dem Ufer ein Licht auf, dessen Widerschein auf dem Kielwasser tanzte. Der Aviso aber, der auf das schon halb verdunkelte Meer hinausglitt, schien einige der unzähligen Strahlen mit fortzunehmen, die der neue Leuchtturm am Ende der Welt durch die Nacht hinaussandte.

Ende.